Gerhard Möser

# Entführung aus Liebe

Für meine Kinder Sven und Nina…

ISBN 3-9501887-0-3

Lektorat: Hermes Lehmann
Druck: DieDrucker Agens & Ketterl, Mauerbach
Bindung: Papyrus, Wien

Hinweis:

Dieses Buch ist ein dokumentarischer Roman. Es schildert die Lebensgeschichte des Flick-Erpressers Gerhard Möser. Alle Handlungen, Fakten und Zeitabläufe entsprechen der Realität eines Verbrechens, das im Dezember 1991 Österreich und Deutschland gleichermaßen bewegt hatte. Es wird aus Verhörprotokollen, Zeugenaussagen und Zeitungsberichten zitiert. Alle Personen der Handlung sind authentisch, in bestimmten Fällen wurde lediglich der jeweilige Name verändert.

Der Autor entschuldigt sich auf diesem Wege noch einmal für die schlimmen Stunden, die er seinem Entführungsopfer und der ganzen Familie Flick bereitet hat.

Das Buch soll zeigen, wie sinnlos Verbrechen ist, welcher Art auch immer. Und wie schwer es ist, wieder in die Gesellschaft zurückzufinden.

Es ist eine Geschichte, die nichts entschuldigt, aber vielleicht so manches erklären kann…

**Inhalt:**

Die Verhaftung .............................. 6
Miami Correctional .......................... 17
Die Auslieferung ............................ 32
Wieder daheim .............................. 51
Lokalaugenschein ............................ 72
Der Aufstieg ................................. 92
Ins Kriminal ................................. 135
Die Entführung ............................. 148
Letzte Reise ................................ 207
Das Urteil ................................... 211
Epilog ....................................... 213

## Prolog

Die endlosen Nächte im Haftraum sind lediglich Bruchteile der Ewigkeit. Nur wer innehält und den Blick auf sie richtet, sieht den Atem der Welt wie eine Sternschnuppe vorüberhuschen. Nur wer die Erinnerung an das Leben für die Ewigkeit retten will, brennt Augenblicke auf Bilder, welche dieses Leben überdauern.

Zähigkeit, Geschick und Glück kann dazu verhelfen, vieles vom Leben erwartete auch tatsächlich zu bekommen. Ich habe viel gegeben – zweimal aber zuviel genommen. Dafür bezahlt zu haben, hat mich demütig gemacht, demütig auch dafür, anderen meiner Mitmenschen wieder Mut zu geben.

Viele menschliche Fehler passieren, wenn man mit Blindheit geschlagen ist. Die Blindheit mit ihren Folgen ist eine harte Strafe. Es liegt an uns, die Blinden wieder zum Licht zu führen.

Die Freude, die Liebe, die Glückseligkeit, die Tragödie und der Schmerz in meinem Leben fließen wie das legierte Metall beim Guss einer Glocke, die mir auf dem Weg in die Ungewissheit meines Lebens voranläutet.

*

## Die Verhaftung

*25. Februar 1992, 15.00 Uhr.*

Es machte zweimal: „Klick"! Das Geräusch von Handschellen – welches ich in den folgenden Stunden, Tagen, Monaten, ja vielen Jahren immer wieder hören würde ...!

Ein Wagen hatte mit quietschenden Reifen unmittelbar neben mir gestoppt und eine männliche Stimme drang an mein Ohr: „Gerhard – we arrest you". Mit wenigen Schritten war der Mann neben mir, hielt mir den Ausweis der FBI-Agenten unter die Nase. Während mir der zweite herbeigeeilte Typ die Handschellen auf die Gelenke drückte, spürte ich einen messerscharfen Schmerz mein Herz durchbohren. Schwindelgefühl und die Angst, von den weichgewordenen Beinen nicht mehr getragen zu werden, war alles, was ich während der flüchtigen Leibesvisitation registrierte.

Das „Klick" der Handschellen sollte mich die nächsten Jahre meines Lebens begleiten. Erwischt, gefangen, eingesperrt. Immer wieder „Klick". Das kalte Metall auf meinen Handgelenken, bisher immer nur gefühlt im Räuber-und-Gendarm-Spiel mit meinem Sohn Sven, wurde zur Fessel meines Lebens. Von da an.

Es war ein schwüler und bewölkter Tag gewesen in Miami, die Luft zum Schneiden, schwer, fett, heiß. Das Ralph-Lauren-Polo klebte längst an meinem Körper, als ich zum Appartement von Nancy hetzte. Sie war offensichtlich nicht da. Wie fast immer in den letzten Wochen. Schlüssel hatte ich keinen mehr: „Gerhard, ich brauche meine Privatsphäre", hatte sie gesagt und weg war der Eintritt zur Liebe meines Lebens. Ich kritzelte eine kurze

Nachricht auf einen der Werbeprospekte, die vor der Tür lagen. Eine liebe Nachricht an sie und ein sogenanntes Frauenmagazin hatte ich hinterlegt. Sollte ich noch läuten? Nein, sinnlos. Dann wandte ich mich um, auf zum Weg ins Verderben.

Langsam verließ ich den ersten Stock des Hauses in dem Nancy ihr Appartement hatte und spazierte den Weg zwischen einer Unzahl von kleinen, mehr oder weniger schmucken Häuser über das große Areal zurück. Es war ein ziemliches Luxusparadies, gesichert durch eine hohe Mauer aus Backsteinen und einem schweren schmiedeeisernen Tor, das auf Knopfdruck zur Seite glitt.

Ich schob meine Magnetkarte ein, tippte den Code. Wenigstens die hatte mir Nancy noch gelassen. Nicht das Tor quietschte, es waren die Reifen eines rasend beschleunigenden Fahrzeuges.

Wenige Augenblicke danach ließ ich mich auf den Rücksitz des BMW, den die Polizei eingesetzt hatte, fallen.

Das Auto wurde von einer Frau chauffiert, die mir irgendwie bekannt vorkam. Genau. Sie war es gewesen, die mich kurz zuvor, auf dem Weg zum Appartement, nach einer bestimmten Adresse gefragt hatte. Wozu dieses blöde Spiel? Ich war ohnehin schon in der Falle gewesen. Das Auto fuhr an und irgendwie war dies der Moment, in dem ich innerlich zusammenbrach. Ich fühlte, wie die Tränen kamen und das war nie der Fall gewesen, in den letzten Monaten. „Wenn du kokst, kannst Du nicht weinen", hatte einer meiner Komplizen während der Entführung gemeint. Jetzt, wo die Wirkung der Straße, die ich mir vor zwei Stunden gelegt hatte, längst dahin war, konnte ich wieder spüren. Und mir wurde schlecht.

„Es dauert rund eine Stunde, bis wir in der Zentrale sind", sagte der eine FBI-Mann neben mir, je nach Verkehrslage. Die Lenkerin hupte aggressiv den Vordermann an. „Komisch, die fahren wie alle anderen Menschen hier auch", dachte ich bei mir. Und dann: „Was wird aus meiner Familie, der Ex-Frau, den Kindern? Was aus meiner geliebten Nancy, die mich wahrscheinlich ohnehin nicht mehr liebte und längst mit diesem alten Fettsack von Immobilienkönig herumtat?“ „Was wird aus mir?“ Ohne es zu merken, hatte ich diese finale Frage laut gesprochen.

„Wir bringen Sie jetzt einmal zu ihrem Wagen und dann zum Erstverhör, Mister Moser“, sagte wieder der FBI-Mann neben mir.

Tausende Gedanken, nach dem Warum und nach den Folgen rasten wie auf einem Autobahn-Kleeblatt von Downtown Miami durch mein gequältes Hirn. Auf der Fahrt zu meinem abgestellten Auto erklärte mir der neben mir sitzende FBI-Agent, dass meine Frau, für den Fall, dass sie von der Tat gewusst und mich versteckt gehalten hat, mit bis zu sieben Jahren Kerker zu rechnen hätte. Sie würde mich besuchen, im Gefängnis, wenigstens dessen war ich mir sicher.

Der FBI-Wagen hielt in zweiter Spur neben meinem Chrysler und plötzlich stellte ich fest, dass die ganze Umgebung von Polizei umstellt war. Wie komisch: So viel Aufwand für einen kleinen gescheiterten Entführer, der vom Koks so weich war, dass er nicht einmal mehr einer Fliege was zuleide tun hätte können. Ein anderer FBI-Mann hielt seinen riesigen Schädel durch das geöffnete Autofenster und redete in einem ganz guten Deutsch auf mich ein: „Wenn sie sich wie ein Gentleman verhalten, behandeln wir sie auch wie einen Gentleman. Verstanden?“

Ich nickte.: „No Problem“, Was hätte ich auch sagen sollen. Vielleicht: „Nein, ihr Arschlöcher. Ich werde euch auf jede Frage ins Gesicht spucken?“ Lächerlich.

Man erklärte mir, mein Leihwagen würde von einem Polizeimitarbeiter durchsucht und dann den Leuten von „Budget“ zurückgestellt, während man mich in das FBI-Hauptquartier mitnehmen wolle. Meine persönliche Habe würde dem Auto entnommen und mir anschließend nachgebracht. Was war auch schon drinnen? Ein leeres Briefchen Crack-Kokain und das, schmunzelte ich in mich hinein, würde meine Strafe auch nicht mehr erhöhen.

Die einstündige Fahrt führte uns in die Zentrale des „FBI“ (dem Federal Bureau of Investigation), nach Miami.

Fern, distanziert und irgendwie befremdlich empfand ich die vermutlich übliche Prozedur der Abnahme der Fingerabdrücke, die fotografische Aufnahme für das „Verbrecheralbum“, und dass man auch noch von mir verlangte, mich völlig zu entkleiden. Seltsam. Mein Körper sah trotz aller körperlichen Strapazen der letzten Monate ganz gut aus. Immer noch eine Nachwirkung der beiden Nachmittage, die ich jede Woche im Gym verbracht hatte. Dort, wo auch Arnold Schwarzenegger trainert hatte. Musste wohl länger anhalten.

Dann fingerte ein junger schwarzer Beamter mit dünnen Plastikhandschuhen an mir herum: Die penible Untersuchung meines ganzen Körpers auf Einstiche, welche von Drogeninjektionen herrühren könnten, ergab keine verwertbaren Resultate, da ich, wenn nötig, stets nur „Crack-Kokain“ geraucht hatte.

Es folgte eine kurze Einvernahme über den Entführungsfall. Während dieser Befragung über mein Verhältnis zu Ehefrau Nancy war mein Kopf die ganze Zeit ganz woanders. Des fehlenden Kokains wegen konnte ich mich überhaupt nicht mehr konzentrieren. Genau in diesen Minuten wurden meine Gedanken an sie immer drängender. Natürlich vermied ich es, Nancy als Mitwisserin, die sie logischerweise war, in die Affäre hineinzuziehen. „Kein Wort, kein Wort“, schoß es mir durch den Kopf, obwohl mich Nancy wochenlang unter falschen Namen gedeckt und versteckt hatte. „Gerhard, früher oder später erwischen sie dich“, hatte sie manchmal gesagt. „So wie alle Burschen, die aus Europa flüchten und glauben, am Strand von Miami-Beach werden sie für die Polizei unsichtbar.“

Immerhin: Ich war ganz schön lang unsichtbar, könnte

ich jetzt zu ihr sagen, lächerlich triumphierend und letztendlich fürchterlich kindisch. Man hatte mich erwischt.

Später, es muss schon früher Abend gewesen sein, brachte mir ein anderer FBI-Agent meine Habseligkeiten aus dem Auto. Jedes Stück war gefilzt worden: Natürlich hatten sie mein Crack-Besteck gefunden. „Was ist das?" grinste der Cop und wartete gar nicht auf meine Antwort. „Kommt zu den Beweisstücken", murmelte er dann noch.

Drinnen, in dem fensterlosen Raum mit gleißendem Neonlicht, konnte ich nicht wissen, wie spät es mittlerweile war. Draußen dann, als sie mich in einem anderen Wagen zum Stadtgefängnis nach Fort Lauderdale kutschierten, zuckten schon die Leuchtreklamen der irren Stadt in den Himmel. „Best Burger in Town", rot, gelb, blau. Ich bekam Hunger, wie immer im Kokain-Entzug. „Iß was", hatte Nancy immer gesagt, als ich schon auf 68 Kilo herunten war. Nicht nur durch das Kokain. An manchen Tagen war ich so gehetzt, sah hinter jeder Ecke die Interpol, konnte keinen Bissen zu mir nehmen.

*22.00 Uhr.*

Nun erst erkannte ich den amerikanischen Ernst der Mühlen des Gesetzes. Mit unglaublicher Brutalität wurde ich in eine zweimal zwei Meter große Zelle eingeschlossen, wortlos hineingeschoben, wie ein Stück Vieh. Ich war ja schon einiges gewohnt, seit den Wochen meiner Flucht: Eine Nacht auf einer Toilette am Flughafen von München, dutzende Nächte im Auto, zusammengekauert am Rücksitz, immer nur im leichten, periphären Kokain-Schlaf. „Aber wie", dachte ich bei mir, sollte ich hier schlafen? Auf der einen Seite der Zelle ein ekelerregendes Waschbecken, daneben eine verdreckte Klomuschel ohne Deckel, gegenüber ein eisernes Bettgestell mit einer speckigen Gummimatratze, drei Zentimeter hoch. Ich setzte mich erniedrigt auf das Bett und spürte augenblicklich den Stahlrost auf den Knochen. Was tun? Den Wärter, eine fette schwarze Kröte, um eine zweite Matratze bitten? Lächerlich.

Folglich kam der Weltschmerz, in welchem ich zum zweiten Mal innerhalb von wenigen Stunden losheulte wie ein Schloßhund. Selbstmitleid und Schande gegenüber meiner Familie stiegen direkt proportional zu einem gemischten Doppel der Weinerlichkeit. Umbringen, genau. Umbringen. Aber wie?

Irgendwann war mir die Erschöpfung gnädig und ich kippte im Schlaf auf die Liege.

*27. Februar, 7.30 Uhr.*

Am nächsten Morgen erwachte ich voll bekleidet auf der Bettkante. Bei dem Gedanken auch nur einen Bissen von dem, wie Kotze aussehenden sogenannten „Frühstück" aus dem unappetitlichen Plastikgeschirr zu löffeln, würgte es mich. Nüchtern und ernüchtert bat ich den Officer, ein Telefongespräch führen zu dürfen. Naiv. „Antragschein, Grund des Telefonats, Rufnummer." Ich ließ es bleiben. „Herrgott, ich bin ein Stück Dreck, rette mich." Das sollte fortan mein „Morgengebet" sein.

Endlos langsam kroch die Zeit dahin, bis ich gegen neun Uhr von einem Beamten des FBI abgeholt und zu Gericht befördert wurde. Wer diesen Gang nicht selbst vollzogen hat, kann sich nicht vorstellen, wie der Weg zur Hölle aussieht: Ketten um den Bauch, an denen die Hände in Handschellen fixiert sind, der Willkür auf Gedeih und Verderb ausgeliefert. Wieder war ich ein Stück Vieh. „Ja nicht stolpern und hinfallen, Möser", zuckte es mir durch den Kopf. Ohne Hilfe wäre Aufstehen unmöglich.

Ich hätte mir vorkommen können wie Jesus unterm Kreuz, wäre diese Metapher nicht höchst plasphemisch gewesen. Und die einzige Gnade war, dass kein Pressefritze da war. „Der Flick-Entführer in Ketten", ich sah schon die Schlagzeile. Aber sie wussten noch gar nichts von meiner

Festnahme, in den Büros der Boulevardblätter von Hamburg und Wien. Aber das sollte alles noch kommen.

Endlich im Gerichtssaal. Man öffnete meine Fesseln und drückte mich auf diesen Anklagestuhl. Schrecklich allein vor einem Richter, der aussah, als wäre er Justitias Rachegott in Person: Fleischiges Gesicht, grimmige, tiefsitzende Augen, über seinen feisten Bauch spannte der Talar.

Die Ruhe im Gerichtssaal war – wie man so sagt – gespannt und dann endlich setzte sich jener FBI-Agent, welcher mich festgenommen hatte, neben mich. Ich war nicht mehr allein, zumindest körperlich. Der Rachegott zeigte Gnade: „Wie geht es ihnen, Mister Moser?"

„Soll das ein Witz sein", dachte ich.

„Wissen sie, warum sie hier sind, Mister Moser?" Er ließ sich in seinen Lederdrehsessel zurückfallen. Irgendwie fand ich es putzig, dass diese Amerikaner meinen Namensumlaut nicht wirklich aussprechen konnten. Moser hatte fast was Nettes, Möser hieß der Entführer des Schwagers des Großindustriellen Friedrich Karl Flick.

Ich sagte: „Weil ich den Schwager des Großindustriellen Friedrich Karl Flick entführt habe." Es lag fast so etwas wie Stolz in meiner Stimme. Flick, immerhin, den müssten selbst die Amis kennen.

Der gütige Rachegott sagte: „Flick, Fredrich, was?" Er beugte sich zu seiner Schreiberin: „Notieren Sie: Karl Fredrich Flick."

„Friedrich," sagte ich, „nicht Fredrich." Und irgendwie war schon wieder alles ein wenig zum Lachen.

Als nächstes musste ich Namen und Geburtsdaten bekannt geben und danach mit der Hand auf der Bibel den Eid leisten, nur die Wahrheit zu sagen. Dann die Routinefragen: Wann bin ich nach Forida gekommen, wie bin ich nach Florida gekommen, wo habe ich mich aufgehalten? Der ganze Krempel, aus dem ich immer wieder Nancy feinsäuberlich heraushalten musste.

Zum Schluss probierte ich es noch einmal: „Darf ich bei Gelegenheit mit meiner Frau telefonieren."

„Ja, irgendwann in den nächsten 48 Stunden."

Er war mir plötzlich unglaublich sympathisch geworden.

Danach versuchte ich von ihm zu erfahren, wie das FBI wissen konnte, dass ich mich in Fort Lauderdale aufgehalten habe. Diese Frage ließ er unbeantwortet, teilte mir aber mit, dass die konkrete Zielfahndung nach mir im „Miami-Hilton" begonnen hätte. Langsam schloss sich ein schrecklicher Kreis des Verdachts. Nur meine Frau Nancy konnte wissen, dass ich im Hilton logierte. Unfassbar: Ich konnte und wollte einfach nicht glauben, dass sie mich an das FBI verpfiffen hatte. Es sollte so gewesen sein, erfuhr ich später.

Als ich wieder abgeführt wurde, fühlte ich mich leichter. An meiner Seite ging nun jener Pflichtverteidiger, der mir aus Mangel an Barem in der Verhandlung noch zugewiesen worden war. Typus: Es ist eine Scheiß-Arbeit, für die ich kaum Geld bekomme, aber ich muss sie machen. Blauer Maßanzug, genagelte Schuhe, ein bisschen so sein wollen wie die großen Advokaten aus den TV-Serien.

„Ich muss so schnell wie möglich nach Österreich ausgeliefert werden", sagte ich.

Er nagelte neben mir her und sagte, ohne mich anzusehen: „Jetzt einmal ruhig bleiben, Mister Moser. Sie sind gerade Mal 24 Stunden in Haft." Man würde mich jetzt erst einmal ins „Miami Correctional Center" überstellen, dorthin, wo alle Auslieferungshäftlinge sitzen.

„Dort werde ich sie dann in den nächsten Tagen besuchen."

Klang nicht gerade vielversprechend.

In einem fensterlosen Warteraum legte man mich erneut in Ketten. Ich war wieder ein „krummer Hund" wie das in der Knackiesprache so hieß, weil man mit den Eisendingern immer ein wenig gebeugt daherkam.

Die Justizbeamten hatten ein bisschen mehr Witz als die

Leute vom FBI. „Zum ersten Mal in Haft?", fragte mich einer der beiden Männer, gerade so wie ein Fremdenführer, der die Touristen in Ortskundige und Greenhorns teilt.

Ich sagte kleinlaut „ja" und er, wieder mit einem süffisanten Grinsen im Gesicht: „Dann wird's ja noch ein paar Überraschungen geben."

Er sollte verdammt Recht behalten.

*13.40 Uhr.*

Mit einem ganzen Tross anderer Häftlinge wurde ich in das Miami Correctional Center gebracht. Jetzt waren wir tatsächlich wie ein paar Stück Vieh, die zum Schlachter gebracht wird. Und die Kettung war noch einmal verschärft worden: Jeder Gefangene wurde zusätzlich zu seinem eigenen Geschirr auch noch an den jeweiligen Nachbarn gefesselt. Neben mir saß ein monströs fetter Schwarzer, der die ganze Fahrt über leise vor sich hin pfiff. Er stank bestialisch und mein einziger Gedanke war: „Herrgott mach', dass dieses Stinktier nicht mit mir in eine Zelle kommt."

Die akustische Geruchsfolter dauerte zirka eineinhalb Stunden. Dann tauchte vor uns das „Miami Correctional" auf: Ein riesiger, hochmoderner Bau mit Stacheldrahtrollen in Serie drum herum und haushohen, elektrischen Zäunen. „Gesichert wie Fort Knox", murmelte der schwarze Schweißkoloss.

Schritt für Schritt und mit höchster Vorsicht bewegten wir uns dann vom Autobus auf den Gebäudekomplex zu. Immer auf der Hut vor einem Sturz, der die ganze Partie wie Dominosteine zum Fallen gebracht hätte. Dann durch zwei Schleusen, welche durch den, jeden Fluchtgedanken vereitelnden Drahtverhau führten. Wie Puppen bewegten sich die Marshals auf den Wachtürmen synchron mit uns mit, die Gewehre auf einen erbärmlichen Zug gerichtet, der nicht den leisesten Fluchtversuch machen hätte können.

Dann endlich drinnen: Hohe, helle Räume, Fenster ohne Gitter. „Panzerglas“, murmelte der Schwarze wieder und ich hatte den Eindruck, er wollte endlich eine Unterhaltung mit mir beginnen. Ich nicht.

Mit einem ohrenbetäubenden Geschepper wurden die Fesseln geöffnet und fielen zu Boden. Erst da merkte ich, dass ich eigentlich seit Stunden um gut zehn Kilo schwerer gewesen war.

Dann kamen die Aufrufe zur Registrierung, wie im Wartesaal einer Krankenhaus-Ambulanz. „Miller“, „Grotzky“, „Wayne“.

Erneut minutenlang nichts. Ich spürte, wie der kalte Schweiß des Kokain-Crashs über meinen Kopf in den Nacken sickerte. Dann endlich: „Moser!“

Man brachte mich in einen Nebenraum, der aussah wie eine große Röntgenkammer. Kein Tageslicht, ein Schreibtisch mit zwei Beamten und die berühmte graue Wand, an die man zum Erkennungsfoto gestellt wurde. Gerhard Möser von vorne, von links und von rechts. „Nur nicht Lächeln“, dachte ich mir, das kommt sicher nicht gut. Der Mann an der Kamera reichte mir ein Taschentuch, er hatte das Schweißbad auf meiner Stirn registriert.

Wieder Fingerabdrücke, wieder die Aufnahme der Personalien. Und letztlich – das Ende jedes Privaten: Mein Polo-Shirt, die Jeans, sogar die Unterhose musste ich ablegen. Eine Schwarze, Typ Mutter der Kompanie, legte die verschwitzten Kleider fein säuberlich in einen Karton, so als kämen sie gerade aus der Putzerei.

Ab nun hatte ich, wenn auch eine sehr angenehm zu tragende, militärisch anmutende, hellbraune Leinenuniform zu tragen. Zur Haftausrüstung wurde uns eine Identitätskarte mit Personalnummer, Lichtbild und Magnetstreifen, der vermutlich die wesentlichen Personaldaten trug, als Ausweis ausgefolgt. Im bösen Trubel der Ereignisse hatte ich jedes Zeitgefühl verloren.

*22.00 Uhr.*

Es war der mittlerweile enorme Hunger, welcher mich an die fortgeschrittene Zeit erinnerte. Nun wurden die Schlafstellen und die kleinen, dazwischen angeordneten Spinde zugeteilt. Allein: zu Essen gab es an diesem Abend nichts mehr. das ganze Gefängnis war in Wohneinheiten zu je 200 Häftlinge unterteilt, jeweils eine Kompanie sozusagen, in einem einzigen riesigen Saal. „Wie hier schlafen?," dachte ich mir, aber das war in der Sekunde hinfällig, als ich mich auf das Bett fallen ließ. Was ich erst am nächsten Morgen bemerkte: Natürlich war das Schicksal grausam zu mir, der fette Schwarze mit der phänomenalen Ausdünstung lag nur drei Bettreihen neben mir.

*

## Miami Correctional

*28. Februar, 7.00 Uhr.*

Der erste Tag in regulärer Haft. Fast ein gutes Gefühl, so wie wenn man nach einer langen beschwerlichen Reise ins Hotelzimmer eincheckt. Wir konnten uns relativ frei bewegen und ich fand einen ungewöhnlichen Komfort vor: Unser „Hilton" nannten routinierte Einsitzer des Miami Correctional das Gefängnis. In zwei Geschoßen stand je ein Fernsehapparat zur Verfügung, auf dem ohne Unterbrechung American Football lief. Telephone-Zellen zu je acht Sprecheinheiten machten den Komfort komplett. Ich verbrachte den Tag mit Essen. Oder dem nachhaltigen Genuss daran. Nicht schlecht: Am Morgen Bohnen mit Speck, ganz ohne Flachsen, dazu ein überraschend frisches Stück Weißbrot. Zu Mittag eine Art Gulasch, Rindfleisch, ein wenig fasrig aber durchaus erträglich. Abends Brote mit dreierlei Aufstrichen. Und Gerhard Möser, den Umständen entsprechend, endlich wieder im Lot: Tiefer Schlaf ohne Kokain, trotz der orchestralen Schnarchorgie der Mitgefangenen, kaum noch Schweißausbrüche.

*13.00 Uhr.*

Endlich eine freie Telefonzelle. Ich wählte Nancys Nummer. Ihre Mutter, die mit dem typischen Südstaatenakzent, hob ab: „Hallo?"

„Hallo Mum, hier spricht Gerhard. Ist Nancy da?"

Jede Sekunde rechnete ich damit, ihre helle, erotische Stimme zu hören. Und sah vor Augen, wie sie sich, einer Gazelle gleich und wie immer ganztägig im seidenen Haus-

Kleid von „Victorias Secret" dem Telefon näherte.

„Nancy ist nicht da." Da war der Schweiß wieder. Ich fuhr mir fahrig mit der Hand durch die Haare.

„Sie ist gestern mit James zum Dinner gegangen und heute noch nicht aufgetaucht." Ich schluckte. Schon wieder James, dieser widerliche Immobilienkönig. Ich wusste, es war eine Zweckbeziehung, die bereits Jahre dauerte: Er fickte sie wann immer er wollte und war, insbesondere wegen seiner 110 Kilogramm und den 56 Jahren, nicht schlecht bedient damit. Sie ließ sich von ihm aushalten, wenn ihr Konto im Rückstand war: Prada, Gucchi, Escada, aber nie Geld. „Ich bin keine Hure", hatte sie immer zu mir gesagt, wenn meine Vorhaltungen auch nur andeutungsweise in diese Richtung gingen. „Ich liebe Dich, Gerhard, aber ich kann von einem, der sich ständig vor dem FBI verstecken muß, nicht leben."

Ihr Zauber hielt an, trotz allem, so wie er begonnen hatte, damals in Monaco, als ich die palmengesäumte Auffahrt zum „Jimmy'z" hochgegangen war. Hinter mir die Trippelschritte einer Frau, die in hochhackigen Schuhen steckte. Der erste Blick auf sie: brünettes, gewelltes Haar, verdammt lange Beine, verdammt hoher Rockansatz. Sie bewegte ihren Körper wie eine Raubkatze, den Kopf hoch erhoben, und kam mit selbstbewussten Schritten näher. Als ich beim goldlivirierten Türsteher des „Jimmy'z" angekommen war, hatte sie längst zu mir aufgeschlossen. „Du bist dran, Gerhard", hatte ich bei mir gedacht und mich umgedreht: „Hi, schöne Frau. Wollen wir gemeinsam ein Glas Champagner trinken?"

Das war 1988, jetzt war 1992 und am anderen Ende der Leitung lähmende Stille. „Okay, Mum, sie haben mich geschnappt. Kannst Du ihr bitte ausrichten, ich sitze im Miami Correctional, sie soll mich hier anrufen." Ich konnte förmlich sehen, wie sich ihr Gesicht versteinerte. „Hast Du gehört? Ich sitze im MCC."

Es knackte in der Leitung, sie war weg. Ich schaffte es

gerade noch bis zu einem der Stühle und sackte zusammen.

Das war der letzte Kreis der Hölle, in den mich mein zweiter Sündenfall gebracht hatte. Der erste war die Scheidung von meiner Frau Christiane, von meinen Kindern. „Schatzi bitte, bitte verlasse uns nicht, wir gehören zusammen, wir brauchen dich – gehe nicht fort.“ Genau in diesem Augenblick des Alptraums meiner Bewusstlosigkeit muß der Gefängnissanitäter die Kreislaufinfusion gestochen haben und ich wachte wieder auf.

*15.00 Uhr.*

Im Zimmer des Gefängnisarztes roch es nach Formalin. Er selbst roch schlecht aus dem Mund, als er sich über mich beugte um mich abzuhören: „Mister Moser, sie haben ein eklatantes Kreislaufproblem. Haben Sie vor ihrer Verhaftung Drogen genommen?“

Ich erzählte ihm die Geschichte vom Crack-Kokain und meinem geplagten Herzen, physisch wie psychisch.

Dann sagte er mit stoischer Ruhe: „Sie brauchen Ersatzdrogen, Mister Moser, sonst erleben sie ihren Prozess mit Sicherheit nicht mehr.“

Die Angst vor der Nadel, weswegen ich auch Kokain nie gespritzt hatte, warf mich fast wieder um. Der Knackie-Doktor jedoch hatte eine goldene Hand. Ich spürte zuerst nichts und dann, wie irgendein Wundermittel der Pharmazie meinen Entzug linderte. Erstmals seit Wochen war mein Körper vollkommen entspannt. Ich blieb auf der Krankenstation und durfte Schlafen. Insgesamt 15 Stunden lang. Ein Rekord für die Ewigkeit.

*29. Februar, 7.00 Uhr.*

Frühstück in der Kantine: Cornflakes, Milch und frisches Obst. Unfaßbar. Sollte ich meine Auslieferung nach Österreich vielleicht doch hinauszögern? Man wusste aus den Medien, wie es in der Wiener Gefängnissen zuging:

Kosovo-Albaner aus dem Yugo-Bürgerkrieg, die sich täglich mit den Serben duellieren, schwule Capos, die ihr Recht auf den ersten Fick mit Neuzugängen gnadenlos nützen. Hier hingegen war ich im „Jailhouse-Paradise", wie der fette Schwarze, mit dem ich mich ein wenig angefreundet hatte, treffsicher bemerkte: „Im MCC leben viele Häftlinge besser als in Freiheit. Und vor allem sicherer."

Er hieß Paul und saß wegen Serieneinbrüchen im Nobelviertel von Miami. Ein ordentlicher Häftling, kein Kinderficker, kein Drogenhändler.

Dann wieder der Anruf bei Nancy. Diesmal war sie dran: „Gerhard, ich hab' gehört. Warum spazierst du Idiot auch am helllichten Tag in der Gegend herum?"

Ich hatte genau 60 Sekunden Zeit, um ihr klarzumachen, dass sie meinen Anruf als Collect-Gespräch annehmen müßte." Der Angerufene zahlt, der Anrufer, in diesem Fall meine finanzielle Wenigkeit, bleibt gebührenfrei.

„Gerhard, ich kann nicht, ich bin flach."

Ich hatte gefühlsmäßig noch etwa zehn Sekunden. Und ich sagte genau das Falsche: „Zahlt dein Zuhälter nicht mehr…?"

Es machte „Klick" in der Leitung, so ähnlich, wie wenn die Handschellen zuschnappen. Ich, Gerhard Möser, hatte einen entscheidenden Fehler gemacht. Nancy, meine zweite Ex-Frau, der Grund für meine Millionenerpressung, würde vielleicht nie wieder ein Wort mit mir wechseln. Und das war schlimm genug, insbesondere in Anbetracht der Tatsache, dass über dem Himmel meiner Welt die düstersten Gewitterwolken zusammenzogen.

*12.30 Uhr.*

„Kann man sich gut fühlen, im Gefängnis?" fragte mein Freund Paul, der mittlerweile zum Dauergast an meinem Schlafplatz geworden war.

„Ja man kann“, replizierte ich, längst gewohnt an seinen süßsauren Körpergeruch, der trotz täglicher Dusche an ihm hing, wie eine Klette an einem Strickpullover.

Wir hatten ein für Haftverhältnisse herrliches Mittagessen hinter uns und sprachen über unsere Untaten, die Gründe für das gemeinsame Hiersein. Er über seine Brüche in den feinsten Häusern von Miami, ich über meine Entführung. Er hatte eine aktuelle Ausgabe des „Miami Herold“ bei sich, eine kleine, einspaltige Notiz mit einem Marker angestrichen: „Millionenerpresser aus Österreich in Haft!“

Natürlich: Mein Name lautete diesbezüglich „Moeser“ und ich war nicht in Graz sondern in „Styria“ geboren. Gezählte zwölf Zeilen über einen Kriminalfall, der ganz Mitteleuropa beschäftigt hatte.

„Du bist ein kleiner Fisch, aber ein lustiger“, schmunzelte Paul und ich wurde immer weniger den Verdacht los, dass er möglicherweise schwul war.

Abends, wieder auf der Pritsche in Choral der Schnarcher, zog die Vergangenheit an mir vorbei: Mit Nancy, die jetzt womöglich wieder unter diesem Fettsack dienen mußte. „Sex mit Kokain“, hatte sie immer gesagt, „ist viel schöner als ohne.“ Damals in Harrys Bar in Venedig, wo wir unsere Flitterwochen verbracht hatten. Oben dann, in der Hochzeits-Suite des „Danieli“, explodierte mir der Kopf. „Beginnt so ein Schlaganfall?“ hatte ich mir gedacht.

„Nein“, diagnostizierte ein paar Tage später mein Arzt in Graz, „aber eine schwere Gehirnhautentzündung“. Vier Wochen Krankenhaus und dann der Tipp eines prominenten Oberarztes, seit frühen Tagen mit mir befreundet: „Gerhard, mein Lieber, das Kokain frisst dein Gehirn auf.“

Jetzt lag ich unter 200 Knackies im „Miami Corectional Center“ und war mir ziemlich sicher, dass meine Verhaftung mein Leben gerettet hat.

*1. März, 11.30 Uhr.*

Endlich Abwechslung: Es gab Schulunterricht in englischer und in spanischer Sprache, gefühlsmäßig war ohnehin die Mehrheit der Häftlinge spanischer Herkunft. Danach gab's, fast wie bei einem Seminar, Lunch mit einem riesigen Salatbuffet und, zur Abarbeitung der Kalorien, Fußball im Gefängnishof. Oder Squash, oder Tennis. Ich spielte Fußball mit einem Team aus zehn Hispanics und schoß zwei Tore. Nach dem Abendessen war es einem freigestellt, bis 21.30 Uhr im Hof zu verweilen. Und wenn man sich die „Einfriedung", welche die Anstalt als Gefängnis auswies, wegdachte, konnte man den Eindruck gewinnen, in einem Country-Club auf Urlaub zu sein.

Ich begann mich wohlzufühlen, im „Jailhouse-Paradise". Die morgendlichen Injektionen gegen meinen Kokain-Entzug zeigten immer mehr Wirkung, der Gefängnisarzt war zufrieden mit mir: „Kein Koks, kein Alkohol, keine Zigaretten. Sie werden im MCC zum Gesundheitsjunkie, Mister Moser."

Hinzu kamen Gesprächstherapie-Sitzungen beim Psychologen. Zwei hatte ich schon hinter mir, und immer mehr kam mir meine jüngere Vergangenheit wie ein schrecklicher Alptraum vor. War das wirklich ich gewesen, der von der Familie wegging, um ein verkokstes US-Model zu heiraten? War das ich, der seine Cafes in Monaco so schleifen hat lassen, dass es letztlich nur mehr Schulden abwarf? Und war das ich, der im Koks-Rausch den Schwager des Großindustriellen Flick entführt hatte, um zehn Millionen Mark zu erpressen, mit denen ich nie und nimmer über alle Berge gekommen wäre?

Der Therapeut gab mir die Antwort: „Mister Moser, sie waren eine Puppet on a string", eine Marionette, bewegt durch die Fäden, an denen Nancy gezogen hatte. Ich, Gerhard Möser, der Karriere-Mustermann aus Graz, der 1988 zwischen einem Lamborghini und zwei Rolls-Royce als Fahrzeuge wählen konnte, der neben dem Casino von Monaco eine Traumvilla mit Blick auf den Yachthafen besaß, der alles kaufen konnte, nur nicht Glück und Liebe. Ich saß hier wie ein Haufen Scheiße und sah der Welt zu, wie sie sich plötzlich ganz ohne mich bewegte.

*4. März, 9.00 Uhr.*

Info von der Telefonzentrale. Es gibt zwei Anrufe für mich, die Nummern waren gleich dazunotiert. Einmal Graz, einmal Wien. Ich versuchte, mein vom Kokain durchlöchertes Gedächtnis zu aktivieren: Gehörten die Nummern zu meiner Familie, meinem Anwalt, meinen Kumpels aus besseren Zeiten? Nein. Zu kurze Zahlenkombinationen, nur fünf Stellen hinter dem Ortscode.

Zeitungen, das ist es! Endlich haben die Pressefritzen von meiner Festnahme Wind bekommen. Ich sprintete zu den Telefonkabinen und wählte zuerst die Grazer Nummer. Am anderen Ende der Leitung eine gelangweilte Tonbandstimme: „Die Volks-Zeitung, Steiermarks größtes Tagesblatt. Bitte um ein wenig Geduld." Viel davon konnte ich nicht haben, um einen Collect-Call zu machen, blieb mir kaum mehr Zeit als zwanzig Sekunden.

Dann endlich eine echte Stimme: „Fritz Hausberger, Hallo?"

Ich kannte den Typen aus meiner Zeit als, wie die Blätter so schön schrieben, „erfolgreicher Unternehmer und Gastronom". Dreimal pro Woche war er ins „Mr. Bojangles" gekommen, hatte sich von mir frei Haus halten lassen. Bacardi-Cola in Serie, nie unter fünf Gläser. Dann immer wieder ein paar nette Notizen im Gesellschaftsteil. Es hatte sich durchaus gerechnet.

„Hier spricht Gerhard Möser, der erfolgloseste Entführer aller Zeiten." Ich schmunzelte über meinen Sarkasmus.

„Hallo, Gerhard. Danke für den Rückruf. Ich sitze schon auf Nadeln. Die Chefredaktion will wissen, ob wir eine Serie über dein Schicksal machen können."

„Und ich will wissen, ob du das Gespräch auf dein

Konto nimmst. Sonst macht es nämlich in zehn Sekunden Klick und ich bin weg."

„Klar Gerhard, für Dich mach ich alles."

Er wollte sagen: „Für eine gute Story mach' ich alles."

Aber sei's drum: Der Operator stieg ins Gespräch ein, Hausberger übernahm die Kosten auf seine Nummer und wir begannen zu handeln.

„Hör zu Gerhard, ich komme dich besuchen, ich bringe Geld mit. Wieviel brauchst du?"

„Geld ist vorerst Nebensache", sagte ich, „ich kann mir hier kaum was kaufen. Besorg' mir lieber einen ordentlichen Anwalt, der mich schnell nach Österreich zurückbringt."

Die nächsten zehn Jahre, das wusste ich, würde ich kaum Geld brauchen können. Ich nicht. Aber meine Exfrau, die Kinder, meine Eltern.

Fünf Minuten später war der Deal perfekt: Meine Exklusiv-Story als Serie in fünf Teilen, dazu ein Interview, über den Preis würden wir uns später einigen.

Ich hatte mein erstes „Geschäft" in der Haft gemacht. es sollten noch viele weitere folgen...

*13.00 Uhr.*

Wieder am Telefon. Der erster Anruf bei meiner Ex-Frau. Was sollte ich sagen, wie meine Schuld erklären? Gab es überhaupt eine Entschuldigung. Ein Wort das von „Ent-Schulden" kommt, Schuld abladen, wegkriegen. Nein, das konnte nicht funktionieren. brauchte es auch gar nicht.

Zuerst waren die Kinder dran: „Hallo Papa, wie gehts?"

In meinem Hals steckte ein Knödel, die Tränendrüsen machten sich bereit.

„Deinem Papa gehts gut aber er kann nicht so bald zurückkommen." Die Augen wurden nass.

Dann Sven: „Gerd, Papa, wann gehen wir wieder Moto-Cross-Fahren?" Im Garten hinter unserem Haus gab es einen kleinen Kurs für Privatzwecke. Sven hatte schon mit Sieben eine Kinder-KTM bekommen. Er war ein geniales Talent. Flog durch die Luft wie ein Weltmeister.

„Wir werden wieder fahren, wenn ich zurück bin."

„Wielang dauert das…?"

Ich schluckte und blieb bei der Wahrheit: „Vielleicht sechs Jahre, vielleicht acht?"

Keine Antwort. Er hatte an Christiane übergeben.

„Sei stark, wir brauchen dich, denn ohne dich geht es nicht mehr weiter und hat alles keinen Sinn. Bitte halte durch, wir lieben dich sehr!"

Das war schön, das brauchte ich. In Wirklichkeit hatte ich nämlich mit einer Vorwurfs-Orgie gerechnet: „Gerhard, was hast du getan? Warum hast du uns ins Unglück gestürzt?" Nichts von alldem. Ich versprach ihr, von nun an jede Woche einmal anzurufen.

„Ich liebe dich," sagte sie noch.

Als ich die Telefonzelle verließ, standen schon drei Häftlinge in der Warteschlange: „Hey Mann, kannst du nicht kürzer machen?" Dann sahen sie die Tränen und wurden plötzlich ganz still. Einer sagte noch: „Hey Mann, nimm's nicht so tragisch. Wir sitzen alle in der selben Scheiße."

Wie wahr.

*8. März, 11.00 Uhr.*

Endlich gesund. Der Anstaltsarzt attestierte mir fast normale Blutwerte. Mein Herz schlug wieder regelmäßig, nur die Mundschleimhäute waren durch das ewige Crack-Kokain noch in einem üblen Zustand.

„Das kriegen wir auch noch hin", sagte der Doktor.

Der Lohn für die Fitness: Eine Verlegung in einen anderen Teil der Anstalt, im Haftjargon „Die Lagune" genannt. Acht Häuser für je 160 Knackies standen rund um einen künstlichen Teich herum, es sah wirklich aus, wie eine Fertigteilsiedlung auf einem Messegelände. Großartig. Ich begann den US-Justizvollzug zu lieben. Und außerdem die Tatsache, dass ich von meinem Fettkoloss weggekommen war, der offensichtlich kein Fitness-Okay bekommen hatte. Beim Abschied sagte er nur noch zu mir: „Alter, halt' die Ohren steif", schnaubte ein bißchen wie ein altes Schlachtroß und trottete wieder in Richtung seines Betts.

Ich konnte endlich durchatmen.

*9. März, 9.00 Uhr.*

In der „Lagune" herrschte allerdings verschärfte Disziplin. Die Häuser waren peinlich sauber und das hatte einen Grund: Wer bei der illegalen Entsorgung eines Kaugummis oder einer Zigarette erwischt wurde, hatte nicht viel zu Lachen. Die Sanktionen reichten von „zwei Stunden Sammeldienst", dem Aufpicken von ungustiösen Wegwerfartikeln aller Art, bis hin zur eintägigen Einzelhaft in einem fensterlosen Raum. Mir konnte nichts von beidem passieren. Ich rauchte nicht und kaute auch keine Kaugummis. Ich war Gerhard Möser, der gesündest lebende Häftling aller Zeiten: Fitness, Tennis, Squash und – seit Anfang März – fixe Sturmposition in der Fußball-Mannschaft der Hispanics. Als einziges Bleichgesicht. Sie nannten mich „Gerard" und hielten mich wegen meines feingliedrigen Körpers wahrscheinlich für einen Schwulen.

*14.00 Uhr.*

Posteingang. Der erste Brief von daheim. Viel Arbeit für die Tränendrüsen: Die Kinder hatten den Umschlag mit selbstgezeichneten Blumen dekoriert und ich heulte noch vor dem Öffnen. „Für Papa, der bald heimkommen soll", stand daneben hingekritzelt.

Christiane schrieb: „Gestern habe ich die Blumenzwiebel im Garten gesetzt, es war ein warmer Tag für die Jahreszeit. 13 Grad plus."

Ich heulte noch einmal.

Sven schrieb: „Die blöde Kette von meiner KTM ist schon wieder gerissen. Was soll ich tun?"

Ich heulte zum dritten Mal.

Nina flehte: „Bitte Papa, lass' dich heimschicken. Dann können wir Dich wenigstens besuchen."

Mein Bettnachbar hielt mir ein Taschentuch unter die Nase. Ich hatte das Gefühl, als würden meine Augen ausrinnen. Und dann wieder die Erinnerung an Monaco, daran, wie das damals war. Schon mit Nancy liiert aber noch bei der Familie. Am Tage unterwegs mit ihr, manchmal gar nur auf einen schnellen Fick in dem Appartement, das ich ihr beschafft hatte. Spät Abends schlüpfte ich dann zu meiner Frau ins Bett. Wenn es Nacht wurde in Monaco gab es nur zwei Dinge, die mich glücklich machten: Das Pulsieren der hektischen, nie schlafenden Stadt und die ruhigen Atemzüge meiner Kinder.

*16. März, 10.00 Uhr.*

Zum ersten mal erschien mein Pflichtverteidiger im Gefängnis. Ich traf ihn zum Tischgespräch im Besucherraum.

„Hallo, Mister Möser, es könnte schon bald so weit sein." Klack, klack. Er trug natürlich wieder genagelte Schuhe, die auf dem Granitboden besonders effizient zur Geltung kamen.

„Die US-Justiz hat nichts gegen eine Auslieferung nach Austria, das Ansuchen aus Wien ist schon eingetroffen."

Ich atmete hörbar auf.

„Der Countdown läuft", sagte er noch. Und dann: „Irgendein Journalist aus Austria hat mich gestern angerufen. Ein Mister Houseburger, oder so. Der will sie hier in der Haft besuchen. Er kommt morgen."

Irgendwie schien er Spaß an seiner Pflichtverteidigung gefunden haben. „Sie sind ja ein großes Kaliber da drüben in Austria, oder?"

Ich sagte gedankenverloren: „Gewesen, bis vor ein paar Monaten. Jetzt bin ich ein Krimineller. Und wäre es nicht Friedrich Karl Flick gewesen, den ich erpresst habe, würde kein verdammter Journalistenhahn nach mir krähen."

Nachdem wir das Prozedere der Auslieferung besprochen hatten, beugte sich der Anwalt geheimnistuerisch zu mir rüber: „Ich weiß jetzt auch, wer sie verpfiffen hat."

Ich wußte es nicht, konnte es mir aber denken: „Nancy", sagte ich.

„Exakt", trompetete er triumphierend. „Die feine Lady hat drei Tage vor ihrer Verhaftung den Leuten vom Austro-Konsulat einen kleinen Hinweis gegeben."

Mir war klar, dass sie es gewesen ist. Nur das Warum blieb fraglich. „Warum?" rätselte ich.

Der Anwalt sprang auf, klackerte mit seinen Schuhen und sah mich an wie einen voll Entmündigten: „Wanted, Mister Moser. Kopfgeld. Dreitausend Dollar für einen Besuch im Konsulat sind leicht verdientes Geld, oder?"

Ich war wie vom Donner gerührt. Also hatte die hübsche Ratte mich tatsächlich für 3000 Dollar verpfiffen.

„Sie hat nur mitteilen brauchen, dass sie im Hilton abgestiegen sind." Er grinste. „Der Rest war Routinearbeit für die Cops. 48 Stunden Beschattung und die Sache war erledigt."

Nachdem er und seine Nagelschuhe weg waren, stemmte ich mich wie ein Achtzigjähriger aus meinem Sessel und durchmaß den ganzen Besucherraum. Ich war fassungslos, voll des Schmerzes, der Bitterkeit aber dennoch generierte die Enttäuschung keinerlei Hass. Ich hatte das dringende Bedürfnis, allein zu sein und die schweren Keulenhiebe langsam abebben zu lassen.

Zurück in meinem Wohnblock, ließ ich mir die Sache noch einmal durch den Kopf gehen. Natürlich hatte Nancy immer schon für Geld fast alles getan. Längst auch in Monaco: „Ich hab mich durch die Gegend gefickt, um von anderen Leuten was zu bekommen."

Das war ihr Stehsatz gewesen, seit jenem Abend, wo sie ihren Modelkörper vor mir ausgebreitet hatte. „I fucked up my life by taking advantage of other people," hieß das in ihrer Sprache mit dem breiten Südstaaten-Akzent.

Damals ist ihre ganze Story vor mir gelegen. Und Gerhard Möser, der geile Trottel, verliebt noch dazu, hatte jeden Verdacht weggewischt. Ihre junge Biografie hätte ohnehin schon ein Alarmsignal sein müssen: Mit 18 von Zuhause weg, nach Florida getürmt, mit Rauschgift gedealt und zum Schluss am Nobel-Strich. Und ihr Leben auf Kosten anderer fand bei mir seine Fortsetzung. es war immer dasselbe: Zunächst ein selbstmitleidiger Heulkrampf und dann die Bitte: „Du mußt mir 10.000 Dollar schenken. Ich habe Schulden."

Ich sagte „Okay" und am nächsten Tag kam sie mit neuen Stifeletten von Prada daher.

*13.00 Uhr.*

„Unit" wurden die einzelnen Wohngebäude rings um den Teich genannt. Ich, der Luxushäftling Gerhard Möser, spazierte runter zum Wasser und nahm auf einer der Parkbänke Platz. Und irgendwie hallten ganz plötzlich die Worte meiner Mutter nach, als sie damals von der Scheidung von Christiane erfahren hatte: „Ich weiß, mein lieber Gerhard, du liebst Nancy, aber sie ist nichts für dich. Sie ist ohne Liebe aufgewachsen, sie weiß nicht, was Liebe ist und du wirst ein Leben ohne ihre Widerliebe führen müssen. Du schaffst das nicht mein Sohn, glaube mir!"

Mütter haben fast immer recht, meine – nachträglich betrachtet – hatte verdammt Recht gehabt. Ich hatte ein bisschen geweint, aber die glühende Sonne Miamis trocknete die Wangen in Minuten.

Warum war mir nicht schon damals alles klar gewesen, im April 1991, als sie sich erstmals von mir scheiden lassen wollte? Oder in den hysterischen Tagen zuvor. Vollgepumpt mit Kokain, hunderte Stunden kaum was geschlafen, und wieder ein Gespräch im Wiener Sacher, mit einem möglichen Geschäftspartner für ein neues Lokal. Längst im Beziehungs-Delirium mit ihr, ohne Chance auf Nüchternheit.

Als ich nach Hause gekommen war, hatten plötzlich allerhand wertvolle Dinge gefehlt: Der Schmuck, die Nerze, mein geliebter Bonsai, alle Bilder. Dann plötzlich surrte das Fax-Gerät: „Es ist alles vorbei. Ich hab' mir den Mercedes genommen und 500.000 Schilling. Bye, Nancy."

Was mir damals geblieben war? Eine Vorratspackung Crack-Kokain, gut versteckt hinter einem losen Ziegel der Gartenmauer. Und der zwingende Gedanke, dass mich nur noch ein „großer Coup" aus meiner Finanztristesse befreien hätte können. Ein wirklich großes Ding, gut durchgedacht, einfach zu exekutieren, ohne besonderes Risiko.

Neben mir auf der Parkbank ließ sich ein Latino-Häftling nieder: „Hi Mann, wer bist Du? Ein Parkwächter?"

Ich entgegenete: „Der Erpresser von Friedrich Karl Flick."

Er legte seine braune Stirn in Falten: „Fredrich, Flack, wie?"

Es war zum Verzweifeln. Ich erhob mich matt und schlenderte langsam zu meiner Unit zurück.

*17. März, 14.00 Uhr.*

Hausberger sah immer noch aus wie damals, als er auf meine Kosten im „Mr. Bojangles" Cola-Bacardi gekübelt hatte. Nur ein wenig mehr abgekämpft. Was wohl daran lag, dass er erst vor zwei Stunden am Miami-Airport angekommen war. Er trug Winterkleidung, drüben in Österreichs hatte es noch immer Minusgrade, wie er sagte.

„Zu blöd, Christianes Blumenzwiebel werden erfrieren", murmelte ich.

Er sah mich ahnungslos an: „Gerhard, hast Du keine anderen Sorgen?“

Dann quatschte er mich mit seinen journalistischen Ideen voll: „Wir machen eine Super-Serie aus deiner Geschichte. Du kommst groß raus. Interview, Fluchttagebuch, Festnahme und so weiter.“

„Ich bin drin,“ sagte ich. „Ich kann nicht groß rauskommen.“

Er lächelte mitleidig. „Vielleicht hast Du eine Chance, auf Unzurechnungsfähigkeit. Du warst voll mit Kokain, wusstest nicht mehr, was du eigentlich getan hast.“

„Bist du jetzt mein Anwalt oder mein Chronist?“ Ich war ein wenig indigniert. Was wollte er eigentlich von mir?

„Ich will dir helfen. Sechs Jahre sind besser als zwölf Jahre.“

Er half mir tatsächlich: Mit jenen 200 Dollar, die er an der Gefängniskasse für mich hinterlegt hatte. Und vielleicht auch mit jenen 20.000 Schilling, die er mir als Honorar für die Zeitungs-Serie versprochen hatte. Zahlbar auf das Konto meiner Ex-Familie. Für Sven und seine gerissene Motorradkette. Für Ninas Barbie, die sie sich so sehr zu Ostern wünschte. Und für mich und die Zeit danach. Irgendwann im Jahr 2004 oder so…

*

## Die Auslieferung

*4. Mai 1992, 3.00 Uhr.*

Ich sah mich auf das Haus meiner Ex-Familie zufahren, eine halbe Autostunde von Graz entfernt, nette Lage, am Fuße eines Hügellands, das mich irgendwie immer an die Toscana erinnert hatte. Es war eines der typischen bankenfinanzierten Reihenhäuser: Zwei Stockwerke, unten Vorraum, Küche und Wohnzimmer, oben die Schlafräume für Kinder, Eltern und unterm Dach ein kleiner Stauraum. Ein kleiner Streifen Garten davor, dahinter ein größerer. An das Garagentor gelehnt: die kleine Moto-Cross-Maschine meines Sohnes Sven, ein Kinderpuppenwagen daneben, eine viel zu kleine Welt für den großen Gerhard Möser, damals, als ich eine Villa in Monaco besaß, deren Swimmingpool die Maße eines halben Olympiabeckens hatte. Jetzt im Traum am Bett des MCC, ein Paradies, kleinbürgerlich, familiär, putzig.

Ich stieg aus dem Wagen aus, einem üppigen Landcruiser mit getönten Scheiben, und bewegte mich federnden Schrittes auf das Haus zu. An der Klingel am Gartentor stand noch plötzlich „Familie Bertram“. Seltsam. Drinnen schellte es und die Tür ging auf und meine Ex-Frau streckte ihren Kopf durch den Spalt: „Was wollen Sie?“

Ich war wie vom Blitz getroffen.

Sie kniff ihre Augen zusammen, scheinbar um mich besser mustern zu können.

Ich hörte mich sagen: „Ich bin’s, Gerhard. Kennst du mich nicht mehr?“ Hinter ihr drängten plötzlich die Kinder ins Bild. Sven, mit einer Baseballkappe auf dem Kopf, verkehrt herum natürlich, blinzelte gegen das grelle Sonnenlicht in meine Richtung. Es muss Sommer gewesen sein in meinem Traum, einer jener heißen trockenen Sommer, in denen man sich nicht vorstellen konnte, dass winters oft eineinhalb Meter Schnee lagen.

„Halle Sven. Ich bin's, dein Vater!"

Sein Gesicht war ein einziges Fragezeichen, das schelmische Grinsen, sein Markenzeichen, fehlte völlig: „Mein Vater ist hier im Haus drinnen. Sie haben sich in der Türnummer geirrt." Und dann Nina, mit ihrem spitzen Stimmchen: „Sind sie betrunken?"

Ich wollte aus mir heraustreten, in diesem Traum, aus meinem Astralleib schlüpfen, zur Tür gehen und meine Frau Christiane auf die Stirn küssen. Aber irgendwer hielt mich zurück, hatte mich an den Armen gepackt und geschüttelt: „Aufwachen. Sie müssen zu Gericht, Mister Moser." Mein Herz begann bis zum Halse zu pochen und Schweiß brach mir aus allen Poren. Endlich, gerettet.

Der Officer sah müde aus, klarerweise um drei Uhr Nachts. „Warum", dachte ich bei mir, „müssen diese Abschiebungen immer mitten in der Nacht stattfinden?" Natürlich, bei Häftlingen, die im Heimatland Folter und Terror zu erwarten hatten, hatte diese Überrumpelungstaktik was für sich. Aber ich, Gerhard Möser, brannte darauf, endlich in Österreich zu sitzen und der Wahrheit genüge zu tun.

Nervös und aufgeregt wusch ich mich, raffte meine notwendigsten Unterlagen an mich und weckte meinen Bettnachbarn. Es war ein Schwarzer namens Mario aus South Carolina. Er sah mich an wie eine grüne Mamba: „He Mann, hier hast du ein bißchen was von mir." Ich schob ihm alle meine restlichen Essensvorräte rüber, fünf Schokoladeriegel, eine Flasche Cola, zwei Bananen und einen schon leicht verschrumpelten Apfel. Er sagte: „Danke Mann", und rollte auf die andere Seite, wieder in den Schlaf."

Der Officer wurde ungeduldig: „Tempo, Mister Möser,

wir sind hier nicht im Miami-Hilton." Dann sagte er nichts mehr, obwohl ich meinen Drogenersatz, die Entwöhnungstabletten, aus einem kleinen Loch am Kopf der Matratze fischte. Ich hatte sie längst gesammelt, brauchte sie nicht mehr schlucken. Aber wer weiß, was mir noch bevorstand?

Mit dem Officer an meiner Seite stolperte ich zum Saalausgang, mitten durch das ohrenbetäubende Konzert von 199 schnarchenden Verbrechern.

In der Kantine dann ein letztes Frühstück. Einmal noch Kaffee, Kuchen, Cornflakes, Milch. Neben mich knotzte sich ein Hispanic hin, wohl ebenfalls ein „Schübling", allerdings mit Zieladresse Mexiko. Er sah mich aus den Augenwinkeln an und sagte: „Lost paradise. Das schöne Leben ist zu Ende, Mann." Und dann, nachdem er unappetitlich von seinem Kaffe geschlürft hatte: „Wo geht's hin, Mann?"

Der Officer war am Kantineneingang stehengeblieben und musterte uns wie ein herzloser Bauer sein Schlachtvieh. „Nach Österreich."

Der Mexikaner hob die Augenbrauen: „Jesus, was hast du ausgefressen, dass du da rüber musst?"

Ich nahm einen Bissen von dem Sandkuchen, dessen Rezept ich gern erfahren hätte: „Ich habe einen Milliardär erpresst." Den Namen sparte ich mir, er hätte ihn ohnehin nicht verstanden.

Er konterte, wie aus der Pistole geschossen: „Mann, ich glaub's nicht. Du bist der Millionen-Kidnapper, der früher einmal am Tisch von Fürst Rainer gefressen hat?" Er fummelte ein zusammengefaltetes Buntblatt aus seiner Jackentasche und schob mir den Artikel unter die Nase. „Society-Gentleman aus Monaco fand sein Ende im Miami Correctional."

„Wenigstens was", dachte ich und nickte. Er klopfte mir auf die Schulter wie einem Football-Star und grinste über das ganze Gesicht: „He Mann, gibt mir ein Autogramm."

Ich nahm seinen Kugelschreiber, kritzelte „Gerhard Möser“ auf den Blattrand neben dem Artikel. Er nahm das Papier wie ein Heiligtum an sich und sagte: „Viel Glück, Mann.“ Endlich war ich berühmt.

Fünf Minuten später noch ein Stopp im Krankenrevier der Anstalt: Man gab mir noch eine ordentliche Ration des Kokain-Substituts, ich hätte meine gehamsterten Tabletten nicht wirklich gebraucht.

Dann der „Check-In“ zur Abfahrt. Eine große Halle, hoch oben Panzerglasfenster, durch die schon das Licht des frühen Morgens fiel. An einer Seite ein stählernes Schleusentor. Jeder Häftling wurde namentliche aufgerufen und musste beim Passieren der Schleuse seine achtstellige Codenummer nennen.

„Moser, Gerhard!“ Jetzt wirklich auf dem Weg zur Gerechtigkeit. Durch einen langen, schmalen Gang, ähnlich wie ein Fußballer auf dem Weg von den Kabinen ins Stadion, ging es zum „shake down“, der letzten Erniedrigung auf US-Boden: Ich mußte mich splitternackt ausziehen und mich von einem dicken Schwarzen mit Plastikhandschuhen filzen lassen: Mund auf, Vorhaut zurück, Arschbacken auseinander.

„Bist du ein Schwein oder ein Mensch?“ sinnierte ich und schlüpfte wieder in meine Kleider.

*5.00 Uhr.*

Meine letzte „Einzelhaft“ auf US-Boden. In der „holding cell“, einem Kämmerchen mit drei mal drei Metern im Quadrat und zehn anderen Knackies. Wer das nie erlebt hat möge sich vorstellen, mit der gleichen Zahl seiner widerlichsten Bürokollegen in einem steckengebliebenen Lift eingeschlossen zu sein. Es war nicht nur der Gestank, welcher kaum erträglich war, sondern vor allem der Luftmangel. Die fetten Typen, und es waren fast alle fett, breiteten sich in der Mitte der Kammer aus, zarte Kreaturen wie ich drückten sich an die Mauer.

„He, Mann, Arschloch, nimm' deine Finger von mir." Einem waren die Nerven durchgegangen. Ich blickte mich verzweifelt um: gab es hier so etwas wie eine Notruftaste? Was machen, wenn es in dieser Dreckskabine zu einer Massenschlägerei kommt.

Einer murmelte noch, „Ruhe, Leute, sonst holen sie uns wieder zurück", dann öffnete sich die Tür und mir fiel ein Felsbrocken von Herzen.

Jeder wurde einzeln von einem Officer hinausbegleitet, mir gab man den Namen „Roller". So heißen die, welche nicht mehr in die Anstalt zurückkehren und außer Landes abgeschoben werden.

Dann die Ausgabe der Zivilwäsche: Bedauerlicherweise gab es meinen Karton nicht mehr, in den die Cops vom FBI meine verschwitzten Fetzen gepackt hatten. Alles Gewand der Eingelieferten war auf einem riesigen Haufen, daneben stand eine Frau und sagte zu mir: „Viel Glück bei der Suche."

Es war nicht schwer: Kaum einer war mit Ralph Lauren und Joop-Jeans hierher gekommen und zu meiner ungeheuren Überraschung fand ich die Stücke tatsächlich wieder. „Feiner Stoff, Mann", sagte die Wäschefrau, „ich hoffe, er gehört tatsächlich ihnen."

*6.30 Uhr.*

Noch einmal die Kettung. „Möser, du hast schon mehr gelitten als dein Entführungsopfer", schoss es mir durch den Kopf.

„Hände nach vorne, in Zweierreihen antreten" herrschte mich der Marshall an. „Klick, klick."

Dann die Fußschellen und die Verbindung zu meinem Nachbarn, glücklicherweise ein Typ mit ähnlicher Statur. Wir waren wieder krumm geschlossen, zehn Kilo schwerer und erniedrigt. „Aber", sagte ich zu mir, „es ist das letzte

Mal, wo du nicht aufrecht gehen kannst."

Beim Zug in den Gefangenenbus wieder die Dominogefahr. „Nicht hinfallen, Möser, nicht hinfallen." Als wir saßen, stand die Sonne Miamis schon ziemlich hoch.

Mein „Zwillingshäftling" war ein Guatemalteke, der nicht die geringste Ahnung von Englisch hatte.

Über das Busmikro meldete sich ein Officer: „Wir werden zirka eineinhalb Stunden fahren. Es geht nach Downtown-Miami, wo ihr wahrscheinlich alle schon mal was ausgefressen habt." Einigte lachten. Es war fast wie auf einem Schulausflug.

Anstelle von Panoramascheiben gab es schmale Sehschlitze als Fenster und ich lehnte meinen Kopf gegen das kalte Blech. Kleine Einfamilienhäuser mit glücklichen Familien huschten vorbei. Dazwischen Wohnwagensiedlungen mit weniger glücklichen Familien. Ich dachte an Nancy: war sie schon wieder ihrem Immobilienkönig unterlegen? Hatte sie die dreckigen 3000 Dollar für meine Ergreifung schon verbraten, auf der Nobelmeile von Miami, bei Gucci, Prada & Co?

Das Rattern der Betonfelder der Autobahn, über die wir Richtung meines neuen Lebensabschnitts fuhren, machte müde. Ich schlief ein und zu meiner Gnade fand der Traum der letzten Nacht keine Fortsetzung.

Plötzlich ein unsanfter Ruck, der Bus stand still. Ich schreckte hoch und sah nach draußen: Wir standen wieder im Hof jenes Gerichtsgefängnisses, aus dem ich vor Wochen ins „Correctional" gebracht worden war. Der Guatemalteke erhob sich zu früh, riss schmerzhaft an meinen Fesseln. „Sitzenbleiben!" herrschte ihn der Marshal an.

Der Bus stand zwanzig Minuten mit geschlossener Tür in der Morgensonne Miamis, der alte Schweiß meines Polos löste sich im Neuen auf, ich stank wie ein Iltis. Undenkbar, so nach Österreich geflogen zu werden und in Wien-Schwechat vor die Meute der Pressefritzen zu treten. Gab es ein Duty-Free für Häftlinge? Ich musste schmunzeln.

Dann endlich durften wir aufstehen und in Zweierreihen die fahrbare Sauna verlassen. Draußen war es noch heißer, aber trocken. Ich atmete durch.

*8.00 Uhr.*

Aufgeteilt in Gruppen zu je sechs Gefangenen wurden wir in die Arresträume aufgeteilt. „Wie lange würde ich auf den Auslieferungsrichter warten müssen?“, dachte ich. Aus der Pillenschachtel fischte ich einen Kokain-Ersatz heraus, würgte die Tablette ohne Wasser hinunter. Es war lange her dass ich gefrühstückt hatte und irgendwie roch mein Atem fahl und verbraucht. Die anderen Knackies hatten fast alle Zeitungen bei sich, eigentlich eher Comics: Viel Bildsprache, wenig Text. Sie knotzten auf dem Boden des fensterlosen Raumes und versuchten, Kreuzworträtsel zu lösen. Ein Deutscher Milliardär mit fünf Buchstaben. Und sein Erpresser, fünf Buchstaben. „Scheiße“, sinnierte ich, „nicht einmal einen Buchstaben hatte ich mit dem großen Friedrich Karl gemein. Was er jetzt gerade wohl tat? Ich ließ mich in einer Ecke des Haftraumes im Türkensitz nieder. Wohl schlafen, mit seiner Ingrid neben ihm. Milliardäre stehen nie vor neun Uhr früh auf. Schon gar nicht in seinem Alter.

Ein Marshal kam auf mich zu und sagte: „Mister Moser, wir müssen vor der Ausreise noch einmal ihre Identität feststellen.“

Wie oft hatte ich eigentlich den Amis schon meinen Fingerabdruck hinterlassen? Dreimal, viermal, sechsmal? Offenbar war ich der einzige Auslieferungshäftling in der Zelle, denn plötzlich sahen mich die anderen Knackies an, als wäre ich ein Privilegierter. Einer von ihnen, sein Gesicht war übersäht mit Pockennarben, sagte zu mir: „He, Mann, bist du was Besseres?“

Mir blieb der Atem stehen. Was sagen? Vielleicht: „Nein, ich bin genauso ein kleines Arschloch wie ihr alle.“

Oder: „Ich kann nichts dafür, dass ich Österreicher bin."

Egal, die Szenerie kam ohnehin schon in Bewegung: Der Pockennarbige hielt auf mich zu. Konnte er ein Messer haben? Eigentlich genügten mir seine Hände, die so groß waren wie Baseball-Handschuhe. Bevor ich mich noch kleiner machen konnte als ich ohnehin schon war, hatte er mich an den Haaren gepackt und mit dem Kopf gegen die Wand gedrückt Er hatte keine Zähne mehr im Mund und so roch er auch: „Du kleiner Arschficker sitzt gleich in der American nach good old Europe." Er spuckte mir eine Ladung seiner widerlichen Galle ins Gesicht und ließ dann von mir ab: „Dafür gehört dir das."

Ich wischte mir die Sauce mit meinem Polo ab.

„Wichser." Er ließ sich wieder nieder und fummelte an seinem Kreuzworträtsel herum.

Ich dachte mit flatterndem Atem: „War das jetzt der Anfang einer Hinrichtung? Kommt jetzt der nächste und tritt mir seinen Stiefel ins Gesicht? Herrgott, wo sind hier in diesem Raum die Kameras?"

Die Tür ging auf, meine Rettung: „Moser!"

Noch nie in meinem Leben war ich so schnell auf den Beinen gewesen.

„Wir bringen sie jetzt zum Airport." Mein Engel, mein Retter, ich hätte ihn küssen können.

Plötzlich wurde mein Name aufgerufen und ich erhob mich langsam um durch eine Reihe automatisch geöffneter Tore hindurch zu schreiten. Ich wurde von einem Marshal in Empfang genommen eingehend durchsucht und sofort wieder in Ketten gelegt. Im Lift erkundigte ich mich nach dem Ziel der Reise und der Beamte sagte nur ein Wort: „Airport!"

*9.30 Uhr.*

Der Lenker des Polizeiwagens, ein Schwarzer, fuhr wie ein vom Rinderwahn befallener Stier im Zick-Zack, als wäre der Teufel hinter uns her. Er wechselte so abrupt die Spuren, dass ich im Fonds wie eine Versuchspuppe umherflog. Ich konnte mich der Handschellen wegen nirgendwo festhalten.

„Wir müssen die Morgenmaschine nach New York erwischen", sagte der Officer neben mir fast entschuldigend. „Sonst warten wir stundenlang auf den nächsten Flieger."

Plötzlich kam ich mir irgendwie privilegiert vor. „Morgenmaschine erwischen." Fast so wie früher, als ich bis zu fünf Mal pro Monat von Monaco nach Wien geflogen war. Allerdings Business.

Am Airport dann ein erster Hauch von Freiheit. Obwohl ich Handschellen trug, schien es mir, als ob ich vogelfrei wäre. Die beiden Cops ins Zivil hielten einen respektablen Abstand zu mir. „Eigentlich Möser", dachte ich, „könntest du jetzt plötzlich lossprinten und die beiden hätten in dem Menschengewühl nicht einmal die Chance, auf mich zu schießen."

Auf dem Weg zu den Gates dann schon die erste Durchsage: „American Airlines von Miami nach New York – letzter Aufruf."

„Wir müssen laufen", sagte einer der beiden und so hetzten wir wie drei Geschäftsleute zum Gate Nummer fünfzehn.

*10.00 Uhr.*

Es war eine DC-10 und wir saßen ganz hinten, 42. Reihe Economy, direkt neben den Triebwerken. Meine Begleiter waren von dem Sprint zum Gate völlig verschwitzt und außer Atem, ich stolz darauf, nach meiner Koksorgie problemlos Schritthalten gehabt zu können.

„Cabine crew, take off in two minutes."

Sie hatten mich in die Mitte genommen, jedoch ohne besondere Sicherheitsvorkehrungen. Keine Handschellen, keine Bewegungseinschränkung. Zum ersten Mal seit meiner Verhaftung spürte ich einen Hauch von Luxus, als die Nobelvororte von Miami wie Spielzeughäuser unter uns vorbeizogen. Kleine blaue Kleckse in den Gärten davor, die Pools. Breite palmengesäumte Auffahrten, auf denen die Luxuslimousinen wie Perlen an einer Kette aufgefädelt waren. Porsche, Mercedes, BMW. „Wer etwas sein will Amerika", hatte Nancy immer gesagt, „der fährt einen deutschen Wagen."

Die Stewardessen, wie immer auf US-Inlandsflügen ein wenig abgetakelte Mittvierziger, brachten uns Orangensaft und Sandwiches. Niemand konnte erkennen, das ich ein Knackie auf dem Weg nach Österreich war, also tat ich so, als ob ich ein Geschäftsreisender auf dem Weg nach Österreich war: Auf dem Fernsehschirm im Vordersitz lief „CNN-Business-News" und als die zackige Kurve des deutschen Aktien Index auftauchte, tat ich scheinbar interessiert: „Puh, Böhler-Uddeholm um drei Punkte gefallen."

Der Cop neben mir musterte mich wie einen halben Irren: „Mister Moser, an der Börse können sie jetzt längere Zeit nicht mitbieten."

Ich legte meine Stirn in Falten und entgegnete: „Jetzt nicht mehr."

Der Rest des kurzen Fluges verging damit, den Cops zu erklären, wie ich seinerzeit von meiner Traumvilla in Monaco aus an der Wiener Börse fuhrwerkte. Zuerst glaubten sie mir nicht einmal, dass Wien eine Börse hat, zuletzt waren sie überzeugt, einen genialen Broker zwischen sich sitzen zu haben.

Kurz vor der Landung sagt der Dickere: „Shit happens, Mister Moser. Es werden wiedere bessere Zeiten kommen." Und drückte mir die Handschellen auf die Gelenke.

Kurz überlegte ich, ob ich mir seinen Namen und Telefonnumer geben lassen sollte. Für später, wenn ich wieder einmal frei sein sollte. Als die Maschine in La Guardia aufsetzte, hatten sie aber wieder den offiziösen, strengen Blick und ich ließ es bleiben.

Draußen die selbe Chose wie in Miami. Hinein in einen grauen Lincoln, hinüber vom Inlands-Airport zum JFK. Nicht einmal Manhattan hatte ich gesehen.

*14.30 Uhr.*

„Deine Austro-Cops müssten schon da sein", grinste der weniger Dicke beim Gang zur Gangway. Diesmal ohne Stress, denn wir hatten gut eineinhalb Stunden bis zum Abflug der Austrian-Maschine vor uns. Und unvermittelt dämmerte mir, wie peinlich dieser Flug werden könnte. Was tun, wenn mich jemand in der Maschine erkennen sollte. Und dann: Gerhard Möser, den weltweit Gesuchten vor Augen, verschwitzt, abgekämpft, in einer Kluft, die seit zwölf Wochen nicht gewaschen worden war?

„Verdammt, wo sind die Typen?" Am vereinbarten Treffpunkt, vor dem Gate Nummer Acht, war zwar bereits die AUA-Maschine angedockt, von den Interpol-Männern jedoch keine Spur. Die beiden Cops überflogen nervös ihre Auslieferungspapiere.

„Hier steht OS 84, Übergabe Gate Acht, 14.30 Uhr", murmelte der eine und dann: „Scheiß Europäer." Und, als er bemerkte dass ich mitgehört hatte: „Sorry, aber eure Interpol-Fritzen sind die größten Lahmärsche überhaupt."

Zehn Minuten später erschienen die Lahmärsche, und machten tatsächlich einen eher gemütlichen Eindruck. Klassische Schreibtisch-Polizisten, die wohl ohne Sekretärin nicht einmal im Stande waren, sich einen Kaffee zu machen. Beide so um die 35 Jahre alt, schoben wohlgefüllte Bäuche vor sich her.

„Grüß Gott, Herr Möser."

Endlich einer, der meinen Namen richtig aussprach.

„Wir werden sie heim nach Wien begleiten."

Ich machte den Versuch eines Grinsens: „Bin auch noch nie mit Eskorte heimgeflogen."

Gnädigerweise beobachtete niemand den Wechsel der Handschellen. Dann hängte einer der beiden seine Jacke über meine gefesselten Hände. Ich nickte dankbar. Während der andere die Auslieferungspapiere tauschte und die US-Cops abzogen, scannte ich die Leute am Gate.

Niemand schien bemerkt zu haben, was da ablief. Dass da eben der meistegesuchte Mann der letzten Monate im Begriff war, nach Österreich heimzukehren.

„Die Maschine ist nur halbvoll, Herr Möser. Wir können uns den Platz aussuchen."

„Business", sagte ich und wunderte mich, dass ich so lustig war.

*17.15 Uhr.*

Schon beim Betreten der Maschine wurde ich das gefühl nicht los, ein besonderer Passagier zu sein. Die Interpoltypen fischten sich beide eine „Kronen-Zeitung" vom Stapel der Bordmagazine. Ich war der Titel: „Flick-Entführer auf dem Heimweg nach Österreich."

Diesmal Reihe 32, mehr Beinfreiheit und jüngere Stewardessen.

Der Polizist an meiner linken Flanke hielt mir den Artikel der Zeitung unter die Nase, als die Maschine Richtung Start rollte: „Sie sind prominent, Herr Möser."

Ich las: „Wien, Miami, New York. Heute abend, gegen 21.00 Uhr mitteleuropäischer Zeit, findet die spektakuläre Flick-Entführung endlich ihr vorläufiges Ende. Nach wochenlanger Auslieferungshaft wird Gerhard Möser, einstmals Nobel-Cafetier in Monaco, nach Österreich ausgeflogen." Dann die Story, über zwei volle Seiten, mit allen Details. Ich überflog die Story bis zum Ende und schluckte: „Die Schilderung des Opfers – siehe nächste Seite."

Gnädigerweise hatte mir die Stewardess schon zuvor einen Plastikbecher mit Wasser gereicht, der im Augenblick wahrlich von Nöten war. Genau in dem Moment, als die

Maschine abhob, war ich erstmals mit der Aussage meiner Geisel konfrontiert. Er, der kleine Kühlmonteur aus Bad St. Leonhard in Kärnten, er war es gewesen, dessen Leben 10 Millionen Mark hätte Wert sein sollen.

Ich las, während das Flugzeug eine weite Schleife Richtung Long Island zog: „Die Schilderung lässt erahnen, was der 27-Jährige damals durchgemacht haben muss. An Widerstand sei nicht zu denken gewesen, als Günther Ragger am 19. Dezember 1991 gegen 6.30 Uhr auf der Fahrt zur Arbeit von einem Fiat-Kastenwagen gestoppt wird: ‚EinRevolver mit langem Lauf war auf mich gerichtet.‘ “

Mir wurde übel, obwohl die Maschine ruhig in die Höhe stieg. Die Buchstaben tanzten vor meinen Augen: „Gesprochen wird nicht viel, und wenn, dann fallen Drohungen: ‚Wenn du dich nicht ruhig verhältst – ich habe Spritzen dabei‘, und: ‚Flick wird schon zahlen, wenn erst einmal einer umgebracht ist.‘ Während der stundenlangen Fahrt mit mehreren Aufenthalten kauert der 27-Jährige im Wagen; es ist eiskalt, nur einmal kann er kurz einnicken.“

Ich malte mir aus, wie es vor Gericht werden würde. Der kleine brave Monteur, redlich am Werk seines bescheidenen Lebens arbeitend, trifft auf den einstmals noblen Cafetier aus Monaco, den Mann, der einstmals so viel Kohle machte, dass er sich 200.000 Schilling Monatsmiete für eine Luxusvilla oberhalb des Yachthafens leisten konnte. Genau diese Optik würde mir schon vor dem Urteilsspruch das Genick brechen.

Es machte „Bing“, das Anschnallzeichen war erloschen. Meine beiden Begleiter befreiten ihre Bäuche und verfolgten meinen zunehmenden Verfall. Der verdammte Artikel wollte nicht enden: „Wenn ich heute ins Auto steige“, wurde Ragger zitiert, „fährt immer die Angst mit. Ich habe nach der Entführung jedenfalls aufgehört, mein Leben langfristig zu planen. Es kann alles so schnell vorbei sein.“

In diesem Augenblick war die Stewardess auf der Höhe unserer Sitzreihe und ich japste sie an: „Einen Kaffee bitte.“

Der Dickere drehte seinen Sauschädel zu mir rüber und grunzte: „Und wer zahlt?"

Klar. Ich war Auslieferungshäftling und nicht mehr. Aber hatte ich deshalb kein Recht auf Nahrung.

„Nur ein Scherz", gluckste der andere, „für ihre Verpflegung an Bord sorgt der Staat Österreich."

Ich vertiefte micht noch einmal in die Zeitung. Weiterhin durfte Ragger sein Drama schildern: „Ich lag fast die gesamten 42 Stunden im Wagen. Nachdem ich den ersten Schrecken verdaut habe, war die Angst weg. Irgendwie habe ich mir gedacht: Es ist aus, das überlebe ich ohnehin nicht."

Vor meinen Augen baute sich der Gerichtspsychiater auf, welcher dem Opfer eine „dauerhafte Traumatisierung" oder sonst irgendwas in dieser Richtung attestieren würde.

„Schrecklich", murmelte ich entsetzt vor mich hin.

„Was ist schrecklich?" Der besonders Dicke äugte interessiert in die Zeitung. „Ach so, ihre Story, Herr Möser. Ja, ja, die ist wirklich schrecklich."

Endlich kam das Essen: Wiener Schnitzel mit Reis und Erdäpfel aus der Alupfanne. Mir ging es den Umständen entsprechend wieder eine Spur besser. Die beiden Cops schmatzten, ich schmatzte mit. Meine Leibspeise, seit Wochen zum ersten Mal.

Ich blieb aufgekratzt, obwohl wir mittlerweile schon über Kanada waren. Als sich der Pilot meldete, durchfuhr es mich wie einen Blitz. Sagte er jetzt vielleicht: „Meine Damen und Herren, liebe Fluggäste: Wir haben einen Schubhäftling an Bord, er sitzt auf Reihe 32. Ihre Sicherheit ist trotzdem gewährleistet. Er wird von zwei Interpol-Beamten begleitet."

Tatsächlich kam vom Kapitän die übliche Leier: Flughöhe, Gewicht der Maschine, geplante Route und Ankunftszeit in Schwechat. Und dann: „Das Wetter in Wien ist sehr gut, leichter Westwind wird gemeldet, bei 21 Grad Außentemperatur."

Ich dachte mir: „Trottel, was soll ich damit anfangen?"

Dann noch ein Satz, bevor ich die Zeitung in die Tasche am Vordersitz schob: „Ich hatte 42 Stunden Todesangst."

„Todesangst," sinnierte ich, „hatte ich auch." Genausogut hätte ich draufgehen könne, bei einer unerwarteten Verfolgungsjagd durch die Polizei, oder so. Aber das war natürlich kein Argument. Weder hier an Bord der AUA-Maschine, noch später beim Prozess. Ich war und blieb das Arschloch, welches einen kleinen Maschinenmonteur aus Bad St. Leonhard entführt hatte, nur weil er der Schwager des Milliardärs Friedrich Karl Flick war.

Wir waren schon gut zwei Stunden unterwegs und meine Begleiter vesuchten verzweifelt, gegen den Schlaf anzukämpfen, als plötzlich ein Passagier an unserer Sitzreihe hielt: „Willkommen in Österreich, Gerhard!"

Ich blickte aus meinem Dämmerzustand auf, immerhin war ich seit rund 14 Stunden auf Achse. Es war Hausberger, der Mann von der „Volks-Zeitung". Er dürfte wahrscheinlich schon einiges gekübelt haben, Bacardi-Cola vielleicht, diesmal sicher nicht auf meine Kosten.

„Cheese!" Er hatte ansatzlos einen Fotoapparat gezückt und mich in meiner Armseligkeit abgelichtet.

Die Interpol-Typen reagierten wie vom Blitz getroffen: „Weisen sie sich sofort aus. Wer sind sie?"

Hausberger fischte seinen Presseausweis aus der Tasche und hielt ihn dem Wutschnaubenden, rechts von mir, unter die Nase. Der Beamte sagte: „Der Ordnung halber muss ich sie darauf hinweisen, dass Lichtbildnisse von Personen, die von der Exekutive in die Heimat verbracht werden, nicht erlaubt sind."

Wie schön. Ich war zwar noch nicht auf österreichischem Boden aber doch schon mitten in der Bürokratie.

Klarerweise hatte sich der Unmut meiner Begleiter innerhalb kürzester Zeit gelegt. Mehr noch. Hausberger konnte erwirken, dass der am Gangplatz sitzende Interpol-Mann in eine andere Reihe übersiedelte, so dass er endlich sein „Exklusivinterview" führen konnte. Wie einen Köder hielt er mir sein Diktiergerät unter die Nase und startete mit der banalen Frage: „Herr Möser, wie fühlen sie sich jetzt, auf dem Weg nach Hause?"

„Beschissen", sagte ich und linste in Richtung seines Whiskeys, den er – wahrscheinlich aus der Business-Class – nach hinten gebracht hatte. Der links von mir verbliebene Begleiter döste im Halbschlaf vor sich hin, die Chance war günstig. Hausberger hatte verstanden. Er nickte in Richtung des Glases und ich griff danach. Schon der erste Schluck wirkte tausendmal besser als jede Dosis Crack-Kokain. Seit Wochen hatte ich keinen Alkohol mehr getrunken, immer nur diese widerlichen Dicksäfte in der Gefängniskantine.

Ich fing noch einmal an: „Beschissen geht es mir, wenn sie es wirklich wissen wollen."

„Natürlich wollen wir es wissen", antwortete Hausberger mit einem gespielten Dackelblick. Eine kleine Turbulenz rüttelte an der Maschine. Wahrscheinlich, so dachte ich, ein Zeichen des Himmels dafür, dass diese kleine Journalistenratte eben gelogen hatte.

Hausberger hob noch einmal an: „Wer hat sie eigentlich an das FBI verpfiffen?"

Ich nahm den zweiten Schluck Whiskey: „Wahrscheinlich meine zweite Frau Nancy, von ihr habe ich seit meiner Verhaftung kaum noch was gehört." Der Alkohol wärmte meine Psyche und so beschloss ich gleich jetzt, hier im Flieger, meine Verteidigung zu proben: „Heute hoffe ich, dass ich nach der Verhandlung und der Haft wieder ins normale Leben zurückfinden kann – zurück zu meiner ersten Frau und zu meinen Kindern. Für die will ich mich wieder als Partner und Vater bewähren."

Hausberger sah drein wie sieben Tage Regenwetter. „Klar", dachte ich, „er will nicht den braven Familienvater im Interview, er will den bösen Interpol-Flüchtigen, der selbst dem allmächtigen FBI wochenlang ein Schnippchen geschlagen hatte. Oder zumindest den eiskalten Erpresser.

Also fragte er: „Wer hätte das Geld aus dem Coup erhalten sollen?"

Wieder war er auf dem falschen Dampfer: „Mein Komplize, ein Lokalbesitzer aus der Rotlicht-Szene. Ich hätte mir bestenfalls fünf Millionen einbehalten, um meine Schulden wegzuzahlen und meine Familie zu versorgen."

Er hatte vorläufig genug und winkte der Stewardess: „Noch einen Whiskey."

Dann wandte er sich wieder mir zu und brabbelte weiter: „Erzählen Sie uns die Geschichte ihrer Flucht."

„Lieber Freund", sagte ich, „entschuldige, aber ich bin seit heute 3.00 Uhr früh auf den Beinen und kann nicht mehr viel Geschichten erzählen."

Das zweite Glas Whiskey rettete ihn und meine Stimmung. Ich stemmte mich in meinem Sitz in die Höhe: „Okay, nur soviel: Ich werde ein Buch schreiben, über alles, was ich in den vergangenen vier Jahren erlebt habe. Von jenem entscheidenden Lebensabschnitt an, wo ich meine zweite Frau Nancy kennengelernt habe. Das Buch wird den Titel tragen: ‚Entführung aus Liebe.' "

„Eine Reinwaschung." Er polterte schon wieder in meinen Gedankenfluss.

„Nein, denn ich werde da keinesfalls positiv wegkommen. Ich habe ja entscheidende Fehler gemacht. Nicht zuletzt durch den Griff zum Kokain."

Hausberger grinste und grapschte sich den Whiskeybecher aus meiner Hand: „Keine Macht den Drogen."

„Vorausgesetzt, sie sind illegal", grinste ich und holte mir das Glas zurück.

*19.30 Uhr.*

Das Bordpersonal begann die Kabine abzudunkeln, Hausberger hatte mittlerweise seinen dritten Whiskey bestellt. „Prost, Gerhard." Er war längst wieder per Du mit mir, so wie damals im „Bojangles", nur kübelte ich nun auf seine Kosten und nicht er auf meine. Mein Begleiter linkerhand war längst eingeschlafen, der andere „versetzte“ Interpoltyp döste irgendwie vor sich hin.

Hausberger wollte mich mit seinen Fragen nicht in Ruhe lassen, neben ihm hockte seit geraumer Zeit auch ein Fotograf der „Bunten“. Seine Aufgabe war es offenbar nur, ein paar Fotos von mir zu schießen.

„Herr Möser, gucken sie mal hier rüber.“ Er machte mit seiner freien Hand eine Bewegung, als würde er ein hungriges Eichhörnchen anlocken wollen. Ich gehorchte, denn viel unterschied mich in meiner Melange aus Müdigkeit und Trunkenheit nicht mehr von einem Eichhörnchen.

Dann schälte ich meine Decke aus dem Plastik und deutete an, schlafen zu wollen. Hausberger, die Kröte, trottete zu seinem Businessclass-Sitz nach vor, der „Bunte“- Fotograf hockte sich tragischerweise an seine Stelle.

„Hören Sie Mal, Herr Möser: Ihre Geschichte ist in Deutschland ein Kracher. Ich habe von meinem Chefredakteur die Erlaubnis, ihnen ordentlich viel Deutschmark für die Exklusivrechte anzubieten.“

Ich zog mir die Decke bis ans Kinn und mich fröstelte ein wenig wegen der Klimaanlage: „Sagen sie ihrem Chef, dass ich müde bin.“

Das Flugzeug schlingerte ein wenig in irgendeinem Starkwind über dem Atlantik, Hausbergers halbleeres Glas Whiskey drohte zu kippen. Ich nahm es an mich und setzte fort: „Meine Geschichte ist keinen Pfennig wert. Ich bin ein kleiner Verbrecher, der zwar Niemandem etwas zuleide getan hat, dafür aber groß bestraft werden wird. Ich geb‘ ihnen die Kontonummer meiner ersten Frau, dort können sie sich mit ihren Spenden hinwenden.“

„Na dann, Herr Möser. Ich komm’ später auf sie zurück.“ Der Deutsche erhob sich grummelnd aus seinem Sitz und trottete wortlos davon. „Wahrscheinlich auch Business-Class“, dachte ich bereits im Halbschlaf und versuchte, meinen müden Kopf in eine halbwegs stabile Position zu bringen. Es dauerte noch ein paar Sekunden, dann hatten mich die Motoren in den Schlaf geführt.

*5. Mai, 6.15 Uhr.*

Geschlafen, ich hatte tatsächlich stundenlang geschlafen, auf dem Weg über den Atlantik in die kleine alte Welt meiner Entführung. Und eine Stewardess, die gouvernantenhaft die Sonnenblende unseres Kabinenfensters in die Höhe schob, hatte mich aufgeweckt.

„Guten Morgen, Herr Möser. Wir befinden uns über den Britischen Inseln, eineinhalb Stunden noch bis zur Landung." Beide Polizisten saßen wieder neben mir und taten so, als wären sie völlig erfrischt. Der Typ vom Fensterplatz hatte den „Weckruf" gesprochen und dabei mit den Handschellen herumgefummelt: „Die werden wir ihnen wohl wieder anlegen müssen, kurz vor der Landung."

Ich hatte das dringende Bedürfniss nach einer Toilette: „Muss aufs Klo", sagte ich und ein Bewacher erhob sich. Vor der offenen Tür der Kabine blieb er stehen und starrte auf meine heruntergelassenen Hosen: „Vorschrift."

Ich leerte Hausbergers Whiskey und noch allerhand aus und vollzog eine Katzenwäsche in dem Miniatur-Spülbecken. Die Maschine rumpelte, ich taumelte in Richtung des Beamten.

„Hoppla, wohl noch nicht ausgeschlafen." Er packte meine Schultern mit einem harten Griff. Ich roch seinen schlechten Atem aus 48 Stunden fehlender Mundpflege und blickte zur Seite.

„Geht schon, danke. Ich bin nur ein bißchen weich in den Knien." Dann saß ich wieder auf Reihe 32, während der Kapitän den Sinkflug ankündigte.

„Kann eine harte Landung werden", dachte ich bei mir. Und ich sollte Recht behalten.

*

## Wieder daheim

*4. Mai 1992, 7.45 Uhr.*

Langsam rollte der Flieger hinter dem Leitfahrzeug her und nachdem wir angedockt hatten blieb ich mit meinen beiden Reisebegleitern so lange sitzen, bis die Kabine von den anderen Fluggästen geräumt war. Hausberger war wieder nach hinten gekommen, diesmal um mir zu sagen, dass er während meiner Schlafpause mit den Interpolmännern vereinbart hatte, mit mir im Arrestantenwagen nach Wien hineinfahren zu dürfen. Im Schatten seines mächtigen Körpers – Hausberger war gut einen Meter neunzig groß – hatte sich der Fotograf der „Bunten“ herangepirscht und noch ein paar Bilder geschossen. Wie musste ich aussehen? Nach diesem ewigen Transfer, der um drei Uhr früh im Correctional begonnen hatte.

„Sie sehen hervorragend aus“, log Hausberger.

„Ich fühl mich aber beschissen“, murmelte ich und kramte aus dem Ablagefach meine paar Belanglosigkeiten.

Dann streckte ich ordnungsgemäß meine Hände nach vor und ließ mich „Schließen“, wie es die beiden Beamten so nett nannten. Nicht auszudenken, was passieren würde, sollte ich auf der Gangway stolpern und stürzen. Die Maschine war leer, wir traten ins Freie, der „Bunte“-Fotograf tänzelte im Krebsgang vor mir her. Was würde stehen, unter diesem Bild. Vielleicht: „Der Mann, der Flick erpresste, ist wieder daheim.“

„Wieder daheim“, genau das war es. Zwar nicht ganz, denn bis Graz war es ja noch ein Stück, aber immerhin: Ich sah die gelangweilten Airport-Arbeiter, die unter den Flügeln der Maschine irgendwelche Klappen öffneten und

Schläuche reinsteckten. Dann fiel mir der Namen der Maschine ins Auge: „Mozart". Irgendwie symbolisch, dachte ich.

Ich stolperte die Gangway runter, aber ich fiel nicht. Unten stand der Arrestantenwagen, ein weißer VW-Bus mit von innen vergitterten Fenstern.

„Willkommen in Wien." Der Chef der Kriminalpolizei, Alfred Geiber, war persönlich gekommen, um mich in Empfang zu nehmen. An ihn hatte ich mich gewandt, damals, als Nancy mir die Wohnung ausgeräumt und den Mercedes abgenommen hatte. Damals war ich noch auf der anderen Seite des Gesetzes gestanden. Er drückte mir die Hand, ein Justizwachebeamter schob mich wie einen leicht Behinderten in den Wagen. Direkt vom Rollfeld wurde ich mit einem Polizeiauto auf die Flughafenwache befördert wo man mir gnädigerweise die Fesseln wieder abnahm.

Irgendwie war ich ein Star und wurde dementsprechend behandelt. Als wäre ich Gast in einem Grand Hotel bot man mir Hilfe beim Ausfüllen des Personalbogens aus. Ungefragt wurde mir ein dampfender Kaffee vor die Nase gestellt: „Endlich", sagte ich, „endlich wieder echter Kaffee." Zwar hatte es im Correctional auch Kaffee gegeben, jedoch nur das, was die Amerikaner gemeinhin so nennen: „Braunes Filterwasser", das nicht die Bohne nach Kaffee schmecken wollte.

„Wir werden keine Probleme miteinander haben", sagte der Chefpolizist und kontrollierte, ob ich alle Dateifelder des Formulars ausgefüllt hatte. „Wie auch", entgegnete ich, „sollte ich euch in meiner Situation Probleme machen?"

Dann schon wieder eine nette Geste: Ich durfte, direkt vom Apparat des Journalbeamten, „ein Familienmitglied" anrufen.

„Herr Möser, sie brauchen dringend frische Wäsche", hatte Geiber zuvor gemeint und demonstrativ die Nase gerümpft. Eine Minute später hatte ich meine Schwester am Rohr: „Herzchen, ich bin wieder in Österreich und brauche Wäsche."

„Um Himmels Willen, Gerhard, ich dachte, die suchen dich auf der ganzen Welt."

Offensichtlich war, dass meine Schwester kaum Zeitungen las. Ich sagte: „Liest Du keine Zeitungen? Ich bin vor Wochen in Miami geschnappt worden. Und jetzt sitz' ich im Polizeibüro Schwechat und stinke zehn Kilometer gegen den Westwind. Kannst Du mich nicht eh schon riechen?"

Meine Schwester Anneliese wohnte in Wien-Simmering, nicht weit entfernt vom Flughafen. Zwanzig Minuten später war ich neu eingekleidet, zuvor gestattete man mir eine Dusche. Die Wäsche, noch aus der Zeit, als ich manchmal in Wien nächtigte und einige Kilos mehr mit mir herumtrug, schlotterte jetzt um meinen von Kokain, Haft, Stress und Jämmerlichkeit gezeichneten Körper. Aber sie durftet nach Frühlingsblüten, Marke „Silan" und hatte was total heimeliges an sich.

Anneliese selbst schien die Wirkung der Begegnung unterschätzt zu haben. Der Mann dem sie gegenüberstand war nicht mehr „Ihr Bruder" wie sie ihn kannte. Völlig benommen von der strapaziösen Reise schwebte ich immer noch, so schien es, neben mir. Sie, für die ich immer der große Organisator war, war völlig gebrochen. „Du bist der König von Monaco", hatte sie früher immer gesagt, wenn ich sie auf ein Wochenende in mein Haus geladen hatte. „Monaco hat einen Fürsten und der heißt Rainier", hatte ich mit einem Schmunzeln immer repliziert.

Zum Schluss sagte sie noch: „Bleib' stark Gerhard, du schaffst alles sicher noch einmal."

Zwar fühlte ich mich so kläglich wie eine gefangene Winterfliege in einem Doppelflügelfenster, und nicht einmal der frische Wind, welcher beim Gang zum Arrestantenwagen blies, konnte mich beleben. Nicht nach Graz, sondern direkt nach Klagenfurt sollte ich gebracht werden, an den „Tatort", dort, wo im Kärntner Bad St. Leonhard alles Übel seinen Ausgang genommen hatte. Ich wusste, die Fahrt würde dauern, legte mich auf Rückbank quer und war noch eingeschlafen, bevor wir Wien verlassen hatten.

Sehr zum Ärger von Hausberger, der sein „Exklusivinterview", das er für die Fahrt geplant hatte, wohl aus unseren kurzen Flugzeugesprächen zusammenbasteln würde müssen.

Der periphäre, durch das Rütteln des Autos immer an der Oberfläche des Bewusstseins schrammende Traum, war mir gefällig: Ich durfte das Kapitel „Bojangles" behandeln, das frühe Leuchten meiner Karriere in Graz, damals in den späten siebziger Jahren. Short Cuts lief vor meinem geistigen Auge ab, Momente des beruflichen und gesellschaftlichen Triumphs: Clint Eastwood zu Besuch im „Mozart", das Blitzlichtgewitter der Fotografen, der Händedruck. Gerhard Möser im Rolls Royce, vor dem Eingang zur Disco, mit einem ein bisschen blöden Grinsen, das ich damals immer aufgesetzt hatte. Die ersten zehn der Wahl zur Miss Steiermark, stilgrecht im Bunny-Outfit, ich wieder daneben mit der Champagnerflasche. Die kleine aber feine Stadtgesellschaft, Anwälte, Modedesigner, Schmuckhändler. Und Frauen, immer wieder Frauen. Schon damals war Christiane ausgeprägt eifersüchtig gewesen, aber immer loyal: „Gerhard, mich interessiert nicht, was du in deinem Lokal treibst. Solange du für die Familie da bist. Lass es mich nie wissen, was du in deinem Lokal treibst."

Der Arrestantenwagen bremste scharf vor der ersten Ampel nach der Autobahn vor Klagenfurt. beinahe wäre ich vom Sitz gerollt wie ein Sack Kartoffel, Hausberger hatte mich oben gehalten. Ehe ich noch voll bei Bewusstsein war, knipste er sein Diktafon an: „Herr Möser, dürfen wir noch wissen, wie ihre Verteidigungslinie beim Prozess aussehen wird."

„Fragen sie meinen Anwalt", wollte ich sagen. „Herrgott, nocheinmal, wie soll ich das jetzt schon wissen?"

„Schuldig oder nicht schuldig", trötete Hausberger.

„Schuldig, klarerweise schuldig“, sagte ich. Selbst Tonnen von Crack-Kokain würden mir nicht helfen können, so zu tun, als hätte ich nicht gewusst, was ich tat.

*15.30 Uhr.*

Vorfahrt beim Hauptpeingang des Landesgerichts Klagenfurt, zugleich Adresse des landesgerichtlichen Gefangenenhauses Klagenfurt, meiner bescheidenen Heimat für die nächsten Monate. Die Tür des Arrestantenwagens war schon offen, aber ich hatte noch meine Schuhbänder einzufädeln. Man hatte sie mir schon in Schwechat abgenommen: „Selbstmordgefahr.“

Wie idiotisch. Tod durch Erhängen an zwei zerschlissenen Schuhbänder im Fonds eines Arrestantenwagens, Wie sollte das gehen? Aber bitte: „Vorschrift ist Vorschrift“, hatte einer der Justizwachebeamten gemeint. Und ich tat.

Jetzt erst wurde mir klar, wie putzig und lieblich Österreich eigentlich war. Im ersten Stock des Gerichtsgebäudes wurde ich einer Leibesvisitation unterzogen, die mit dem Check im „Miami Correctional“ soviel zu tun hatte, wie eine Polizeistreife in Wien-Döbling mit jener in Downtown-Mimai: Ein Blick in den Mund, einer in die Augen, ein Lauscher auf die Lunge. „Nehmen sie Drogen“, fragte der Amtsarzt. „Ich hab’ einen Kokain-Entzug hinter mir.“ Der Doktor sah mich an, als hätte er das Wort Kokain noch nie gehört.

Dann der Einzug in eine Zwei-Mann-Zelle. Ich wurde aus Gründen der „Selbstmordprävention“ mit einem Häftling Namens Andreas gesperrt, der wegen einer Serie von Einbruchsdiebstählen einsaß. Offenbar fühlte er sich durch meine Anwesenheit ziemlich geehrt. Ich sah auf den ersten Blick, dass er ein angenehmer, kleiner Knackie war.

„Ich habe von dir gelesen, alle kennen dich.“

Was sollte ich darauf sagen. Etwa: „Ich hab’ von mir nichts gelesen, weil ich den Lokalteil der steirischen Wochenpost in Miami nicht zu Gesicht bekam?“

Nein, irgendwie war ich dankbar, nicht ganz allein zu sein. Daher sagte ich: „Ich war schon einmal berühmter als jetzt. Allerdings auf den Gesellschaftsseiten."

Alsdann erzählte ich ihm die Geschichte meiner gastronomischen Karriere, bis die Wächter von außen das Licht abknipsten. Im Dunkeln meiner ersten Nacht in Österreich begann ich dann wieder leise zu weinen. Andreas würde wahrscheinlich in drei Jahren oder so wieder heraußen sein, mir blühte das Exempel eines Musterurteils: Der Mann, der Friedrich Karl Flick erpresst hatte, konnte nicht mit Gnade rechnen. Gemeinsam mit Andreas' Atemzügen, der ober mir im Stockbett lag, fiel ich in einen angenehmen Halbschlaf. Da tippte Hausberger wahrscheinlich gerade seine Exklusivstory in den Computer: „Von Weinkrämpfen geschüttelt packt der 38jährige Grazer Flick-Erpresser Gerhard Möser in einem Exklusivinterview mit der ‚Volks-Zeitung' aus. Möser wurde als letzter Entführer in Florida verhaftet. Chefreporter Hausberger flog mit Möser in jener Maschine, die den Ex-Promi-Cafetier zurück nach Österreich brachte."

Sollte ich wirklich weiter mit Hausberger dealen, der aus jedem unbedarft von mir dahingesprochenen Satz eine Exklusivmeldung bastelte? Und der jetzt wahrscheinlich gerade bei dem Satz angelangt war: „Möser will sich voll schuldig bekennen und sagt im Interview: ‚Ich schäme mich ja so.' Er weiß, was ihn beim Prozess erwartet und genau deshalb besteht nach Meinung der Justiz „höchste Selbstmordgefahr". Sogar die Schuhbänder wurden dem prominenten Häftling abgenommen, zu groß ist die Gefahr, dass sich der psychisch extrem labile Mann das Leben nimmt."

Oder sollte ich zu einem „seriösen" Medium gehen, vielleicht zur Presse, einer Zeitung, die das Wort „Scheiße" immer noch mit einem S und sechs bedeutungsschwangeren Punkten danach schrieb?

Ich würde das alles in den nächsten Tagen mit einem

Anwalt besprechen, einem gewissen Andreas Renner, der sich schon in Miami bei mir gemeldet hat. Gute Referenzen, ein sogenannter seriöser Anwalt. Kein Scheißkerl.

*5. Mai 1992, 7.00 Uhr.*

Ich erwachte des nächsten Morgens und war wie nach einer Gehirnwäsche ohne jede Erinnerung an den Namen jenes Mannes, der mit mir die Zelle teilte. Er stellte sich ein zweites Mal vor und entpuppte sich als mein heimlicher Medienreferent. Offenbar im Wissen darüber, dass ich mit ihm zusammengelegt werde, hatte er dutzende Zeitungsartikel über den „Fall Möser" gesammelt. Feinsäuberlich archiviert in einer Plastikfolie, in der er jetzt stöberte. Ob mir der späte Blick auf meine mediale Präsenz guttun sollte, wusste ich zu diesem Zeitpunkt noch nicht. Er fischte einen Artikel der „Kronen-Zeitung" hervor, eine rührende Weihnachtsgeschichte über mein sogenanntes Opfer, die natürlich wiederum auf mein Konto ging. Ich begann, laut zu lesen und wurde dann immer leiser: „Kärntner Entführungsopfer feierte mit der Familie das Weihnachtsfest."

„Morgen." Der Justizwächter hatte die Zellentür aufgerissen und das gebracht, was in Klagenfurt Frühstück genannt wurde: Schwarzen Kaffee und ein Stück Weißbrot. Ich dachte an das Correctional, an Cornflakes, frische Milch, Speck und Bohnen. Dann tunkte ich das ziemlich erhärtete Weißbrot in den dünnen Kaffee und las weiter: „Günther Ragger, 42 Stunden lang in der Gewalt skrupelloser Entführer, hat sich von dem Schrecken erholt. Es war für ihn, seine Gabi und Söhnchen Raffael ein schönes Weihnachtsfest." Dazu ein Foto: Ragger, mit halbernster Miene liest im Krone-Buch „Schlagzeilen 1991", wohl jene, die ich gemacht hatte, das Söhnchen lugt aufgeweckt in die Kamera, die Mutter, eine durchaus hübsche Brünette, ebenfalls. Dann wieder der Text: „Inzwischen geht die weltweite Fahndung nach Gerhard Möser (37) weiter. Der Mann, der sich mit den 70 Millionen Schilling Lösegeld sanieren wollte, hat wenig Chancen."

An der Stelle, wo ich das Papier hielt, hatte sich ein kleiner Schweißfleck gebildet.

Andreas nahm den Ausschnitt wieder an sich und schob ihn in die Hülle: „Wo hast Du Weihnachten gefeiert?"

„Nicht unter dem Christbaum", sagte ich und erhob mich. Zeit für den Hofgang, der für 8.00 Uhr angekündigt war. Immer die Bewährungsprobe eines „Ersthäftlings". Wird man angenommen oder bespuckt? Hat man die Chance, Capo zu werden oder muss man sich in den Arsch ficken lassen? War ich, der Zwerg mit 168 Zentimetern, schon vorab zum Abschuss freigegeben worden? Niederwild in einer brutalen Natur aus Leithammeln, die eine „feige Erpressung" als billige Futtersuche sahen?

*8.00 Uhr.*

Ich konnte gerade mal fünf Runden gehen, entlang der Wände des Betonkubus, als ich von hinten gerempelt wurde. „He, du klaner Wichser, paß' auf Dich auf."

Ein Koloss von einem Mann, mit Händen wie Klodeckel, hatte sich an meine Seite gedrängt. Er sah aus wie Al Pacino in „Kap der Angst", nur ein wenig kärntnerischer und mit dreißig Kilo mehr. „I bin der Chef do, allas kloa?"

Der Typ war um zwei Köpfe größer als ich und punktgenau jener Capo, den ich mir am Weg zum Hofgang vorgestellt hatte. Andreas, der an meiner Seite geblieben war, sagte: „Wenn du ein leichtes Leben hier haben willst, musst du ihn akzeptieren. Der hat schon mehr Brüche gemacht, als du Millionen." Ich nickte.

Zwei Runden später wurde ich aus der bewusstseinserweiternden Orbitalbewegung herausgerissen und dem Untersuchungsrichter zugeführt. Ein Herr reiferen Alters, flankiert von einer Schreibkraft und einer Rechts-Praktikantin, legte mir den Haftbeschluss vor: „Verdacht der erpresserischen Entführung an Günther Ragger in Komplizenschaft mit Marko Tomic, Dragan Milosevic und Alexander Teufelsbach."

Wo war eigentlich mein Anwalt? Ich sah mich um.

„Herr Möser", schnarrte der Richter, „unterschreiben Sie hier zur Bestätigung, dass sie den Inhalt verstanden haben." Die Rechtspraktikantin beobachtete mein Gekritzel, als sei sie der Meinung, einem Analphabeten gegenüberzustehen. „Gerhard Möser", dachte ich, „du bist der letzte Dreck und jetzt ist das auch amtlich", bevor ich wieder in die Zelle abgeführt wurde.

*12.00 Uhr.*

Andreas stocherte lustlos in seinem Mittagsteller, ich machte es ihm gleich: Tiefkühlgemüse und ein Fleischlaibchen ohne jede Würze, wenigstens keine Suppe, die ohnehin nur wie Geschirrspülsud geschmeckt hätte.

Andreas schob den Teller von sich: „Der Große vom Hof ist der Chef hier. Alles hört auf sein Kommando. Hast du Zigaretten oder irgendetwas, mit dem du ihm gnädig stimmen kannst?"

„Ich habe eine Kokain-Substitut, aber das brauch' ich für mich selbst."

„Er ist ein Wichtigtuer, er duldet niemanden, der mehr ist als er." Andreas schob mir die aktuelle Ausgabe der größten Tageszeitung des Landes hinüber: „Schau her, das hat er sicher auch gelesen."

Ich beförderte eine Flachse vom Mund zurück in den Teller und überflog den Artikel: „Der Arrestantenwagen mit Flick-Erpresser Gerahrd Möser (37) traf gestern nachmittag vor dem Landesgericht Klagenfurt ein. Sein Anwalt, der Klagenfurter Andreas Renner, rechnet mit einem Prozessbeginn noch in diesem Sommer. Der Advokat kündigte an, dass er auch den deutschen Industriellen Karl Flick als Zeugen laden werde."

„Na und?" Ich sah Andreas fragend an.

„Was und?" Andreas deutete auf den Artikel. „Du bist ein prominenter Mann. Erpressung, Flick, Millionen. Das klingt einfach nach was Besonderem." Er machte einen Schluck von dem Zuckerwasser, das man uns als Himbeersaft verkaufen hatte wollen: „Der Große duldet besondere Menschen nicht. Weil er, wenn er wieder einmal festgenommen wird, nicht einmal mit einer Zeile auf das Titelblatt einer Zeitung kommt."

„Möser", sinnierte ich im Stillen, „jetzt bist du wirklich im letzten Kreis der Hölle abgestiegen. Einst der König der Gesellschaft von Graz, später immerhin ein Prinz in jener von Monaco, jetzt ein erpressbarer Untersuchungshäftling, der sich die Gunst eines wichtigtuerischen Panzerknackers erkaufen muss."

„Gott ist gerecht", sagte ich laut, „er hat mir Nancy geschickt um mich zu strafen."

„Der Teufel, verkleidet als schöne Frau. Ich habe die Fotos in den Zeitungen gesehen." Andreas zog einen Artikel hervor, auf dem Nancy abgebildet war. Mein Lieblingsfoto: Sie auf einer Harley am Strand von Miami.

„Sie war eine Puppenspielerin. Und ich ihre Marionette."

„Das sieht man irgendwie", sagte er und zeichnete mit dem Finger die Konturen ihres Körpers nach.

Dann erzählte ich ihm von Nancy, von meiner Ex-Frau Christiane, von den Kindern Sven und Nina und der gerissenen Motorradkette.

„Du hättest glücklich sein können…" Er kam mir fast schon wie ein Gebrauchsphilosoph vor.

„Ich will es wieder werden", sagte ich kleinlaut und das war fast schon eine Probe für mein Plädoyer beim Prozess.

*6. Mai 1992, 13.00 Uhr.*

Das Mittagessen war in der Tradition geblieben: „Grenadiermarsch“. Wer immer diesen widerlichen Papp aus minderwerigen Erdäpfeln, flachsigem Speck und Zwiebel erfunden hat, gehört auf Folterdiät gesetzt. Darüber waren wir uns, Andreas und ich, in verschiedenen Worten einig.

Wenigstens war das Zeug schwer und sättigend, Kalorien, die ich für den kommenden Nachmittag benötigen würde: Angesetzt war die erste Einvernahme durch die Kärntner Gendarmerie, sicher ein Volksfest für Leute, die sonst nur mit alkoholisierten Autofahrern und rabiat gewordenen Ehemänner zu tun hatten.

Wir fuhren mit einem weißen Opel Vectra. Ein paar Minuten durch die putzige Stadt Klagenfurt, die ein sarkastischer Freund von mir einmal als Minimundus in Echtgröße bezeichnet hatte. Sofort nach unserem Eintreffen wurde ich von lauernden Fotografen umringt. Das war zuviel: Ich riss die gefesselten Hände hoch und zog meinen Pullover über das Gesicht. Um mich herum hörte ich das Rattern der Kameramotoren und sah die Bilder in den morgigen Zeitungen vor mir: „Flick-Erpresser Möser schamt sich für sein Gesicht.“

Die Gendarmen bugsierten mich in das Gebäude, ich konnte den „Vorhang“ wieder runterlassen. Entgegen meiner vorgefertigten Meinung, dass Gendarmen die ein wenig dümmeren Brüder der Polizisten seien, behandelte man mich wie einen anständigen Menschen und gewann so mein Vertrauen.

„Name, Geburtsdatum, zuletzt wohnhaft?“ Der Verhörleiter, ein gemütlicher, dicklicher Mann Mitte der Vierzig, schob mir einen Becher Kaffee hinüber.

„Bevor wir anfangen“, sagte er, „eine Frage: Wollen sie ihre Ex-Frau, ihre Kinder, ihre Mutter sehen?“

Ich lachte tonlos: „Natürlich.“

„Okay, wir werden das organisieren.“ Er war der erste

Mensch, den ich auf meiner langen schiefen Bahn als Justizflüchtling auf der anderen Seite des Rechts gesehen hatte. Er sagte: „Wenn Sie uns helfen, Herr Möser, dann helfen wir ihnen auch." Dann gab er seiner Schreibkraft, einer nicht unattraktiven Blonden, das Zeichen: „Einvernahme von Gerhard Möser, 6. Mai, 14.00 Uhr."

*7. Mai, 9.00 Uhr.*

Christiane sah aus wie immer. Hübsch, attraktiv und doch nicht aufdringlich, in einem leichten Frühlingskleid, das ihre Figur erahnen ließ, aber nicht betonte. Sie war unwesentlich jünger als ich, aber jetzt sah sie aus, als ob sie meine Tochter sein könnte.

„Gerhard, Schatz, wo sind deine Hamsterbacken."

Ich sah noch immer aus wie auf den Erkennungsfotos des FBI, knochiger Schädel, eingefallene Wangen, unrasiert.

Sie fuhr mir durch die Haare: „So kenn' ich dich nicht. Wo ist deine Leidenschaft für eine perfekte Frisur."

„Die habe ich schon seit ein paar Monaten abgelegt." Ich merkte plötzlich, dass ich seit geraumer Zeit keinen Sex mehr gehabt hatte.

Sven und Nina standen irgendwie verloren neben uns, im Sonntagsgewand, obwohl der Anlass kaum zum Feiern war. Sie besuchten ihren Vater, den Sträfling, den Verbrecher, den Erpresser, den, der alles immer besser wusste und jetzt nichts mehr wissen konnte.

Die Gendarmen hatten das Treffen in ihren Amtsräumen organisiert, abseits der kahlen Besucherzellen des Gerichtsgebäudes. Sie ließen uns allein, Christiane hätte mir allerhand zustecken können, um eine Flucht zu ermöglichen. Nachdem mich die Kinder begrüßt hatten, als wäre ich lediglich von einer längeren Auslandreise zurückgekommen, setzten wir uns an den Gesprächstisch.

„Du musst alles gestehen, Gerhard." Christiane war wie immer. Eine Predigerin der Wahrheit und nicht, so wie ich, ein Brandredner der Lüge, immer auf der Suche nach dem Schein, vom Lamborghini bis zur Ray-ban-Sonnenbrille, von denen ich in Monaco sechs Stück hatte.

„Ich werde alles gestehen", sagte ich, schon ein wenig tränenerstickt, „ob es mir nützt, ist eine andere Frage."

„Apropos nützen." Sie zog ein Papier aus der Handtasche. „Bei uns war ein Journalist von irgendeiner deutschen Illustrierten, ich weiß nicht mehr welcher, der hat viel Geld geboten, wenn ich Dich zum Reden bringe."

„Bunte?", fragte ich.

„Vielleicht. Ja, kann sein. Der ist vor dem Haus jedenfalls mit einem Porsche vorgefahren. Hab' ich ihm gesagt: Lieber Herr, ihr Auftritt beeindruckt mich nicht. Mein Mann hat in besseren Zeiten zwei Rolls-Royce zur Auswahl gehabt." Sie lächelte ein wenig schelmisch.

„Hey Papa, wer zahlt mir meine neue Kette?" Sven hatte bis dahin mit seinem Game-Boy gespielt.

Ich geriet an den Rand der Verzweiflung. Wieviel Ketten hätte ich ihm kaufen können, allein mit dem Gegenwert von einer Pfeife Crack-Kokain?

Nina nestelte an ihrer Barbie, die irgendwie zerrupft aussah. „Papa, ich brauch' ein Sommerkleid für sie, so eins, wie Mama anhat."

Ich begrub mein lächerliches Gesicht in den Händen und ließ die Tränen fließen.

„Möser, du Trottel. Was hast du verschissen, was hast du verbrochen, was hast du zerstört?" In mir hämmerte die Stimme des Anstands, früher nie gehört, jetzt ein plärrender Lautsprecher, der in mein Hirn trötete.

Am Ende stand Christiane auf und gab mir einen Packen Briefe: „Hab' ich Dir geschrieben, als du verschwunden warst. Aber wohin schicken, war die Frage?"

Sie hauchte mir zum Abschied einen Kuss auf die Stirn: „Gerhard, bleib' stark. Wir brauchen dich."

Mittlerweile liefen mir die Tränen bis zum Kragen des T-Shirts. Ich erhob mich und ging in einem Taumel aus

Selbstmitleid und Ärger hinter der Familie her, die einmal meine gewesen war. Bevor sie die Tür zum Verhörzimmer schloss, steckte Christiane noch einmal den Kopf durch den Spalt: „Wir glauben an Dich.“

Jener Gendarm, der die ganze Zeit über in einer Ecke des Raumes gewartet hatte, steckte mir ein Taschentuch zu. „Sie habens nicht leicht, Herr Möser. Aber sie sind selber schuld.“

Ich schluckte den Schwall Tränen hinunter, der in meinem Kopf geronnen war und trompetete in das Taschentuch. Dann fragte ich: „Haben sie auch Kinder?“

„Ja, drei“. Er zog ein neues Taschentuch aus der Packung.

„Dann machen Sie's verdammt nochmals besser als ich.“

„Das ist keine Kunst, Herr Möser“, sagte er und führte mich zurück ins Zimmer des Gendarmerieobersten.

*9. Mai 1992, 8.00 Uhr.*

Irgendwie eignet sich das Gefängnis als Ort der Selbsttherapie. Die Möglichkeiten, Sport zu betreiben, waren ohnehin begrenzt, meine Troubles mit dem Großen waren auch schnell ausgeräumt: Christiane hatte mir eine Stange Marlboro mitgebracht, die taxfrei an den Capo ging. Und ich hatte Zeit, über mein verkorkstes Leben zu reflektieren. Hauptsächlich in sogenannten „Therapiegesprächen“ mit Andreas, der ein aufmerksamer Zuhörer war.

„Weißt Du“, begann ich an diesem Maimorgen, „meine Eltern haben sich früh scheiden lassen. Damals war ich gerade sieben jahre alt. Ich bin praktisch ohne Vater aufgewachsen.“

„Kenn ich von wo, dieses Schicksal“, sagte Andreas. „Ich hatte gar keinen Vater. Der war schon vor meiner Geburt weg.“

Ich erzählte von meinen Kinder, die mich eben in einen Heulkrampf gestürzt hatten: „Wenn ich ihnen durch die Haare fuhr, ihnen Dummes oder Liebes in die kleinen

Ohren flüsterte, dann ist der große Berg, über den ich nun zu gehen habe, nicht ganz so steil.“

Heimlich hatte mir Nina beim Haftbesuch jenen bunt bemalten Gipsabdruck gezeigt, welchen sie für den Muttertag schon als Geschenk an Christiane vorbereitet hatte.

„Jetzt ist meine Mutter doppelt gestraft. Wahrscheinlich ist sie allein durch meine Erpressungsgeschichte um zehn Jahre gealtert.“

„Wie alt ist deine Ex-Frau“, wollte Andreas wissen.

„36 und ihre besten Jahre werden bald vorrüber sein.“

„Ich weiß, wie sie aussieht“, sagte mein Zellengenosse und fummelte wieder in seinem Plastikordner herum.

Ich sagte: „Gut, sehr gut. Erstaunlich gut nach alldem, was ich ihr und der Familie angetan habe.“

Ich durchmaß unsere Zelle, der Raum hatte vielleicht vier mal zweieinhalb Meter Fläche, ein Stockbett, ein kleines Tischchen, an dem wir jetzt saßen, eine „Sanitärecke“, wie wir Toilette und Waschmuschel nannten.

„Von der großen Welt in die kleinste vorstellbare Bescheidenheit“, sagte ich und dachte an Kap St. Martin: „Wir hatten ein Haus mit einem Swimmingpool, der so groß war wie ein halbes Olympiabecken“, eroffnete ich die Objektbeschreibung meiner Villa an der Cote d'Azur.“

Andreas schien schon durch die Melodie des Namens beeindruckt.

„St. Martin ragt als Halbinsel ins Mittelmeer hinein, wie eine herausgestreckte, provokante Zunge, die bedeuten soll: ‚Seht her, schnöde Welt, was wir uns alles leisten können.‘„

Ich baute in meinem Kopf die Optik des Luxusdomizils auf, das mir schon bei der Anfahrt von den Hügeln runter zum Meer ins Auge gestochen war.

„Schließ deine Augen, Andreas und mach' dir ein Bild, was der kleine Gerhard Möser damals sah: Türkisfarbenes Wasser umspült einen hellen, feinen Sandstrand.“

Er schnalzte mit der Zunge.

„Am Hang, sanft zum Meer abfallend, ein flaches bungalowartiges Gebäude. Eine Terasse, mit hellem Marmor ausgelegt, so groß wie unser ganzer Gefängnishof. Und dann", ich hob meine Stimme, „das Innere der Hütte. 10 Gästezimmer, zwei Salons mit offenem Kamin, fünf Badezimmer, Carrara-Marmor inklusive, ein Billardraum, Sauna und Fitnessraum im Untergeschoß."

Ich war noch gar nicht fertig, fand aber, dass Andreas eine Pause benötigte, um die Bilder in seinem Kopf aufzubauen.

„Im Garten oberhalb des Hauses ein pagodenähnlicher, japanischer Pavillion. Sozusagen zur inneren Einkehr, die ich leider nie finden konnte. Und", ich immitierte ein Propellergeräusch, „ein eigener Hubschrauberlandeplatz."

Andreas riss die Augen auf: „Du hattest einen Hubschrauber?"

„Ich nicht, aber manche meiner Gäste, denen der Transfer vom Flughafen mit dem Auto zu mühsam war."

„Halt", dachte ich beim Gang durch mein virtuelles Domizil, „ich habe den Orchideengarten vergessen." Ich hob noch einmal an: „Und da gab es noch einen Orchideengarten, so zirka 4000 Exemplare, die der Besitzer, ein Schweizer Industrieller, angelegt hat. Und Teiche, in denen japanische Zierfische schwammen."

„Aufhören, aufhören", skandierte Andreas mit einem gequälten Lächeln. „Ich halt das nicht mehr aus."

„200.000 Schilling Monatsmiete hat die ganze Sache gekostet", schloß ich, „verdammt viel Geld, das ich damals gerade noch hatte." Ich versuchte ihn zu beruhigen: „Und jetzt sitz ich mit dir in einer 8-Quadratmeter-Zelle und bekomm einen Fraß aufgetischt, den ich damals nicht einmal meiner Putzfrau vergönnt hätte."

„Hast du Fotos von dem Ding", fragte Andreas.

„Meine Frau hat Fotos, ich bin in aller Früh nach Monaco reingefahren und spät in der Nacht wieder zurück. Ich habe verdient, sie hat geknipst."

Andreas ließ sich auf das Bett fallen und atmete hörbar aus: „Du warst eine große Nummer."

„Ja", sagte ich, „eine große Nummer. Und jetzt bin ich ein kleines Licht. So schnell geht das, mein Freund."

*12.30 Uhr.*

Das Mittagessen kam verspätet und war logischerweise wieder kalt. „Würstel im Saft mit Kartoffelnockerln", stand im Menüplan, was das nun Vorgesetzte wirklich war, stand in den Sternen. Wir stocherten lustlos in der Sauce herum, verzweifelt auf der Suche nach dem Würstel. Andreas sagte: „Du hast sicher auch schon besser gegessen."

„Bei weitem", sagte ich, „sogar im Miami Correctional." Sollte ich ihm vielleicht wieder erzählen, von meinem Café in Monaco, wo ich es mir leisten konnte, das frische Gebäck direkt aus Wien einzufliegen? Ich begann vorsichtig: „Essen war mir immer wurscht. Für mich aber nicht für meine Lokalgäste."

„Nein, bitte nicht", jammerte er, „jetzt kommt sicher irgendeine Story von Kavier und Champagner, oder?"

„Wenn du willst?"

„Ja", sagte Andreas und schob den Teller mit dem Gefängnisfraß zur Seite.

„Wo beginnen", dachte ich. „Tafelspitz kennst du ja."

Er nickte.

„Beim echten Wiener Tafespitz", setzte ich genüsslich im doppelten Wortsinn fort, „wird das Fleisch mit einer bestimmten Technik zubereitet. Man nennt das ganze ‚Wiener Teilung'. Natürlich hätte ich auch Fleisch nehmen können, das auf monegassisch geteilt war. Ich hatte aber den Ehrgeiz und das Geld, alles perfekt zu machen."

„Nein", prustete er, „sag', du hast das Fleisch auch aus Wien einfliegen lassen."

„Genau", triumphierte ich, „einmal die Woche, direkt vom Schlachthof St. Marx im Kühlcontainer." Da ist noch einiges mitgeflogen, was sonst noch nötig war: Original Wiener Semmelbrösel vom Anker, für unsere Schnitzel. Die Kipfler-Erdäpfel für den Salat."

Er fiel mir ins Wort: „Nobel geht die Welt zugrunde."

„Die Welt ist nicht zugrunde gegangen. Nur ich."

*17.00 Uhr.*

Auf dem kleinen Geviert des Himmels, den wir durch unser Zellenfenster sahen, zeigten sich die ersten Schwalben. Ich stieg nach oben, um das Zellenfenster durch das Gittern hindurch zu öffnen. Die warme Frühsommerluft strömte in unsere kleine Welt, die ich mir mittlerweile gern mit Andreas teilte. Die Gespräche im Haftraum retteten mich vor der Verweiflung, die angesichts der mir bevorstehenden öffentlichen Hinrichtung im Prozess aufkam.

Einen üblen Vorgeschmack darauf bot die Tageszeitung, die wie immer erst am Nachmittag in die Zelle gekommen war. Schon gab es die ersten Spekulationen über meinen Prozess, dabei hatte ich noch nicht einmal meinen Verteidiger getroffen. Andreas lass mir vor, ich war im Schlaftaumel des Nachts auf meine Brille gestiegen und hatte ein Glas zerbrochen.

„Von Graz zog er nach Monte Carlo, zurück nach Wien, dann die Flucht nach Miami – ehe Gerhard Möser in einer Zweimannzelle des Gefangenenhauses Klagenfurt landete. Doch Lebenswege mißt man nicht in Kilometern."

„Sehr lyrisch", unterbrach ich.

Andreas setzte fort: „Der Lebensweg des Gerhard Möser ist geprägt von seinem ehrgeizigen Streben nach Geld. Denn Geld heißt für ihn Anerkennung. Das Selbstwertgefühl, das man kaufen kann, und alle sollen sie sehen: den schneeweißen Rolls-Royce und den feuerroten Lamborghini."

Ich schnaubt auf vor Wut. Natürlich haben die Pressefritzen mich wieder nur als geldgieriges Arschloch im

Visier. „Lamborghini, Rolls-Royce. Klar, dass so einer eine Erpressung starten muss, wenn er alles verliert."

Andreas setzte gnadenlos fort: „In der Rue Princesse Caroline in Monte Carlo führte er Caféhäuser mit dem klingenden namen „Mozart", mit dem Swarovski-Konzern im Hintergrund wollte er exklusive Supermärkte aufziehen."

„Wenigstens ein korrekte Wiedergabe", murmelte ich.

„Doch wie Seifenblasen", Andreas hob den Zeigefinger, „ist alles geplatzt, kein Kapital, enorme Schulden. Der ‚Schiki-Micki-Möser' glitt ab in die Schwerkriminalität."

Ich fuhr aus dem Sessel hoch, so energisch, dass Andreas zusammenzuckte: „Schiki-Miki, dieses beschissene Wort, ich hasse es. Sollen die Schreiberlinge doch einmal eine Lokalkette in Monaco auf die Beine stellen."

„Zurück bleibt ein Mensch auf der gesellschaftlichen Anklagebank. Ein Häufchen Elend. Er muss eine bittere Zwischenbilanz über seine 38 Lebensjahre ziehen..."

Wir schwiegen beide ein paar Sekunden lang. In die Stille polterte das Öffnen der Zellentür: „Herr Möser, Lokalaugenschein bei der Gendarmerie, 11. bis 13. Mai."

Endlich, dachte ich, würde ich den Film der Entführung noch einmal abspielen können. Und vielleicht ein bisschen was reparieren können von dem zerbeulten Image, das meine Person umgab.

*10. Mai 1992, 10.00 Uhr.*

Andreas Renner war das, was man einen „jungen, ehrgeizigen Anwalt" nennt. Endlich war er gekommen, gerade rechtzeitig vor dem Lokalaugenschein, um mich zu „briefen", wir er sagte. Wenigstens trug er keine genagelten Schuhe wie sein Advokatenkollege in Miami. Er hatte auch kaum ein kärntnerisches Idiom, was mir als Steirer freundlich entgegenkam.

„Also, wo fangen wir an, Herr Möser?“ Er konnte nicht ruhig sitzenbleiben, schlich um den Besuchertisch herum wie eine Raubkatze auf der Lauer.

„Was soll ich sagen, morgen beim Lokalaugenschein? Was soll ich tun?“ begann ich.

„Sie sollen zeigen, was passiert ist. Die Fakten sind ohnehin klar. Entscheidend ist das Tatmotiv. Da gibt es doch einen Autohändler aus Deutschland, der sie angestiftet hat?“ Er hatte einen verschwörerischen Blick ausgesetzt. „Aber diese Sache heben wir uns für den Prozess auf.“ Er stand schon wieder hinter mir. Dann sagte er: „Sie müssen Reue zeigen. Schreiben Sie dem Entführungsopfer einen Brief. Entschuldigen Sie sich bei ihm. Ich bringe das in die Zeitungen und schon sind sie ein bisschen rehabilitiert.“

Er trug einen feinen Kärntner-Anzug, aus der Jacke zog er jetzt ein Stück Papier: „Die Vollmacht. Sie müssen unterschreiben.“

Ich wußte: Ab nun war ich ihm ausgeliefert.

*14.00 Uhr.*

Nach dem Mittagessen bat ich Andreas um Papier und Kugelschreiber und machte mich daran, meine „Entschuldigung“ zu notieren. Seit den Tagen meiner Haft in Miami hatte ich mir wieder die Fähigkeit antrainiert, eine geschwungene, gut lesbare Handschrift zu führen. Ich notierte: „Sehr geehrter Herr Ragger.“

Pause. Andreas bemerkte: „Datum nicht vergessen.“

„Okay: 10. 5. 1992. Und was jetzt?“

„Einfach und ehrlich“, sagte Andreas.

„Ich möchte mich aufrichtig bei Ihnen und Ihrer Familie entschuldigen. Es tut mir von Herzen Leid und ich hoffe, Sie werden mir verzeihen.“

Ich wandte mich an Andreas: „Was jetzt?“

„Schreib: Auch die Schmerzen, die Ihrer Familie zugefügt worden sind, bedaure ich außerordentlich.“

„Paßt“, sagte mein Diktator.

Und ich: „Jetzt noch: In tiefer Reue, Gerhard Möser. Zu kitschig?“

„Woher denn. Überhaupt nicht. Schreib nur.“

Es war ein kleines Stück Papier, nicht viel größer als eine Visitenkarte. Aber es war ein Ausweis meiner Schuldigkeit und vielleicht dazu angetan, Ragger ein wenig versöhnlich zu stimmen. Ich legte den Kugelschreiber weg und sah Andreas mit wässrigen Augen an: „Weißt du, was meine Familie während der Entführung und der Flucht durchgemacht hat?“

„Das interessiert das Gericht nicht.“

Er hatte Recht.

*

## Der Lokalaugenschein

*11. Mai 1992, 8.30 Uhr.*

Gruppeninspektor Gerhard Haager von der Kärntner Gendarmerie war mir so bekömmlich wie der nämliche Kaffee. Er wandte sich an seine Sekretärin: „Notieren Sie: Ausführung des Gerhard Möser im Auftrag des Landesgerichts Klagenfurt. Zahl 8 Vr 2299/91, Untersuchungsrichter Magister Franz Müller. Verdacht der erpresserischen Entführung."

Dann deutete er auf den großen Braunen, den man mir hingestellt hatte: „Trinken Sie, Herr Möser, es werden zwei lange Tage."

Das Schlimmste hatte ich ohnehin schon hinter mich gebracht: Die Gegenüberstellung. Gemeinsam mit drei anderen Typen, wahrscheinlich Gendarmen, wurde ich in einer Reihe aufgestellt. An der Längsseite des Raumes ein verspiegeltes Fenster, hinter dem – für mich unsichtbar – mein Entführungsopfer gestanden war.

Jetzt ließ Haager notieren: „Ragger erkannte sofort und einwandfrei Gerhard Möser als jene Person, die bei der Entführung beteiligt gewesen ist."

Wenigstens etwas, dachte ich. All die Strapazen der Flucht und der Haft hatten mich offenbar nicht so zurichten können, dass Ragger mich nicht mehr erkannte. „Sofort und einwandfrei...", sehr nett.

Ich fragte Haager: „Hat er noch was über mich gesagt?"

Der Gruppeninspektor spitzte die Lippen und beugte sich zu mir: „Er hat gesagt: Puh, der ist aber ordentlich hergerichtet." Ich war entzaubert.

*9.00 Uhr.*

Der weiße VW-Bus, mit dem wir zum ersten „Tatort" gefahren wurden, war ein umgebautes Protokollbüro. Auf einem kleinen herausklappbaren Tischchen im Fonds war eine Schreibmaschine platziert, an der die Schriftführerin Platz nahm. In der mittleren Reihe saß ich, Gerhard Möser, auf dem Kreuzweg zu meiner Hinrichtung, flankiert von zwei Justizwachebeamten. Vorne der Chef der Truppe, Gruppeninspektor Haager. Seine Kollegen und mein Anwalt hatten in einem Begleitfahrzeug Platz genommen, das unserem Wagen vorausfuhr.

„Schöne Gegend", sagte Haager, als wir kurz vor Bad St. Leonhard waren. Auf einer Kuppe deutete ich dem Fahrer, zu halten. Ein Justizwächter legte mir die Handschellen an und schob die Wagentür auf.

„Sehen Sie", sagte ich und deutete in Richtung des Straßenverlaufs: „Hier sind wir stehengeblieben, um Ragger abzufangen. Da kam aber ein Mopedfahrer vorbei und uns ging der Arsch auf Grundeis. Also sind wir weitergefahren, näher zum Haus."

„Im Akt steht nichts von einem Mopedfahrer", rätselte Haager und wandte sich an die Schreiberin. Notieren Sie: „Der Mopedfahrer wurde nicht ausgemittelt."

Wir fuhren langsam weiter. Irgendwie war mir die Landschaft völlig fremd, mitten im blühenden Frühling. Der Schnee, die Kälte, das Kokain; – alles, aber wirklich alles war im Dezember anders gewesen.

„Stopp", kommandierte ich den Fahrer. Die Straße war an dieser Stelle am schmalsten, damals im Schnee noch viel mehr. Diesmal durfte ich aus dem Wagen steigen: „Hier war es, hier haben wir ihn geschnappt."

„Es war so einfach", wollte ich noch sagen, ersparte mir aber den Kommentar."

„Bleiben Sie nüchtern bei den Fakten Herr Möser", hatte mir Renner bei seinem „Briefing" geraten. „Subjektive Schilderungen können vor Gericht dann immer gegen Sie verwendet werden."

Die Schreibkraft brachte Haagers Worte zu Papier: „Möser zeigt nun jene Stelle, wo Ragger von ihm angehalten und in seine Gewalt gebracht wurde."

„Gewalt", entgegnete ich, „Gewalt war da kaum dabei."

Haager bekam den strengen Blick: „Heben Sie sich das für den Prozess auf, Herr Möser. Wir sind hier beim Lokalaugenschein und nicht bei einem Plädoyer."

Auf der Rückfahrt zum nächsten Tatort tauchte das „Gasthaus Geiger" auf. Wieder durfte ich kommandieren: „Bitte anhalten." Der Fahrer bremste so abrupt, dass die Reifen kreischten. Damals im meterhohen Schnee, mit dem leeren Wagenkasten, wären wir schon ausgerutscht, dachte ich.

„Übrigens: Hier haben ich mit meinen beiden Helfern die Nacht vor der Entführung verbracht."

Haager wurde leutselig: „Da hätten sie die ganze Sache noch einmal überschlafen können."

„Es gab nichts zu überschlafen." Ich ließ mich auf die harte Sitzbank zurückfallen. „Ich war bis unter die Nase mit Kokain voll, draußen hat es zwanzig Grad Minus gehabt und meine Banken haben alle Kredite fällig gestellt."

Haager sah mich an wie einen Aids-Kranken im letzten Stadium: „Das entschuldigt nichts, erklärt aber so manches." Und, zur Schreiberin gewandt: „Das ist nicht fürs Protokoll, liebe Frau."

Warum hatte ich eigentlich nicht einen Typen wie ihn als Verteidiger?

*11.30 Uhr.*

Auf der Fahrt Richtung Steiermark hatte die Schreiberin Proviant verteilt. Gerhard Möser aß die gleiche Wurstsemmel wie Gruppeninspektor Haager, das tat sehr gut.

Zwischen zwei Bissen presste ich hervor: „Moment, hier haben wir telefoniert.“ Wir waren in St. Georgen ob Judenburg, an jener Telefonzelle, in der aus der Entführung eine entführerische Erpressung geworden war.

„Von hier aus hab’ ich das erste Mal mit Raggers Freundin telefoniert. Wir brauchten Flicks Telefonnummer, woher hätten wir die nehmen sollen?“

„Das war exakt um 7.45 Uhr.“ Haager blätterte in einem Aktenordner.

„Wieso wissen sie das?“

„Niederschrift der Aussage von Frau Andrea Berger, Freundin des Günther Ragger.“ Er blätterte einen Akt durch und legte ihn dann neben mich auf den Sitz.

„Ah, so.“ Ich tat teilnahmslos, verglühte aber fast vor Neugierde, was da den protokolliert war.

Haager ließ die Tür schließen, deutete dem Fahrer an, weiterzufahren und ließ seinen Blick über die Landschaft schweifen. Wollte er mir die Chance geben, in dem Papier zu blättern. Und: Wozu? Um mich zu ernüchtern?

Ich ließ meine Hand langsam zu dem Schriftstück gleiten. Haager sah immer noch draußen, als ich die erste Seite des Protokolls überflog. Dort stand: „Es lief an diesem Morgen alles ganz normal ab, ohne, dass wir irgendetwas Verdächtiges bemerkt hätten.“

„Na eben“, murmelte ich und beobachtete aus den Augenwinkeln, ob Hagger mich beobachtete. Er lehnte immer noch seinen Kopf ans Fenster und schien eingeschlafen zu sein. Ich stellte meinen Blick wieder auf das Protokoll scharf: „Um 7.45 Uhr läutete das in der Küche abgestellte Telefon, ich meldete mich mit Ragger.“

Der Wagen rumpelte und ich fürchtete, Haager könnte aus seinem Gedöse aufschrecken. Schnell weiter in Text:

„Anrufer: Ich hab’ ihren Freund mitgenommen, wer ist da?

Ich: Ragger, ich bin die Freundin vom Günther.

Anrufer: Ich hab' ihn mitgenommen, ich will von der Ingrid Flick die Telefonnummer haben, sie muß uns helfen.

Ich: Wieso helfen? Was ist denn mit dem Günther? Kann ich ihn sprechen?

Anrufer: Nein, ich habe ihn nicht bei mir.

Ich: Na, das glaub' ich nicht, dass ihr ihn mitgenommen habts.

Anrufer: Draußen am Hauptplatz steht sein Auto.

Ich: Wo am Hauptplatz?

Anrufer: In Leonhard. Jetzt will ich die Telefonnummer.

Ich: Ich hab' sie nit da, ich muss sie holen gehen.

Gerhard Möser, der „Anrufer", der Trottel, dachte ich und blätterte vorsichtig auf die nächste Seite. Wie lächerlich das alles klingt, jetzt im Nachhinein. Ein Kokainschwangerer, begleitet von zwei jugoslawischen Sandlern, immer im Öl, bewaffnet mit einem Schreckschussrevolver, bitte höflich um die Telefonnummer der Frau Flick. Wie absurd. Wenigstens das würde beim Prozess für mich sprechen. Der Gruppeninspektor döste immer noch, wir hatten mittlerweile die steirische Grenze passiert. Ich las weiter:

„Später läutete wieder das Telefon. Es war wieder derselbe Anrufer.

Ich: Ragger.

Anrufer: Haben sie die Telefonnummer?

Ich gab ihm daraufhin die Telefonnummer von Ingrid bekannt."

Und jetzt kams, mir wurde schwindlig:

„Anrufer: Ja nur ruhig bleiben und ja keine Polizei. Weil jetzt geht es ihm gut, wenn die Polizei was erfährt, gehts ihm schlechter. Wir warten, bis Flick zurückruft."

Ich schluckte. „...gehts ihm schlechter." Die logische Frage des Staatsanwalts baute sich akustisch vor mir auf: „Wie haben sie das damals gemeint, Herr Möser, mit der Formulierung ‚...gehts ihm schlechter?" Er würde seine Stimme zu einem Donnern erheben: „Haben sie daran gedacht, dem Herrn Ragger vielleicht ein Ohr abzuschneiden, oder gar zu töten?"

Ich wischte mir den kalten Schweiß von der Stirn und schob das Protokoll wieder in seine ursprüngliche Position. Haager hatte nichts von alledem bemerkt.

*14.30 Uhr.*

Wir kamen nach Murau. Wie lieblich die Ortsnamen jetzt im Mai alle klangen auf den Stationen unserer Entführung im finsteren Dezember. Ich dirigierte den Wagen zum Waffengeschäft „Grois", wo ich damals den lächerlichen Schreckschußrevolver gekauft hatte. Wochen vor der ganzen Flick-Aktion. Mein Sohn Sven hatte Spaß daran, mit mir Leuchtraketen in den Himmel zu schießen.

Haager ließ notieren: „In Murau zeigt Möser das Waffengeschäft Grois, wo er den Schreckschussrevolver (Tatwaffe) gekauft hatte."

Ich wiederholte das Wort „Tatwaffe". Was hatte ich getan, mit der Tatwaffe? Nicht einmal geladen war das Ding gewesen, während der „erpresserischen Entführung".

Dann weiter zur Esso-Tankstelle.

„Was war hier passiert?" fragte Haager.

Ich kam mir schon wieder lächerlich vor: „Wir brauchten Geld für die weitere Flucht. Vom Flick hatten wir ja schließlich noch keins bekommen." Dann erzählte ich ihm die skurrile Story von der Videokamera. Zum ersten Mal war auch mein Anwalt vor die offene Autotür getreten.

„Alles Okay, Herr Möser?"

„Wie man's nimmt, entgegnete ich.

Haager ließ notieren: „Bei der Esso-Tankstelle in Murau bleibt Möser ebenfalls stehen. Dort hat er dem Betreiber eine Videokamera für 4.000,- Schilling eingesetzt. Der Übernehmer der Kamera gibt an, dass er die Kamera von Möser, der ihm von Graz aus bekannt gewesen sei, für 4.000,- Schilling in Pfand genommen habe."

Ich hätte gern noch was gesagt. Etwa: „Sie sehen, Herr Inspektor, das Ganze war eine total kindische Aktion."

Statt dessen nahm mich Haager in die Zange: „Wo war die Videokamera eigentlich her?"

„Einer von den Jugo-Komplizen hat sie dabei gehabt." Ich tat nicht ahnungslos, ich war es wirklich.

Haager konterte in Richtung der Schriftführerin: „Der Gendarmerieposten Murau konnte ermitteln, dass die Kamera in Graz gestohlen wurde."

Okay, das wirkte.

Aber was galt schon eine bescheuerte Sony im Vergleich zu dem 10 Millionen Deutschmark-Ding, das wir im Begriffe gewesen waren, zu drehen?

*16.00 Uhr.*

Es regnete mittlerweile in Strömen, als wir uns auf die Fahrt nach Salzburg machten. Ich war müde von dem ewigen Geschaukle des VW-Busses und suchte verzweifelt eine Stellung, in der ich eindösen konnte.

Haager ließ einen Abkürzer protokollieren: „Aufgrund der schlechten Witterung wurde nicht wie Möser seinerzeit auf der Bundesstraße in Richtung Bischofshofen gefahren, sondern wurde die Autobahn genommen und es wurde in Bischofshofen abgefahren."

Die Autobahn hatte mir den Rest gegeben, ich schreckte erst wieder beim nächsten Halt aus einem traumlosen, unbequemen Schlaf. Mein Rücken schmerzte.

Wir standen auf jenem Parkplatz, wo ich den einen Jugoslawen im Fluchtauto seinem Schicksal überlassen hatte. Ich musste mit Teufelsbach reden, dem Mann, den mein Anwalt ständig als „Mastermind der Entführung" apostrophierte. „Er hat sie doch angestiftet zur Entführung. Er war der Mann im Hintergrund, der alle Fäden zog."

In Wirklichkeit, dass wusste ich schon damals, war Alexander Teufelsbach ein über beide Ohren verschuldeter

Autohändler aus München, der so blöd gewesen war, eine Millionenerbschaft in den Bau eines eigenen Tourenwagens zu stecken. Mit dem er nie auch nur einen einzigen Sieg einfuhr.“ Natürlich war er es gewesen, der seinerzeit zu mir gemeint hatte: „Es gibt da einen Mann in Kärnten, der heißt Ragger. Er ist der Schwager vom alten Flick. Und der hat Geld...“

Ich erläuterte den Tathergang, wie es schön im Amtsdeutsch hieß, Haager ließ niederschreiben: „In Bischofshofen, am Parkplatz vor dem KGM-Markt und der Volksbank, wurde Ragger von Tomic mehrere Stunden im Entführungsfahrzeug festgehalten, während Möser mit Milosevič in einem Range Rover nach Salzburg fuhr.“

Wir fuhren meinem kriminellen Weg hinterher, zur Autobahnraststätte Kasern. Das Protokoll füllte sich: „Das ist jener Ort, der zwischen Möser und Teufelsbach als Geldübernahmeort durch Teufelsbach vereinbart wurde. Möser sollte danach nach München und Teufelsbach mit dem Lösegeld in die Schweiz flüchten.“

„Schöner Plan“, sagte ich und zuckte zusammen. Am Ende des Tages war selbst Haager schon ein wenig genervt und sah mich verärgert an.

„Herr Möser, wir wollen weiterkommen. Sparen Sie sich ihre Kommentare.“ Ich schluckte.

Schließlich wurde die Geschichte jetzt erst recht kompliziert und durchaus tragikkomisch. Ich versuchte, noch einmal unsere Irrfahrt nachzuvollziehen. Den Elektrikschaden des Range Rover, einem Auto, von dem ich immer der Meinung war, es würde nie stehenbleiben. Dann den Autostopp zurück nach Bischofshofen, um mit dem Bus hierher zu fahren. Pervers: Ein mittlerweile landesweit gesuchter Entführer mit dem Daumen in Fahrrichtung zum Opfer, wartet auf einen netten Menschen, der ihn zum Tatfahrzeug zurückbringt.

Unbeeindruckt von der Lächerlichkeit ließ Haager alles festhalten: „Die Stelle, wo das Lösegeld abgeworfen werden sollte, befindet sich noch in Kasern, unweit der Autobahnraststätte und unmittelbar neben der Bahnstrecke zwischen Salzburg und Wien, höchstens 2,5 Kilometer vom Hauptbahnhof Salzburg entfernt.“

Dann ließ er unsere nächste Panne zu Papier bringen: „Da keine Verbindung mit dem Geldboten hergestellt werden konnte und die Geldsäcke noch nicht abgeworfen wurden, ist Möser mehrmals im Kreise zwischen der geplanten Abwurfstelle und der Autobahnraststätte gefahren. Dies auch, um, wie vereinbart, Teufelsbach zu treffen.“

Schon wieder so eine Slapstick-Szene: Eine Witzfigur von einem Mann, ich nämlich, zieht wie ein Idiot irre Runden in einem weißen Fiat-Bus, mit Ragger hinten auf der Ladefläche und einem besoffenen Jugo als Beifahrer. Und den dauernden Versuchen, über den Butler der Flicks, einen Herrn Martin, endlich an die Millionen zu kommen.

Wenigstens würde es sich im Amtsdeutsch ein wenig ernster lesen: „Möser hat dann nochmals mit Herrn Martin in München telefoniert. Dabei ist ihm gesagt worden, dass sich der Geldbote in Attnang-Puchheim aufhalten soll.“

Man hatte uns an der Nase herumgeführt, damals, die Polizei war längst informiert gewesen. „Die wollen alles nur verzögern“, hatte ich damals meine Komplizen beruhigt, die mit ihren in Alkohol aufgelösten Nerven längst am Ende waren.

„War es das Gespräch, welches sie hier mit dem Butler geführt haben?“ Haager zeigte mir ein Einvernahme-Protokoll des Flick-Butlers und fuhr mit dem Finger an eine bestimmte Stelle. Ich las und hörte meinen eigenen Worte im Widerhall:

„Zweiter Anruf“.

Martin: Frau Flick hat sich hier gemeldet, sie ist ziemlich aufgeregt. Kann man sie vielleicht irgendwie beruhigen?

Antwort: das können sie in jedem Fall, wir haben keine Gewalt angewendet. Es geht ihm gut. Nur wenn unseren

Forderungen nicht bald entsprochen wird, ist es aus. Falls die Polizei eingeschaltet wird, ist es aus."

„Ist es aus..." Auch kein Satz, der bei Gericht gut kommen würde, dachte ich und las weiter, wegen der fehlenden Brillen schon äußerst langsam:

„Dritter Anruf.

Martin: Ich habe Kontakt bekommen mit Frau Flick.

Antwort: Wir brauchen nicht Frau Flick.

Martin: Sie war in Amerika, hat zusammengepackt und nimmt den nächstmöglichen Flieger zu uns.

Antwort: Da vergeht viel zu viel Zeit. Wir müssen ganz schnell machen, bitte sorgen sie dafür, dass die Übergabe schon heute abend möglich ist. Wir möchten nur kleine Scheine haben. Die Summe ist bekannt. Zehn Millionen Mark."

In meinem Kopf gerieten die Ereignisse durcheinander: „Ich weiß nicht mehr, welcher Anruf das war, den ich von hier geführt habe. Wirklich nicht, Herr Gruppeninspektor."

Haager legte die Stirn in Falten: „Ich bin kein Richter, Herr Möser. Aber der Richter wird sie das fragen."

„Na und", entgegnete ich bockig, „was macht das für einen Unterschied, wo und wann welches Gespräch geführt wurde?" Ich war müde, abgespannt, sehnte mich nach meinem mikricken Zellenbett.

Haager sah mir in meine kleinen Augen: „Ich glaube, es reicht für heute. Mit ihnen ist kein Lokalaugenschein mehr zu machen." Er winkte dem Fahrer: „Zurück nach Klagenfurt. Morgen gehts weiter."

*22.00 Uhr.*

Das kleine Licht der Taschenlampe am Zellentisch war mir genug, um den Artikel zu lesen, den mir Andreas hingelegt hatte. Er schnarchte längst oben auf seinem Bett und ich schob mir meine zerbrochene Brille auf die Nase. Meine Müdigkeit war noch einmal verflogen.

Vor zwei Tagen waren zwei Jorunalisten der „ganzen Woche“ in den Besuchsraum gekommen, getarnt als „Bekannte“, vermittelt über meinen Anwalt Andreas Renner. Ich sollte die Gelegenheit nützen, mich „reuig“ zu zeigen, meinte er, mein öffentliches Bild vom gefährlichen Erpresser umfärbeln auf einen beklagenswerten, kleinen Kriminellen aus Gelegenheit. „Weinen sie, Jammern sie, bitten sie um Verzeihung. Immerhin könnte es um ein paar Jahre auf oder ab beim Prozess gehen.“

„Jetzt schon reden, ist das klug?“, fragte ich ihn. „Bis zum Prozesstermin ist's noch einige Zeit hin. Die Leute werden das vergessen.“

„Die Leute schon“, replizierte Renner, „aber vielleicht nicht die Geschwornen bei der Verhandlung. Tun Sie ihr Bestes.“

Ich beugte mich über den doppelseitigen Artikel. Sofort hatte ich die entscheidenden Zeilen erfasst: „Möser bittet um Verzeihung – und wenn er das nicht ehrlich meint, ist er ein hervorragender Schauspieler. Halten sich die Geschwornen an die Auslegungen des Staatsanwalts, wird der 37-Jährige in den nächsten Jahren viel Zeit haben, Buße zu tun.“

Genau an diesem Punkt fragte ich mich, warum ich mir die verdammte Lektüre überhaupt angetan hatte. Es ging in ähnlicher Tonart weiter. Mit aller journalistischer Finesse wurde das Thema Nancy ausgeleuchtet: „Der Grazer war ihr hörig – und der Modedroge Kokain. Die Schöne und das Biest. Möser schenkte und schenkte. Dann Hochzeit am 1. September 1990. Zu diesem Zeitpunkt war der nur 1,68 Meter große Mann schon längst bankrott. ‚Mr. Mozart‘ hatte ausgespielt.“

Ich schlug vor Ärger mit der flachen Hand auf den Tisch. Oben grunzte Andreas im Halbschlaf und drehte sich auf die andere Seite. Alles Wahrheiten, die da standen, aber bittere Wahrheiten, demütigend formuliert.

Dann wieder bessere Momente, Renner wurde zitiert: „Mein Mandant war ein tölpelhafter Verzweiflungstäter.“

Wenigstens was.

Langsam kam die Müdigkeit aus der Dunkelheit auf mich zugekrochen. Ich beschloss dennoch, den Brief von meiner Tochter zu lesen. Morgens war dafür keine Zeit gewesen. Die Taschenlampe wurde schwächer.

Ninas Schrift hatte genau jene ebenmäßige, geschwungene Form, die einer braven Volksschülerin anstand. Ich stieg irgendwo gegen Ende des Briefes ein, dort würde er die schlimmste Strafe für mich sein.

„Sven seine Kuh hat ein ganz kleines Kälbchen bekommen. Die Martha hat einen Vogel gefunden, den habe ich in die Alm mitgenommen und ihm Fliegen gefüttert. Am Mittwoch fahre ich mit der Schule nach Oberwölz zum Schwimmen. Ich glaube, ich werde ein schönes Zeugnis bekommen. Ich werde es Dir zeigen. Bussi, Deine Nina."

Ich ließ meinen Kopf nach vorne auf den Tisch kippen und heulte los.

„Gerhard, beruhige dich." Andreas war aufgewacht und hatte sich an der Bettkante aufgesetzt.

„Ist es wegen dem Zeitungsartikel? Tut mir leid."

„Nein", sabberte ich in meine Tränen hinein. „Es ist wegen meiner Tochter. Sie ist so ein gutes Mädchen und ich bin so ein Arschloch."

„Bist du nicht", sagte er trotzig. „Du bist 37 und hast die Chance, alles noch einmal besser zu machen."

Später, im Bett, als ich wieder ruhiger atmen konnte, beschwor ich mich selbst: „Möser, du schreibst ein Buch. Du schreibst ein Buch über diese Erpressung, damit die anderen lesen können, wie wirklich alles passiert ist."

Und ich beschloss, mir eine neue Brille ins Gefängnis kommen zu lassen. Dann schlief ich ein und hoffte, von Sven und Nina zu träumen. Abseits der Realität.

*12. Mai 1992, 8.30 Uhr.*

Lokalaugenschein, zweiter Teil: Ich war müde und abgespannt, nach der kurzen Nacht. Trotzdem wieder dieselbe

Mühle wie am Vortag. Schwarzer Kaffee, Besprechung der „Örtlichkeiten", wie die Beamten zu sagen pflegten, dann Ausfahrt mit dem hart gefederten VW-Bus.

Gruppeninspektor Haager war auch nicht in Küsserlaune: „Herr Möser, schauen wir, dass wir die Sache rasch über die Runden bringen. Wenigstens lernen wir so Österreich kennen."

Wir fuhren nach Vöcklabruck, der nächsten Station meiner irren Geiselfahrt. Ich gab zur Protokoll: „Von hier aus habe ich den Geldboten angerufen, einen Mann mit dem Namen ‚Fritz'. Angeblich saß er in der Pizzeria Peppe Uno in Attnag Puchheim und wartete dort bereits mit zwei Taschen voller Lösegeld."

Haager sprach meine Schilderung in Amtsdeutsch auf ein kleines Diktafon. Jetzt erst war mir aufgefallen, dass die Schreibkraft im Bus fehlte. „Schnupfen", sagte Haag, „in diesen Bussen zieht es ja so fürchterlich."

Ich erinnerte mich: In der Echtzeit unserer Entführung war es jetzt schon ein Uhr Nachts gewesen, ohne Kokain wäre ich damals längst kollabiert. Wir hatten den Kastenwagen in eine leere, offene Garage an einer Baustelle eingefahren und Ragger, der wie ein Kartoffelsack hinten in der Kälte lag, mit ein wenig Essen versorgt.

Dann gab ich meiner Stimme einen bedeutungsvollen Ton, immerhin war die Entführung virtueller Weise gerade eben in der heißesten Phase: „Ich bin dann da rüber in dieses Lokal gegangen." Es hieß immer noch „The Pub".

„Dort habe ich über die Kellnerin ein Taxi bestellt. das kam sofort und der Taxler wurde von mir angewiesen, nach Attnag Puchheim zu fahren. Dort würde im „Peppino Uno" ein Herr Fritz mit zwei Koffern auf ihn warten."

Ich hielt ein wenig inne, es war sozusagen ein feierlicher Moment meiner kriminellen Nacherzählung. „Ich hab' ihm gesagt, er soll die beiden Koffer übernehmen und hierher zurückbringen."

Haager deutete mir, kurz zu pausieren und sprach den Text halblaut auf sein Band. „Okay, weiter." Er schien tatsächlich auch ein wenig gespannt.

Ich musste ihn enttäuschen: „Der Taxler kam nie wieder. Er hatte Schiss bekommen. Sie wissen ja, dass der sogenannte Herr Fritz in Wirklichkeit ein Kriminalbeamter war."

Haager herrschte mich an: „Was sie gewusst haben könnten, tut nichts zur Sache, Herr Möser. Bleiben sie bei den Fakten."

„Gut."

Ich kam mir vor wie ein gemaßregelter Mittelschüler.

„Ich bekam also ein wenig die Panik, weil überall um uns herum schon diese dunkelblauen Opel-Corsa waren. Das konnte nur die Polizei sein, hab' ich mir damals gedacht."

„Und, dann?" fragte Haager.

„Wir blieben in dieser Garage und warteten ab. Trotz der ganzen Müdigkeit, die ich nur mit Kokain im Griff hatte, war mir klar, dass die erst zuschlagen würden, wenn wir das Geld in Händen haben. So gesehen fühlte ich mich relativ sicher."

In dem Moment herrschte unter allen Beteiligten des Lokalaugenscheins, den Justizwächtern, meinem Anwalt, dem Fahrer und letzlich auch bei Haag, eine Art weihevolle Stille. Für ein paar Sekunden, so dachte ich, war jeder zum heimlichen Entführer geworden.

„Haben sie geschlafen?" fragte Haager.

Ich lachte halblaut auf: „Es war eiskalt in dem Wagen, ich hatte trotz Kokain Hunger und wir stanken wie Bauarbeiter, die sich eine Woche nicht gewaschen haben. Wie sollte ich da schlafen?"

Haager sprach wieder auf Band: „Möser fuhr dann in ein Wohngebiet, wo er das Entfürhungsfahrzeug in einer offenen Garage abstellte."

„Und dann?" Er wuchtete sich wieder in den Autositz."

„Dann sind wir um fünf Uhr früh Richtung Wien gefahren. Im Schneegestöber."

„Okay, das machen wir jetzt auch", sagte Haager und schob sein Diktafon in die Jackentasche.

*13.00 Uhr.*

In Wien herrschte ein hektischer, nervtötender Verkehr. Allein bei der Westeinfahrt der Stadt quälte sich unser kleiner Konvoi vierzig Minuten durch den Stau. Ich tippte Haager von hinten auf die Schulter: „Können wir nicht mit Blaulicht fahren, damit wir schneller sind?"

Er grinste: „Wir haben kein mobiles Blaulicht in diesem Wagen. Die Gendarmerie muss sparen."

Endlich waren wir in der Pohlgasse in Wien-Meidling. Schon wieder so ein ewiger Standort von uns, im Warten auf die Millionen. Ich lotste den Wagen zur Post, dem Haus Nummer 12.

„Sie haben hier also den Wagen geparkt", sagte Haager und zeigte dem Fahrer eine Lücke.

„Genau. Und von da drüben, von dieser Telefonhütte, habe ich nochmal bei den Flicks angerufen."

„Gut, das können wir uns sparen, das haben wir schon im Protokoll." Haager schien in Eile. Der gestrige Tag war ihm wahrscheinlich zu lange geraten.

„Okay. Ich habe also Tomič, den einen Jugoslawen, zum Westbahnhof geschickt. Dort war ausgemacht, dass uns die Geldtaschen aus dem Kofferraum eines grauen Mercedes übergeben werden. Fahrer sollte wieder dieser der ‚Herr Fritz' sein."

Dann schilderte ich die quälenden Stunden des Wartens. Es waren sechs Stunden, die Haager in wenigen Sätzen aufs Band sprach: „Möser besorgt ein kabelloses Telefon, um Ragger mit dem Butler Martin sprechen zu lassen. Wenn er einmal eine Runde um den Häuserblock fuhr, um das Fahrzeug zu erwärmen, sei ihm immer ein anderer Pkw nachgefahren."

Er machte eine kurze, weihevolle Pause. Der Höhepunkt der Entführung stand an. Haager atmete tief ein: „Gegen 22.00 Uhr sei dann Tomic mit einem Taxi, Marke Opel-Rekord, älteres Baujahr, goldfärbig, zu Möser Standort zurückgekommen. Tomič habe ihm zirka 27.000 deutsche Mark ausgehändigt."

„Genau", dachte ich, „das war's gewesen." Und jetzt, wo Haager den nackten Sachverhalt auf Band sprach, klang alles noch viel lächerlicher. Tomič, der komische Jugoslawe, dem ich von Anfang an nicht getraut hatte, wollte die Sache auf seine eigene Rechnung machen. Hatte eine der Geldtaschen in ein Schließfach am Westbahnhof gesperrt, wo wahrscheinlich schon die Polizei rundherum gestanden ist. Dann fuhr er, dieser Trottel, in der Meinung, er wäre ein reicher Mann, mit der zweiten Tasche ins Ambassador. Ein Wiener City-Hotel der Luxusklasse. Dort bekam er, obwohl verschwitzt und abgerissen, ein Zimmer. Weil die Leute von der Fahndung längst im Büro hinter der Rezeption standen. Schon allein das hätte diesem Idioten seltsam vorkommen müssen. In der „Kronen-Zeitung", die ich während der Flucht kurz in einem Café durchgeblättert hatte, stand es längst zu lesen: „160 Polizisten jagen den Flick-Entführer."

Haager sah auf die Uhr und diktierte: „Weiterfahrt zu Ort der Freilassung des Günther Ragger, Café Domayer, Wien-Hietzing."

Wir waren schnell dort. Vor dem Café saßen einige Gäste im Schanigarten, der Sommer hatte seine Fühler ausgestreckt. Ich erinnerte mich an das banale Ende meiner langen kriminellen Irrfahrt: „Wir haben den Wagen geparkt, Ragger aus dem Laderaum geholt. Er war völlig durchgefroren und sah schlecht aus. Ich hab' ihn dann wie ein Schulkind an der Hand genommen, bin rüber zu dem Taxistand und ihn in einen Wagen gesetzt. Dem Fahrer habe ich gesagt: Bringen sie diesen Herrn zum Hotel Austrotel, gegenüber vom Westbahnhof. Das ist unser ausgemachter Freilassungsort mit den Flicks gewesen."

Haager beugte sich wieder über das Mikro seines Diktafons. Mir war irgendwie zum Weinen. 27.000 Deutschmark waren mir damals geblieben, nebbiche 189.000 Schilling, gerade genug, um irgendwie über den großen Teich zu kommen. Mehr nicht."

Dann der Nachspann eines Drehbuchs, das ein großer Film hätte werden sollen und doch nur ein Schmalspurprodukt geblieben ist. Quasi ordnungsgemäß fuhr ich zurück nach Graz, wo ich den Bus beim Autohaus Paul zurückgestellt hatte. Wie idiotisch: Ein landesweit gesuchter Entführer bringt den Mietwagen brav zum Verleih zurüch und klemmt noch einen Zettel unter die Scheibenwischer: „Werde mich wegen der Bezahlung in den nächsten Tagen melden..."

Haager schloss seinen Bericht mit den Worten ab: „Vom Autohaus Paul weg hat Möser dann seine Flucht mit einem Taxi nach Salzburg und von dort mit dem Range Rover des Teufelsbach nach München zum Flughafen Riem fortgesetzt."

„Okay, wir fahren." Haager schwang sich in den Wagen und schob die Tür zu. Irgendwie hatte ich das Gefühl, dass er ein einziges Mal in seinem Leben auch ganz gern gegen das Gesetz gehandelt hätte. Vielleicht nur ganz bescheiden: Eine Tube Zahnpasta im Supermarkt mitgehen lassen, eine Beule an seinem Privatauto als Unfall mit Fahrerflucht darstellen und dann von der Versicherung kassieren.

Das monotone Getrommel der Betonplatten der Autobahn, auf der wir jetzt endlich zurück Richtung Klagenfurt fuhren, machte mich schläfrig. „Ja", dachte ich nocheinmal, „ich werde diese Geschichte zu Papier bringen. Mit Zahlen, Daten und Fakten im Amtsdeutsch ist der Story nicht genüge getan. Und vor Gericht, dessen war ich mir sicher, würde man mich ohnehin auch nicht jedes Detail schildern lassen. Haager saß die ganze Zeit über schweigend vor mir. Dann sagte er völlig unvermittelt, ohne sich umzudrehen, in die Dämmerung des Tages hinein: „Herr Möser, sie sind der angenehmste Ausgeführte, den ich je hatte."

Sicher auch eine Art Kompliment.

*13. Mai 1992, 8.00 Uhr.*

„Das ist irgendwie eine Art Urlaubstag für mich", sagte ich zu Andreas nach dem Frühstück. „Endlich wieder nur in der Zelle sitzen und nichts tun."

Ich erzählte ihm von meiner Idee, die Erpressung in einem Buch aufzuarbeiten.

„Kannst du schreiben", fragte er vorsichtig.

„Lieferscheine und Rechnungen, das war meine Domäne", grinste ich. Und dann: „Willst Du mein Sekretär sein? Ich diktiere, du schreibst. Vielleicht kommen wir irgendwie zu einer Maschine."

Andreas schien sich geehrt zu fühlen: „Wenn du willst?"

Wir stellten einen Zeiplan auf. Die Wochenenden saß man ausschließlich in der Zelle, da würde man ordentlich was weiterbringen können. Bis 22.00 Uhr war die Zellenbeleuchtung an, dann wären wir auf unsere Taschenlampe angewiesen.

„Zehn Seiten pro Tag", sagte ich.

„Locker", antwortete Andreas und schnippte mit den Fingern. Am Wochenende machen wir insgesamt 30 Seiten. Mit links."

*13.00 Uhr.*

Nach dem Mittagessen fischte Andreas wieder einen Zeitungsartikel aus seiner Plastikfolie. Er war jetzt auch mein persönlicher Archivar geworden, hatte den Auftrag, aus allen Zeitungen, die wir bekommen konnten, die Geschichten zum Entführungsfall auszuschneiden.

„Wir sind jetzt Journalisten", sagt ich schmunzelnd und beugte mich über den Artikel.

Andreas zog eine ernste Miene auf: „Achtung, nicht sehr freundlich."

Ich laß den Titel: „Ich war der Ferrari, der glänzen mußte." Daneben ein Foto von Nancy mit einer Bildzeile: „Er hatte Züge einer Obsession."

„Aha." Ich sah zu Andreas auf. „Jetzt will sie mich für geisteskrank erklären."

Dann ging ich weiter im Text: „Wie berichtet, weist Möser seiner Noch-Gattin die Schuld an seiner mißlichen Lage zu. Sie habe ihn durch „exzessive Ansprüche" in den Ruin getrieben, und sie habe ihn vor der Entführung erklärt, er dürfe sie nur besuchen, wenn er Geld mitbringe. Nancy bezeichnete dies als ‚krankhafte Anwürfe'. Nicht sie, sondern er habe durch Prahlerei sein ‚schwaches Ego' künstlich stärken wollen."

Ich lehnte mich zurück. Andreas schien auf einen neuerlichen Heulkrampf von mir gefasst.

Ganz im Gegenteil polterte ich: „Schon wieder so eine Frechheit. Die tut jetzt plötzlich so, als wäre sie in meine Falle gegangen. Nicht umgekehrt, so wie es wirklich war."

„Das müssen wir auch aufschreiben", meinte Andreas ein wenig naiv.

„Wir müssen viel aufschreiben", sagte ich und las weiter im Text dieser Vernichtungsstory: „Die beiden hatten einander in Monaco 1988 kennengelernt, wo Möser das Café ‚Mozart' besaß. Seine Liebe, sagt Nancy, habe zunehmend die Züge einer ‚Obsession' angenommen. Um ihre Zuneigung zu sichern, habe er sie mit Luxus überhäuft: ‚Er steckte mich in die teuersten Kleider. Ich sollte die Prinzessin von Monaco sein. Ich war für ihn der Ferrari, der glänzen musste.' "

Es war zum Heulen, aber ich hatte mich ausnahmsweise im Griff. Vielleicht auch, weil ich das geplante Buch vor Augen hatte, als ein Plädoyer der Wahrheit, wo genau solche Geschichten abgeschminkt dargestellt würden.

„Ja, wir müssen das Buch Schreiben“, sagte ich zu Andreas, der erleichtert schien. „Am besten fangen wir gleich morgen an.“

*

## Der Aufstieg

*14. Mai 1992, 9.00 Uhr.*

Andreas erwies sich als hervorragender Assistent. Erstens hatte er irgendwo im Haus Superkleber besorgt, mit dem mein zerbrochenes Brillenglas fast perfekt wieder hergestellt wurde. In der Schreibstube hatte er – obwohl dafür üblicherweise ein Berg von Formularen auszufüllen gewesen wäre – eine alte elektrische Schreibmaschine leihen dürfen. Das Ding brummte zwar schon ziemlich altersschwach vor sich hin und ließ ein paar Typen aus, die wir später händisch in den Text einfügen würden müssen. Dennoch: Wir fühlten uns wie in einem Büro, waren scheinbar perfekt eingerichtet.

„Also, wo fangen wir an?" dröhnte ich, während sich Andreas vor der Maschine niederließ.

„Deine Karriere, dein Aufstieg als Gastronom", sagte er selbstbewusst.

Ich reagierte grüblerisch: „Na ja, weiß nicht. Wen interessiert das? Die Leute wollen doch nur die Geschichte der Entführung lesen, oder?"

„Dann hat unser Buch aber nur vierzig Seiten, oder so. Das geht nicht", korrigierte Andreas. „Wir müssen ganz von vorne beginnen."

Ich gab meinem Körper einen Ruck. „Okay, du hast recht. Also los."

Er sah mich fragend an: „Ja, geht schon. Los. Du erzählst, ich schreibe. Ich kann das mit zehn Fingern. War immerhin in der Handelsschule, bevor ich in die Scheißgasse gekommen bin."

Ich holte tief Luft und begann ganz von vorne: „Ich

bin im Jahre 1954 in kleinbürgerliche Verhältnisse hineingeboren worden. Das klingt ganz solide, aber was in Graz zehn Jahre nach dem Krieg kleinbürgerlich war, dazu würde man heute ärmlich sagen."

Ich hielt inne und sah ihn an.

„Ich hab's . Red' weiter."

„Mein Vater war Vertreter für Elektrogeräte, meine Mutter Schneiderin in einem ganz feinen Modegeschäft in Graz. Meine Schwester, sie hieß Anneliese, war ein Jahr jünger und meine Mutter hatte das hohe Ziel vor Augen, uns beide an die Universität zu bringen. Das war damals auch keine Selbstverständlichkeit. Sie sagte immer: ‚Bub, du musst was studieren, sonst bist du nichts'."

Andreas war mittlerweile energetisch über seine Schreibmaschine gebeugt, hämmerte wild auf die Tastatur. „Weiter, mach weiter", forderte er.

„Ach ja", warf ich ein, „den Vater gab's nicht, der hat sich geschlichen, wie ich noch in der Volksschule war."

„Weiß ich", murmelte Andreas. „hast du mir schon erzählt."

„Dir schon, aber nicht unseren Lesern", sagte ich. Und dann gings weiter: „Ich hab' dann natürlich genau das gemacht, was meine Mutter nicht wollte: Fachschule für Hotelerie. Ich liebte die Nähe zu den Menschen, der internationale Touch dieser Sache war mir sympathischer, als auf der Uni beim Rechtsstudium zu versauern."

„Wo hast du gelernt?" Andreas war schon mitten in der Materie.

„Im Steiererhof, beste Adresse in Graz. Die Leute haben damals immer gesagt: ‚Im Steirerhof werden Kohlen zu Diamanten'. Und so war es auch. Irgendwie war dann auch meine Mutter versöhnt, nachdem ich die Schule mit Vorzug abgeschlossen hatte."

Ich überlegte. Was kam dann?

„Genau", dachte ich, „meine erste Obsession, wie Nancy gesagt hatte, zu schnellen Autos."

Ich setzte fort: „Ich hatte grad ein bisschen was verdient, war 18 Jahre alt und drückte mir an der Scheibe eines Grazer Authändlers, der am Weg zum Hotel lag, jeden Tag die Nase platt. Dahinter stand ein ‚Lotus Super Seven', das damals geilste Gefährt überhaupt. Jochen Rindt, der war auch ein Steirer, ist auf Lotus gefahren."

„Und gestorben", grinste Andreas.

„Also weiter: Meine Mutter hatte zwar die Hosen voll, gab mir dann aber doch einen Zuschuss für den Wagen. Ich selbst bekam im Hotel-Restaurant nicht wenig Trinkgeld, wenn ich Kellnerdienst hatte. Und da gab es noch diesen alten Anwalt, der erblindet war: Dem habe ich jeden Tag im Kaffeehaus die Zeitung vorgelesen, für zehn Schilling die Stunde."

Andreas schmunzelte.

„Ein Jahr später hatte ich den Wagen. 65.000 Schilling, das war damals verdammt viel Geld."

„Was kam dann?" Andreas herrschte mich energisch an.

„Moment, Moment, mein Gehirn ist von dem ganzen Kokain ein bisschen durchlöchert."

Ich fuhr im Gedanken meiner Karriere nach: „Genau, dann kam Schweiz. Jobs in den besten Hotels. Das Palace in St. Moritz, die Rotisserie in Basel, Davos, Zürich, Genf. Und so weiter."

„Klingt gut." Andreas hämmerte sich die Finger krumm.

„Zurück in Graz hatte ich die fixe Idee, selber ein Lokal auf die Beine zu stellen. Das klang natürlich leichter, als es tatsächlich aussah. Damals schon war die ganze Szene eine ziemliche Mafia, wenn du dich diesen Gesetzen nicht unterwerfen wolltest oder konntest, warst du chancenlos."

„Dein erster Kontakt zu den Kriminellen", warf Andreas verschmitzt ein.

„Was heißt Kriminelle? Das waren alles honorige Personen, seriöse Geschäftsleute sozusagen, aber hinter den Kulissen hat es sich abgespielt wie beim ‚Paten'. Außerdem hatte ich ja zuerst noch meinen Wehrdienst zu absolvieren. Den konnte ich durch meine Gastspiele in der Schweiz nur aufschieben, aber nicht stornieren."

Ich nahm einen Schluck vom Wasser, das mir Andreas hingestellt hatte: „Also das übliche. Exerzieren, in den Dreck hauen, tagelang marschieren. Ich bin nicht gerade der Größte, körperlich gesehen. Aber ich hatte eine unheimliche Kondition. Fitness total. Nicht umsonst kommt Arnold Schwarzenegger aus Graz."

„Du bist sozusagen die kleine steirische Eiche." Andreas lachte für meinen Geschmack ein bisschen zu laut auf.

„Also, reden wir weiter." Ich war eine Spur beleidigt.

„Dann, nach dem Heer, kam dieser Direktor von der ‚Mobil-Oil-Austria'. Der hat an mir einen Narren gefressen und sperrte extra für mich eine seit zehn Jahren geschlossene Tankstelle wieder auf. Ich sollte das zugehörige Espresso führen. Du weißt: Keine besonders feinen Kunden, aber dafür treue. Und siehe da, das Ding entwickelte sich. Selbst die Presse überhäufte mich mit Komplimenten. ‚Das beste Tankstellen-Espresso der Stadt' hat damals irgendeine Zeitung geschrieben. Ist doch ganz lustig, oder?"

Andreas kuderte vor sich hin: „Halt, ich muss das Farbband wechseln."

Er fummelte an der Maschine herum und legte dann die ersten drei Manuskriptseiten unseres „Buches" fein säuberlich auf den Schreibtisch.

„Gut. Ich hab's. Machen wir weiter."

Ich kramte weiter in meinen Erinnerungen: „Dann kam die Chance meines Lebens. Gut eingeführt und bereits fest im Sattel erfuhr ich etwa eineinhalb Jahre später von einem in der Grazer Innenstadt gelegenen Restaurant mit Weinkeller. Das Lokal stand als Konkursmasse zum Verkauf. Irgend ein Wichtigtuer hatte sich damit verspekuliert. Ich zog die Option und sie war die bis dahin beste meines Lebens."

„Mr. Bojangles hat die Hütte geheißen." Andreas war informiert. „Ich bin ja auch Grazer, nur ein bissl jünger als du. Meine Mutter ist dort immer hingegangen."

„Kluges Kind", sagte ich und nahm einen weiteren Schluck vom Wasser. Das viele Erzählen machte zwar meine Kehle trocken, war aber eine Art Psychotherapie, das spürte ich schon nach so kurzer Zeit.

„Machen wir weiter. Zuerst war das ganze nur ein Restaurant, dann im Jahr 1978 habe ich den Keller zu einer Disco umbauen lassen. Die Hütte war nach kürzester Zeit das erklärte Grazer Stadtgespräch, wer an bestimmten Abenden nicht dort war, hatte nichts mitzureden in der Society."

„Dort hast du Christiane getroffen und dich in sie schlagartig verliebt?"

„Richtig, du Schlaumeier. Sie war eine von den vielen schönen Frauen, Hasen, sagten wir damals, die zu mir ins Lokal gekommen sind. Und das waren nicht wenige. Ein Jahr später bekam sie unseren Sohn Sven."

Ich schluckte. Jetzt kam die kritische Phase.

„Ein Wunschkind?"

„Eigentlich schon. Ich war damals so drauf, dass ich trotz aller schönen Frauen, von denen ich jeden Abend eine haben hätte können, eine Familie haben wollte. Du weißt schon: Wahrscheinlich so eine Art Trauma, weil's bei meinem Eltern nie richtig funktioniert hatte."

Andreas machte ein nachdenkliches Gesicht: „Kommt mir irgendwie bekannt vor."

„Du hast ein Kind?" Ich war baff.

Er schob seinen Sessel vom Tisch zurück: „Ja, aber ich hab' es nie gesehen. Wie ich zum ersten Mal gesessen bin, war meine Alte im fünften Monat. Seither hab' ich nichts mehr von ihr gehört."

Zum ersten Mal hatte ich den Verdacht, dass er gegen die Tränen kämpfte. Ein kleiner Bub eigentlich, der schon allerhand in seinem kurzen Leben verschissen hatte.

„Komm‘, wir machen eine Pause“, sagte ich mit einem fast väterlichen Ton. Er war zehn Jahre jünger als ich, das wusste ich aus seinen ersten Erzählungen. Und er saß gemeinsam mit mir in der derselben Scheiße.

*12.00 Uhr.*

Das Mittagessen kam. Die ideale Pause für unser aufgewühltes Seelenleben. Andreas nütze die Zeit und setzte feinsäuberlich die fehlenden Typen in das Manuskript ein.

„Scheiße. Es sieht so aus, als würde das ‚s' auch bald den Geist aufgeben. Ist schon ziemlich schwach.“

Der dämliche Hofgang verschaffte uns neue Energie. „Ich komme mir schon wie ein Bürohengst vor“, lachte Andreas. „Da braucht man ein bisschen Bewegung zwischendurch.“

*14.00 Uhr.*

Wir setzten fort. Ich sagte: „Wo waren wir stehen geblieben?“

„Bei der Geburt von deinem Sohn.“

„Genau. Sven. Mein lieber Sven. Wir hatten längst eine ansehnliche Penthaus-Wohnung in der City von Graz gemietet und dort wurde jetzt ein Zimmer für den Kleinen eingerichtet. Aber gleichzeitig dachte ich damals: ‚Irgendwas fehlt mir in meinem Leben.“

Andreas prustete los: „Eine Entführung.“

„Idiot! Nein. Ich wollte Autorennen fahren. Irgendetwas tun, was nur sogenannte echte Männer machen. Vielleicht auch als Ausgleich für mein ziemlich bürgerliches Familienleben. Tourenwagen, genau das war es. In Zeltweg, auf dem Rennkurs.“

Ich legte meine Hände auf ein imaginäres Lenkrad und röhrte los: „Brumm, brumm. Männer Mädchen, Motoren.“

Andreas lachte ein wenig kindisch.

„Ich gewann fast auf jeder Strecke, in fast jedem Wagen. BMW, Renault alpine, Porsche. Was halt damals gerade heiß war."

Andreas war wieder voll in Fahrt, die Schreibmaschine glühte.

„Dann kam Nina zur Welt. Meine Tochter. Die Familie war perfekt, damals noch. Aber irgendwie war mir das alles nicht wirklich genug. Wenn du Erfolg hast, willst du immer mehr. Ich weiß; – ein blöder Satz, aber er stimmt."

Ich kratzte mich am Hinterkopf: „dann kam…was kam eigentlich dann? Genau: Die Mietwagen-Geschichte. Weil ja die feinen Gäste meiner Disco, immer betrunken am Abend, auch einen Chauffeur brauchten. Und so hab' ich zwei Rolls-Royce gekauft, bar bezahlt, versteht sich, und damit das „Black&White-Mietwagenservice" gegründet."

„Die Autos war schwarz-weiß lackiert, wie der Name schon sagt", folgerte mein Sekretär.

„Richtig, Schlaumeier. Schwarz und weiß. Und wo immer die auftauchten, war jede Menge los. Es gab Wochen, wo ich täglich in den ‚Murnockerln' – du weißt, die Klatschspalte in der Zeitung – aufgetaucht bin: Möser, der Nobelchauffeur. Möser, der Society-König. Ich musste gar nicht viel dazu tun."

Ich ratterte und ratterte meine Erfolgsstory runter, und Andreas schrieb wie ein Besessener. Hin und wieder schielte ich rüber auf das Manuskript und dachte mir: „Kaum Rechtschreibfehler."

Andreas konterte, als wäre er Gedankenleser: „Ich kann schon halbwegs schreiben. Du weißt: Handelsschule, mit Vorzug abgeschlossen."

Inzwischen war es Abend geworden, dann Nacht und wie von Geisterhand ging exakt um 22.00 Uhr das Licht aus.

„Taschenlampe?" Andreas sah mich fordernd an.

„Haben wir neue Batterien? Die alten waren schon ziemlich ohne Saft."

Triumphierend zog Andreas ein Viererpack aus der Tasche: „Hab' an alles gedacht."

Es ging weiter.

„So", sagte ich konklusierend, „dann kam der unvermeidliche Aufbruch aus dem kleinen Nest Graz. Mein Erfolg war mittlerweile selbstverständlich geworden, es war irgendwie klar, dass Gerhard Möser etwas Größeres machen musste."

Andreas hielt inne: „Wieso sprichst du von dir in der dritten Person?"

„Weil ich ganz einfach eine Person war, damals in Graz. Aber eben nur in Graz. Und ich dachte mir damals: Das kann doch noch nicht alles gewesen sein?"

„Dann sind die Würfel für Monte Carlo gefallen, oder?"

„Nicht gleich. Zuerst wollte ich nach Übersee, aber die waren mir gastronomisch ein bisschen zu primitiv. Hamburger, Cola und Chicken Wings. Damals jedenfalls."

„Also doch Monte Carlo."

„Genau. Stell dir vor: Ich war damals gerade erst 27 Jahre alt und schon am Sprung in die Luxusstadt an der Cote d'Azur."

„Wie schreibt man Cote d'Azur?" Andreas schob mir Zettel und Kuli unter die Nase.

„So, wie man's spricht." Ich prustete los.

„Leise!" Andreas war verärgert. Sonst nehmen uns die Justizler noch die Taschenlampe weg."

„Ich kritzelte Cote d'Azur" auf den Zettel, Andreas tippte scheinbar umständlich in die Maschine.

„Gut. Also Monaco. Ich verscherbelte das ‚Mr. Bojangles' und butterte das ganze Geld in ein leerstehendes Lokal direkt am Hafen. ‚Cafe Mozart' sollte es heißen. Mozart klingt immer gut, überall auf der Welt. Und ich hatte recht: Ich verpflanzte die Aura österreichischen Lebensgefühls mit Wiener Tafelspitz, Kaiserschmarrn und klassischer Musik in die Welt dieser irren Gesellschaft, die immer nur so ‚Just for Fun' zu leben schien. Und ich hatte ordentliche Preise. Warum auch Skrupel haben bei Gästen, die mit dem Hubschrauber einflogen und Yachten im Hafen liegen haben, wo allein der Hilfsmotor soviel kostet wie ein Kleinwagen?"

„Du hast mächtig Kohle gemacht. Von Anfang an."

„Richtig. Mächtig Kohle. Ordentlich Zaster."

„Du bist ein Trottel", sagte Andreas unvermittelt. „Wie kommst du von Monaco in diese beschissene Zelle. Wie geht das?"

Von der Tür her kam dieses Geräusch, das man als Häftling sein Leben lang nicht vergisst: Der Nachtbeamte hatte den Deckel des Gucklochs zur Seite geschoben.

„Sind schon im Bett", sagte Andreas.

Ich stellte die Taschenlampe ab, ließ mich auf meine Matratze rollen und sagte noch: „Morgen erzähl' ich Dir, wie man von Monaco in diese Scheißzelle kommt."

*15. Mai 1992, 9.00 Uhr.*

Gleich nach dem Frühstück war unser Schreibbüro wieder eröffnet. Andreas saß schon an der Maschine, während ich noch die kargen Reste des Weißbrots in den lauwarmen Kaffee tunkte.

„Fang an", sagte ich. „Wir hatten mit dem Café Mozart in kürzester Zeit so einen Erfolg, dass ich es mir leisten konnte, die berühmten Wiener Semmeln, tiefgefroren versteht sich, nach Monaco einfliegen zu lassen. Später dann auch das Fleisch für den Tafespitz. Dann die ‚Anker'-Brösel für das Wiener Schnitzel. Und kaum war die Hütte am Laufen, musste ich schon wieder höher hinaus: Ein zweites ‚Café Mozart' kam dazu, dann ein drittes, ein viertes."

„Eine Art Kette, so wie McDonalds."

„Depp. McDonalds. das waren billige Würstelbuden im Vergleich zu meiner Cuisine."

Ich wusste, was jetzt kommen würde: „Wie schreibt man Cuisine?"

In mir erwachte der alte Unternehmergeist von früher, mitten in dieser blöden Zweimann-Zelle: „Da dachte ich mir: Möser, warum machts du nicht gleich einen ganzen Supermarkt auf, wo du den ganzen Krempel direkt an die Leute bringen kannst. Sachertorten, Gebäck, typisch österreichische Fleischwaren, Mozartkugeln, die ganze Palette eben. Und kaum war die ganze Sache angedacht, hatte ich sie auch schon realisiert."

„Was", fragte Andreas, „den Supermarkt?"

„Genau. Der beste Platz in Monaco war mir dafür gerade gut genug: In der ‚Gallerie de Metropol' war eine Fläche freigewesen, zu mieten um den Bettel von 250.000 Schilling."

„Im Jahr?" Andreas war baff.

„Im Monat", sagte ich und sah, wie er der Ungläubigkeit anheim fiel.

„Spinnst du? Im Monat 250.000 Schilling Miete?"

„Ich habe nicht gesponnen, sondern ich habe gute Geschäfte gemacht." Ich rückte meinen Sessel zurecht: „Schau her: Das ‚Metropole' ist ein Einkaufszentrum, das du mit fast nichts anderem in der Welt vergleichen kannst. Es liegt gleich vis a vis vom Casino, wer dort einkauft, hat noch nie im Leben aufs Geld schauen müssen. Du kriegst dort alles, was das reiche Herz begehrt: Von der Designerklamotte bis zum Beluga-Caviar."

„Wie hieß das Ding?" Andreas hatte sich wieder einigermaßen eingekriegt.

„Royal Marché." Ich buchstabierte ihm den Namen. „Du musst dir das so vorstellen: Es ist ein Einkaufszentrum, in dem an der Decke keine Neonröhren montiert sind sondern Kristallluster von Swarovski. Die Böden sind allesamt aus Marmor und die Toiletten so sauber, dass man glaubt, daraus essen zu können. Verstanden?"

Andreas nickte gefällig.

„Verstanden. Du hattest also quasi einen ‚Billa' oder ‚Aldi-Markt' für die Reichen und Superreichen."

„Bingo.“ Er hatte es erfasst. Ich setzte fort: „Das Royal Marché gibt es übrigens immer noch. Mit dem gleichen Namen am gleichen Ort. Ich hab' den Markt aufgeben müssen, später dann, als mir Nancy das Weiße aus den Augen geholt hat. Bis dahin waren alle bei mir Einkaufen, die du dir nur vorstellen kannst: Gerhard Berger, Boris Becker, die Entourage des Fürsten, Harry Belafonte, Clint Eastwood, Arnold Schwarzenegger, und, und, und...“

Ich kramte glückselig in meinen Erinnerungen an mein „High-Life“ und wurde gleich wieder fündig: „Apropos Gerhard Berger. Irgendwann einmal habe ich micht entschlossen, meine beiden Rolls-Royce zu verkaufen. Nicht aus Geldmangel, sondern, weil diese Riesenkübel für die engen monegassischen Straßen einfach ungeeignet waren. Viel geeigneter war da schon dieser Ultraflache Lamborghini Countach, mit dem Berger immer bei den Events vorgefahren ist. Ich wollte dieses Bügelbrett haben. Und ich bekam es. Berger hat ihn mir verkauft, es war sicher nicht sein einziger Wagen. Feuerrot lackiert, weiße Ledersitze, ein Traum von einem Auto.“

„Stopp“, sagte Andreas. „Ich muss eines neues Papier einlegen. Er hatte schon einen Manuskriptstapel von zirka zwanzig Blatt beieinander, „im Buchformat gedacht wären das sicher schon vierzig Seiten“, dachte ich. Die frische Seite ratterte in die Maschine, ich setzte ungebremst fort.

„Aber irgendwie hat damals schon, es war 1989, mein Abstieg begonnen. Ohne, dass ich es merkte. Zumindest Familiär: Ich hatte so verdammt viele Society-Verpflichtungen, dass ich Christiane und die Kinder oft tagelang nicht wirklich sah. Ich fuhr in aller Herrgottsfrüh von St. Martin hinein nach Monaco und spät am Abend, oft nach Mitternacht, wieder zurück. Die Kinder schliefen längst, als ich heimkam, und schliefen immer noch, wenn ich weggefahren bin. Und Christiane machte mir immer häufiger Vorwürfe: ‚Gerhard, du ruinierst mit deinem Erfolg unsere Liebe‘, oder so ähnlich. ‚Gerhard, die Kinder haben überhaupt nichts mehr von dir‘.“

„Hast Du sie betrogen?“

„Zu diesem Zeitpunkt nicht. Es hätte zwar Gelegenheit gegeben, aber meine Drogen war zu diesem Zeitpunkt Erfolg, Gewinn und Prominenz. Aber sicher nicht Sex oder Kokain. Nocht nicht.“

Ich setzte nach: „Außerdem hat der Tag auch in Monaco nur 24 Stunden. Wo hätte ich die Zeit für einen Seitensprung hernehmen sollen? Glaub‘ ja nicht, dass die Frauen dort unten nicht auch was anderes haben wollen, als einen kurzen Fick und ein paar geile Klamotten.“

„Ich glaub’ gar nichts, du weißt eh alles.“ Andreas sah auf die Uhr: „Es ist fast schon zwölf. Die kommen gleich mit dem Mittagessen.“

„In zwölf Minuten“, sagte ich. „Da geht sich noch Allerhand aus. Zum Beispiel die Geschichte, wie ich Nancy kennengelernt habe.“

Andreas protestierte: „Nein, nein. Halt. Das ist ein anderes Kapitel. Da müssen wir erst richtig in Stimmung kommen.“

Er kramte in seiner Plastikfolie und zog eine seiner „Möser-Stories“ hervor. Darauf abgebildet: Nancy in einem weißen, ihren sanften Formen entlangfließenden Bademantel, leicht geöffnet, so dass man mit ein wenig Phantasie die göttliche Architektur ihres Körpers erahnen konnte.

„Wir schauen uns dieses Bild jetzt einige Zeit lang an. Damit wir wissen, worüber wir schreiben.“

*13.00 Uhr.*

Das Essen war wie immer unter jeder Kritik. Wenigstens nicht Grenadiermarsch. Dafür eine Art Gulasch, wieder einmal, mit Spurenelementen von Fleisch.

„Rindsflachsensaft mit trockenem Weißbrot“, könnte man das nennen, sagt Andreas halb belustigt.

„Treffend formuliert“, replizierte ich, fischte Fleischfasern aus meinen Zahnlücken und wunderte mich, woher die überhaupt kommen konnten.

„Also Nancy“, sagte Andreas dann und zog wieder ein neues Blatt Papier in die Maschine ein. Das Ding machte zunehmend seltsame Geräusche und stank immer mehr nach verschmorten Elektrokabeln. „Hoffentlich hält der Kasten bis zum Ende.“

„Wenn nicht“, beruhigte ich, „schreiben wir mit der Hand weiter. Zeit genug haben wir ja.“

„Also Nancy“, sagte ich noch einmal mit schicksalschwangerem Unterton in der Stimme und machte eine künstlerische Sprechpause. Dann fixierte ich noch einmal Nancys Foto und beamte mich in den lauen monegassischen Sommer zurück.

„Es war im Spätsommer 1988, wie immer die schönste Jahreszeit in Monaco. Die Hektik der Ferienmonate hatte sich ein wenig gelegt, die Yachten im Hafen standen nicht mehr gar so dicht und ich hatte ein wenig mehr Zeit für private Vergnügungen als im Juli oder August.“

„Und da kam Nancy“, warf Andreas ein.

„Nicht ganz“, erklärte ich. „Ich kam zu ihr, um es korrekt auszudrücken. Ich stiefelte eines Abends die Prachtstraße zum ‚Jimmy'z‘ hinauf, hinter mir hörte ich das Geklacker von High-Heels, es kam immer näher.“

„Dann hast du dich umgedreht“, warf Andreas ein.

„Schreibe ich das Drehbuch oder du?“

Er lachte.

„Aber du hast recht. Ich drehte mich um und also sie: Eine Erscheinung von einer Frau, das Foto spricht ohnehin schon Bände. Nur kurz hat mich ihre Körpergröße irritiert: Sie war fast einen Kopf über mir, klarerweise – als Modell – musste sie das sein. Aber das wusste ich zu diesem Zeitpunkt ja nocht nicht.“

„Was wusstest Du?"

„Ich wusste, dass ich diese Frau haben wollte, mit Haut und Haaren, mit allem was dazugehört. Kennst du das Gefühl, wenn einem unvermittelt in der Hose ein Steifer wächst?"

Andreas grinste: „Schon lange nicht mehr."

„Ähnliches Schicksal", sagte ich und kam kurz vom Thema ab. Der einzige Nachteil einer Doppelzelle mit einem angenehmen Insassen wie Andreas war, dass man Nachts bei der Selbstbefriedigung immer das Gefühl hatte, man wird beobachtet oder zumindest gehört. Wenigstens, dachte ich, war der latente Trieb ein Indiz dafür, dass sie einem nicht allzuviel Brom ins Essen mischten.

„Steifer!" Andreas riss mich aus meiner pornographischen Abschweifung.

„Nancy schloss also zu mir auf und als wir beim weißlivrierten Türsteher des ‚Jimmy'z' angelangt waren, hatten wir praktisch Tuchfühlung. Bevor ich wusste, was ich sagen sollte, sagte sie: ‚Hi man'."

„Ich schreibe: Hallo Mann". Ist das Okay?"

„Egal. Schreib', was du willst." Ich setzte meine Erinnerungen fort. „Sie hatte diesen ordinären ländlichen Akzent. Und ich habe sofort gewusst: Eine Amerikanerin mit dieser Figur bleibt in Monaco nicht lange allein."

„Du musstest schnell sein", warf Andreas ein.

„Klar, aber das war nicht so leicht. Irgendwie war ich schwer irritiert! Ich war zwar kein Hasenfuß, ich war weltgewandt, ein gesellschaftlicher Insider, ein erfolgreicher Geschäftsmann. Ich war wohlhabend, glücklich, als Ehemann und Vater. Und hatte eigentlich keine Probleme mit Frauen."

Ich erhob mich aus dem Sessel: „Und, vor allem, ich hatte den perfekten Riecher, wenn es um Entscheidungen ging und war ein solider Verwerter von sich bietenden Chancen. Und da ging plötzlich eine Lady an mir vorüber, und ich war irritiert …! Ich war irritiert in einer Weise wie ich mich noch nie zuvor erlebt hatte.

„Du warst gehemmt“, warf Andreas ein.

„Ein bisschen schon, aber nur bis nach dem ersten Glas Champagner. Moét Chandon. Ich hab’ dann gleich die ganze Flasche nachbestellt. Und nach einer Stunde wusste ich schon allerhand über sie.“

„Steckbrief?“ fragte Andreas.

„Sie war erst am Vortag aus Wisconsin gekommen, gemeinsam mit ihrer Schester. Hatte dort bis vor einigen Jahren Seriensiegerinnen bei diversen Misswahlen eingefahren. Und dann kleinere Rollen in diversen Fernsehproduktionen bekommen. Du weißt schon: Besetzungscouch.“

„Liegend Karriere machen“, gluckste Andreas.

„Genau. Sie war aber nicht naiv und schon gar nicht blöd. Mit ihren 27 Jahren wusste sie schon ziemlich genau, wo es langgehen sollte.“

„Ins Bett des Gerhard Möser.“

„Erraten“, trompetete ich und genierte mich doch ein wenig für meinen Machismo. „Noch am selben Abend. Sie hatte gesehen, wie ich meine Goldene AmEx-Karte zog, meine Rolex am Handgelenk zurechtrückte, ich habe ihr längst von meinen Lokalen und Gästen erzählt. Aber ich hatte nicht den geringsten Schimmer, dass sie mich nur benützen wollte. Ich war einfach nur verknallt in sie.“

„Einfach verknallt wäre auch ein guter Buchtitel.“

„Quatsch: Das Buch muss ‚Entführung aus Liebe’ heißen“, donnerte ich in seine Richtung. „Das sind zwei Codeworte, eines für die Frauen, eines für die Männer: Liebe und Entführung, verstehst Du?“

„Klar Boss, du sagen, ich schreiben.“

Wir lachten.

Ich sagte: „Also weiter: Wir haben uns um zirka elf Uhr nachts vor dem ‚Jimmy’z‘ kennengelernt, unsere Gespräche dauerten bis vier Uhr früh.“

„Und dann?“ Andreas schien enttäuscht.

„Nichts dann. Ich war verknallt, ich habe meine Visitenkarte vom ‚Café Mozart' zugesteckt und mich mit einem Wangenkuß verabschiedet. Ich war verknallt, das hatte mir für diesen Abend genügt."

„Wann hast du sie wieder gesehen."

„Am nächsten Nachmittag", grinste ich. „Sie ist mit ihrer Schwester zu mir ins Café gekommen und ich hab' für die beiden auffahren lassen, was das Zeug gehalten hat: Caviar, Champagner, Shrimps, quer durch den Gemüsegarten."

„Nobel, nobel", bemerkte mein Sekretär. „Und dann?"

„Dann haben wir uns für den Abend im ‚Paradise' verabredet, einer absoluten Nobeldisco. Dort ist die Sache dann nicht unbedingt für mich gelaufen."

„Abgeblitzt?"

„Nicht wirklich. An einem der Tische saß Prinz Albert von Monaco, an sich nichts außergewöhnliches für diese Stadt. Außergewöhnlich war nur, dass der gute Prinz mit einem einzigen Wink meine Liebesträume zerstörte: Sie hat sich in der Sekunde umgedreht und ist an seinen Tisch gegangen."

Andreas murmelte: „Blöde Geschichte" und zog das vollgetippte Blatt aus der Maschine.

Ich schob eine technische Pause ein. Und dann: „Es sind dann ein paar Tage vergangen, bis ich Nancy zufällig mit ihrer Schwester auf der Straße getroffen habe. Ich war mit meinem Lamborghini unterwegs und bin an den Gehsteigrand herangefahren. Es war ein kurzer Smalltalk, den wir geführt haben. Aber mit einem ektrisierenden Ende: Ich hatte meine Hand an der Fahrertür, als sie die ihre zum Abschied darüberlegte. Komisch: Obwohl es kein Kuss war, war es die erotischste Berührung, seit ich sie kennengelernt habe."

Andreas hämmerte wie besessen in die Maschine hinein.

„Wieder ein paar Tage später war dieser Auftritt von Sammy Davis Jr. Ich habe Nancy eingeladen, schon allein, um zu zeigen, dass ich auch in der obersten Liga mitspielen kann."

„Hast du ihn persönlich gekannt?" Andreas stierte mich ungläubig an.

„Ein bisschen. Er war schon einmal in Monaco und da bin ich kurz mit ihm ins Reden gekommen. Zehn Sekunden Zeit, um mich wichtigzumachen: Hatte eine Disco in Graz, die hieß ‚Mr. Bojangles', sagte ich ihm. Immerhin tat er so, als würde er sich geehrt fühlen."

„Jedenfalls", setzte ich fort, „kam er an diesem Abend nach dem Konzert kurz an unseren Tisch, was bei Nancy natürlich ordentlich Eindruck geschunden hat. Anschließend gingen wir noch ins ‚Sporting', auch so eine Hütte für den obersten Gupf der Creme. Wir sind uns von Stunde zu Stunde näher gekommen: Hände halten, sich zufällig unter dem Tisch mit den Füßen berühren."

„Endlich." Andreas atmete hörbar auf.

„Endlich was?"

„Endlich kommen wir zur Sache", kicherte er.

„Stimmt", sagte ich, „zur Sache: Es war schon wieder hell, als wir mit meinem Lamborghini noch eine Spaßrunde gedreht haben. Zeigen, was man hat, zeigen, was man ist, das allerwichtigste Gesetz in Monaco. Irgendeine Ampel stand dann auf rot und plötzlich sind wir übereinander hergefallen. So, als ob wir ausschließlich über die Lust definierte Tiere wären. Ab da war alles klar."

Andreas sah mich erwartungsvoll an.

„Vom Autotelefon aus habe ich im Hotel Carlton in Cannes angerufen und eine Suite gebucht. Mir war klar, dass an einem Tag, wo Sammy Davis spielt, keine einziges Zimmer in Monaco mehr frei sein würde."

„Komm' zur Sache, Alter", herrschte mich Andreas an.

„Wir fahren also nach Cannes, im lauen subtropischen Morgenwind, am Meer entlang."

„Subtropischen Morgenwind, sehr kitschig."

„Es war wirklich kitschig. Wenn ich hier wieder heraussen bin, nehm ich dich einmal dorthin mit."

Andreas starrte gegen die graue Wand: „Das kann noch dauern."

„Also mein Freund: Wir sind nicht in einer beschissenen Haftzelle, wir sind in Cannes, im Carlton."

„Ja Chef."

„Wir kommen dort in unsere Suite und sofort zur Sache."

Andreas harkte mittlerweile wie ein Maschinengewehr in die Tasten der altersschwachen Maschine.

„Zur Sache", sagte ich noch einmal und hatte ein frivoles Lächeln aufgesetzt. „Schon nach zehn Sekunden ist sie vor mir gestanden wie eine göttliche Schöpfung. Und dann hat sie Sachen mit mir gemacht, die ich bisher noch nie gekannt hatte. Meine Frau, die Christiane, war ja diesbezüglich eher eine Nonne. Und bis zu diesem Abend ist mir trotzdem nichts abgegangen."

„Dafür aber nachher umso mehr: Was hat sie mit dir getrieben?"

„Sollen wir das wirklich schreiben?" grübelte ich. „Das Buch soll ja schließlich kein Porno-Roman werden, oder?"

„Wir könnten es jugendfrei formulieren", warf Andreas ein.

„Geht nicht", sagte ich. „Da ist schon rein gar nichts jugendfrei daran."

„Lass es uns probieren", konterte er.

„Okay. Aber wie?" Ich suchte nach Worten und hatte gleichzeitig Nancys unglaubliche Sex-Spiele in meinem schon ziemlich geilen Kopf. „Na ja, sagen wir folgendes: Sie hat allerhand Hilfsmittel zum Sex verwendet. Salatgurken, Zucchinis, japanische Liebeskugeln, die sie immer in der Tasche gehabt hat."

„Und wo hast du dann…äh, in sie hineingefunden."

„Beim zweiten Tor, oder beim dritten, oben. Du verstehst?"

Andreas hatte die Hände von der Maschine genommen: „Hmm, verstehen. Klingt nach Orgie."

„War es auch. Zumindest für mich. Ich bin in Graz der Sechzigerjahre aufgewachsen. Da waren solche Praktiken nicht allzu üblich. Und später dann, bei meiner Frau schon gar nicht. Missionarsstellung und manchmal ein bisschen mehr. Ich habe 33 Jahre alt werden müssen, um zu erleben, was hemmungslose Liebe ist."

„Wie lang hat das gedauert?"

„Ziemlich lang. Beim ersten Durchgang. Dann ist sie plötzlich aufgesprungen und holt ein kleines silbernes Etui aus ihrer Handtasche. Ich ahnte was kommen würde."

„Kokain. Für den zweiten Durchgang."

„Genau. An der Wand ist ein kleiner putziger Rokkoko-Tisch gestanden, mit einer Glasplatte drauf. Dort hat sie sich in aller Ruhe eine Linie gelegt, mindestens zwanzig Zentimeter. Ab diesem Zeitpunkt hatte ich den Verdacht, dass Nancy vielleicht so etwas wie eine Nobelprostituierte sein könnte. Aber ich habe ihn verdrängt, den Verdacht."

„Hast du mitgekokst?"

„Damals noch nicht. Mir hat ihr Körper als Droge genügt. Außerdem hab' ich immer die einschlägigen Warnungen aus der Society gehört: Kokain macht zwar geil, aber nicht potent, am Anfang klappts super, dann wird's immer schwieriger."

„Es war also schon Morgen, in Cannes, nach der ganzen Orgie. Was hat deine Frau geglaubt, wo du bist?"

„Auf einer Dienstreise nach Deutschland, an den Chiemsee, in die Villa vom Konsul Geyer. Das war auch die Wahrheit, oder zumindest die Halbwahrheit, mit der ich von damals an immer leben hab' müssen."

„Konsul wer…?" Er hatte aufgehört zu tippen.

„Geyer, Heinz-Christian, sogenannter Graf von Kent, eine Mann, der so viel Geld hat, dass er fast überall mitmischt. Hauptsächlich im Mediengeschäft."

„Wieso hast du den gekannt?"

„Weil ich viele Leute mit Geld gekannt habe, damals. Wo einer mit Geld ist, kommen andere dazu und es werden immer mehr. Das ist so wie mit den Tauben in Venedig.“

Andreas sah mich grüblerisch an: „Ich war noch nie in Venedig.“

„Egal. Dann halt am Hauptplatz in Graz. Oder hier hinten im Hof von diesem beschissenen Gefängnis.“

„Okay. Du warst also bei diesem Konsul am Chiemsee.“

„Moment. Zuerst sind wir hingefahren. Im Lamborghini. Und ich hab' mich fast eingebaut.“

„Übernachtig.“

„Das auch. Aber in erster Linie war Nancy schuld. Schon auf der Autobahn nach Brescia…“

Andreas sagte: „Buchstabieren, bitte.“

„B-r-e-s-c-i-a, auf der Autobahn dorthin hat sie mir schon mein Hosentor aufgemacht. Bei einem Tachostand von 180. Hab' ich zuvor auch noch nie erlebt.“

„Ich auch nicht“, sagte Andreas. „Weil ich nie einen Lamborghini gehabt habe.“

*22.00 Uhr.*

Andreas war nicht mehr zu bremsen. Mir war schon die Birne weichegworden von den ganzen Sex-Erzählungen, er wollte immer mehr hören. Wie das war, im Luxusgästezimmer vom Konsul Geyer und dann nachher, auf seiner Yacht am Chiemsee, als wir bei jeder Anlegestelle unserer kleinen „Lustrundfahrt“ den Skipper von Bord geschickt hatten.

„Ich bin dieser Frau innerhalb von 48 Stunden sexuell total verfallen“, bilanzierte ich und sah auf die Uhr. „Es ist zehn, gehen wir schlafen. Genug für heute.“

Andreas knipste die Maschine aus, gleichzeitig fiel das Zellenlicht. Er sagte: „Deine Geschichte ist Weltklasse.“

„Ohne ihr bitteres Ende wäre sie das", konterte ich, schon auf der Matraze hingestreckt. In der Sekunde schlief ich ein und die Nacht hatte keinen einzigen Traum für mich parat. Nicht einmal einen Schmutzigen.

*16. Mai 1992, 9.00 Uhr.*

Es war soweit, die Schreibmaschine hatte ihren Geist aufgegeben.

„Vielleicht war diese Sex-Orgie von gestern zu viel für das Ding", scherzte Andreas.

Ich konnte seinem Scherz kaum was abgewinnen: „Wie schreiben wir jetzt weiter?"

Andreas verschränkte seine Finger ineinander, drückte die Handballen nach außen bis die Gelenke knacksten: „Stenographie", sagte er. „Auch gelernt in der Handelsschule."

„Da brauchen wir ewig."

„Na und? Wir haben ja auch ewig Zeit. Fast." Er nahm einen Bleistift von unserem kleinen Schreibtisch und prüfte die Spitze. „Weiter geht's."

Irgendwie war mir an diesem Morgen nicht nach Erzählen. Nancys Story vom Vortag hatte mich erdrückt. Aber Andreas baute mich wieder auf.

„Wir sind stehen geblieben bei Nancy, diesem Konsul Geyer, dem Chiemsee. Was ist dann passiert."

„Dann kam der Anfang vom Ende. Gerhard Möser kam nach Hause zu Frau und Kindern und war nicht mehr derselbe. Christiane war wie immer: Lieb, aufgeweckt, freundlich. Die Kinder waren wie immer: Sven zum Beispiel. Er hat mir stolz den Einser auf seine Französischschularbeit unter die Nase geschoben. Nina bot eine süße Nacherzählung des letzten Wochenendes. Der Tage, in denen ich in die Sündenfalle gegangen bin. Ganz ohne Skrupel."

„Haben sie was gemerkt? Deine Frau vielleicht."

„Nichts, absolut nichts. Ich war in der nächsten Welt und meine Familie war noch in der vorherigen. Das war das Problem. Immer wieder ab diesem Zeitpunkt."

Andreas ließ den Bleistift rasend schnell über das Papier gleiten.

„Ein paar Tage später flog Nancy zurück nach Miami. Ich bin noch mit ihr zum Flughafen. Große, dramatische Abschiedsszene, du verstehst. Wir haben vereinbart, dass wir jeden Tag telefonieren. Wie verliebte Teenager."

Andreas stieß einen leisen Fluch aus. „Die Mine ist gebrochen."

Es verging gut eine Stunde, bis wir einen Spitzer aufgetrieben hatten: Meldung bei der Justizwache, Ausführung in die Schreibstube, Antrag stellen, und so weiter. Aber Andreas, so schien es, hatte einen guten Stand bei der Gefängnisverwaltung. Immerhin: Er war kein schwerer Knackie. Man konnte ein bisschen gütiger zu ihm sein.

Er kam zurück und hielt mir triumphierend den Spitzer vor die Nase: „Weiter gehts."

Ich klinkte mich wieder in die Geschichte ein: „Wir hielten es ohne einander nicht aus, schon eine Woche später buchte Nancy wieder ihren Rückflug nach Nizza. Diesmal ohne Schwester. Ich hole sie ab, mit einem Strauß roter Rosen, versteht sich. Dann habe ich sie direkt ins Hotel ‚Vista Palace', einer der geilsten Schuppen am Ort. Das Zimmer war schon gebucht. Und bezahlt. Von mir natürlich. Das Hotel liegt zirka drei Kilometer außerhalb von Monaco, hoch oben auf einem Felsen gepappt, großartige Aussicht."

Ich sah ihn an: „Wie der Name schon sagt."

„Vista, Aussicht oder so."

„Genau. He Bursche, du kannst spanisch."

„Idiot. Ich war zweimal auf Teneriffa auf Urlaub. Wie ich noch nicht ganz abgesandelt war. Billig-Angebot. Du verstehst?"

Ich stand im Gedanken immer noch vor dem ‚Vista-Palace'. „Sie ging in die Dusche, ich wartete auf dem Balkon. Sie war wahrscheinlich schon wieder auf Kokain. Oder noch immer. Oder auf sonstwas. Sie kam jedenfalls aus dem Bad, splitternackt, und begann, mich mit tosender Leidenschaft und ganzen Sturzwellen von Küssen zu überschütten. Ich war wieder mit ihr vereint, verschweißt, könnte man auch sagen und irgendwie dachte ich das erste Mal daran, vielleicht auch einmal Kokain zu probieren."

„Warum?" Andreas spitzte den Bleistift erneut.

„Weil es ihr nie genug war, weil sie immer zwei, drei Mal kommen wollte. Und ich ahnte, dass ich einen solchen Sex-Marathon über Wochen und Monate nicht ohne Probleme durchstehen würde können."

„Wo ist das Problem? Sex ist doch geil."

„Klar. Schon. Aber es artet in Arbeit aus, wenn du, so wie ich, den ganzen Tag im Café stehst und dann noch jeden Abend bis in den Morgen antreten musst. Ich war ja kein Liebesroboter."

„Wann hast du eigentlich geschlafen?"

„Praktisch nie mehr als vier, fünf Stunden pro Nacht." Das konnte auch nicht gutgehen, auf die Dauer."

Ich erinnerte mich an die ersten besorgten Blicke von Christiane: „Gerhard, du arbeitest dich zu Tode. Gerhard, du brauchst mehr Schlaf." Was hätte ich sagen sollen? Vielleicht: „Ich arbeite mich nicht zu Tode, ich vögle mich zu Tode."

„Aber immerhin", sagte ich jetzt zu Andreas, „hatte ich immer noch die Zeit, dann und wann meine Kinder nach dem Abendessen hinzulegen. Schnell vom ‚Mozart' nach Kap St. Martin, dann Abendessen, Gutenacht-Geschichten, kurz Duschen und wieder zurück in das tobende Monaco. Mit Nancy zum Essen, ins ‚Sporting', ins ‚Jimmy'z' und dann in ihren Adlerhorst, das ‚Vista-Palace'."

„Hast du nie Schiss gehabt, dass Christiane über Umwege von der Affäre was mitkriegt?"

„Null“, sagte ich selbstwusst, obwohl mir damals schon öfter der Arsch auf Grundeis gegangen war.

„Obwohl es“, schränkte ich ein, „manchmal schon ganz knapp gewesen ist, wenn du verstehst, was ich meine. Sie war zwar kaum in Monaco drinnen, aber bei Empfängen und Eröffnungen immer an meiner Seite. Und bei diesen Events war auch oft Nancy nicht weit.“

Ich räusperte mich. Das ewige Erzählen trocknete meine Kehle: „Aber im Prinzip funktionierte dieses Doppelleben am Anfang ganz gut. Ich war verliebt, hatte Sex auf höchst delikater Ebene und trotzdem noch eine Familie, zu der ich heimkehren konnte. Und ein Business, das ich zwar schon vernachlässigen musste, das aber immer noch halbwegs funktionierte. Aber natürlich: Wenn ich manchmal Abends zur Abrechnung in eines der ‚Mozart‘-Cafés kam, wunderte ich mich schon, dass der Umsatz immer weniger wurde, obwohl das Lokal wie immer knallvoll gewesen ist.“

„Das Personal hat abgezweigt“, folgerte Andreas messerscharf.

„Richtig. Und zwar von Tag zu Tag mehr. Mir blieb immer weniger in der Kasse aber das zwar zunächst noch kein Problem. Auch nicht, dass meine goldene AmEx auf Grund von Nancys Eskapaden fast verglühte. Du verstehst? Das Hotel, ihre Einkaufstouren in Monaco, unsere fast täglichen Luxus-Dinner. Ich liebte Nancy einfach – oder zumindest glaubte ich zu diesem Zeitpunkt, sie zu lieben und ich spürte ordentliche Wallungen der Eifersucht, wenn ihr andere Männer zu Nahe kamen.“

„Versteh ich“, sagte Andreas, voll und ganz.

Es sollte das letzte sein, was er in seinem Steno-Protokoll notieren konnte.

*13.00 Uhr.*

Der Schock kam plötzlich, ohne jede Vorwarnung. Nach dem Mittagessen wurde Andreas zur Gefängnisdirektion abgeführt. Es waren schreckliche fünfzehn Minuten, in denen er verschwunden war und mein Hirn vor lauter Schicksalkrämerei zu bersten drohte: Würden sie ihn abmahnen, weil er die Schreibmaschine ausgeborgt und defekt wieder zurückgestellt hatte? Hatte er vielleicht heimlich Drogen im Zimmer gebunkert?

Viel schlimmer: Die Tür ging wieder auf und Andreas taumelte mir entgegen. Er sah aus wie ein Zombie aus „Die Nacht der lebenden Toten" und ließ sich auf meiner Bettkante nieder: „Sie verlegen mich nach Graz." Seine Stimme war fast tonlos.

Ich fuhr hoch, wie von der Tarantel gestochen: „Wieso, verdammt noch mal, wieso?"

„Ich hab' dort oben ein paar Brüche gemacht, erwischt haben sie mich aber in Klagenfurt, bei einer ganz kleinen Sache. Jetzt sagen sie, das zuständige Gericht wäre eben das in Graz. Tatortrelevant, heißt das, oder irgendwie so." Er hielt mir einen knappen Bescheid unter die Nase. „Sie wollen mich morgen schon überstellen."

„Scheiße", sagte ich. Und dann noch einmal: „Scheiße. Was soll ich hier allein machen? Wen legen diese Ideoten zu mir in die Zelle. Wir sind doch längst Kumpels geworden." Ich legte meine Hand um seine Schulter.

Natürlich war für den Rest des Nachmittags nicht mehr an irgendeine Arbeit an dem Buch zu denken. Andreas dämmerte frustriert vor sich hin, ich malte mir die Konsequenzen seiner Verlegung aus: Einsame Tage, einsame Nächte, keine Ansprache und dann irgendein Ideot als neuer Zellengenosse. Vielleicht ein Kinderschänder, ein Mörder, ein Angehöriger der Jugo-Mafia, die fast jede Zelle bevölkerten. Leute, die garantiert irgendwo ein Messer einstecken haben, am Tag blöd Jerry Cotton lesen und nachts dröhnend Schnarchen.

Es war zum Heulen. Was sollte ich tun? Bei der Verwaltung mein „Veto" einlegen? Lächerlich.

Also warteten wir beide ziemlich schweigsam auf die Stille der Nacht und fügten uns ins Schicksal.

*17. Mai 1992, 9.00 Uhr.*

Sie hatten ihn vor einer halben Stunde abgeholt. Andreas sagte noch „Tschüss“ und küsste mich wie ein Bruder auf beide Wangen. Dann sagte er noch: „Wir werden uns schon wiedersehen. Du bist Steirer. Vielleicht kommst du zum Vollzug nach Graz.“

Dann deutete er auf den Stapel Papiere, unser halbfertiges Buch: „Die Maschinenseiten kannst du eh lesen und das Steno musst du dir halt von irgendwem draußen in Langschrift übersetzen lassen.“

Ich merkte, wie mir die Tränen kamen.

*14.30 Uhr.*

Mein Anwalt war gekommen. Irgendwie war das die Rettung an diesem beschissenen Tag. Er schlich wie immer um den Besprechungstisch herum wie ein hungriger Wolf und plötzlich fuhr es aus ihm heraus: „Es wird schon an der Anklage gearbeitet. Der Staatsanwalt ist ein ganz gemütlicher Kerl, ich kenne ihn aus meiner Studienzeit.“

„Dann sagen sie ihm bitte, er soll mich unschuldig schreiben“, scherzte ich in meiner Verzweiflung.

„Sehr lustig, Herr Möser.“ Er sah mich streng an. „Jedenfalls dürfte der Prozess noch in diesem Jahr über die Bühne gehen, wahrscheinlich im November.“

Ich sah ihn mit einem ungläubigen Blick an: „Im November? Erst im November? Also erst in fünf Monaten? Bis dahin bin ich krepiert. Die haben mir gestern meinen Kumpel aus der Zelle geholt.“

Ich stand auf, um meine Erregung zu unterstreichen.

Renner drückte mich wieder auf den Stuhl zurück: „Wir brauchen diese Zeit ohnehin, lieber Freund. Sie müssen sich reuig zeigen, Briefe schreiben, Interviews geben und mit mir den Prozess durchsprechen. Eine gute Verteidigung braucht ihre Zeit.“

Ich wollte noch einmal hochfahren, ließ es aber bleiben: „Reuig zeigen brauch' ich mich nicht. Ich bin reuig, Herr Doktor. Und die beste Bühne dafür ist der Prozess selbst. Nicht irgendwelche Interviews, wo jeder Satz von mir ins Gegenteil verkehrt wird."

„Ich versteh' ja ihre Ungeduld, Herr Möser." Er drehte jetzt wieder seine Runden: „Aber wir können dem Gericht keinen Zeitplan aufzwingen. Tut mir leid."

Dann gab er mir noch eine „Hausaufgabe" mit in die Zelle: „Ich habe hier für sie ein Anerkenntnis getextet. Darin verpflichten sie sich, jenes Geld, das den Flicks nicht mehr zurückerstattet worden ist, später einmal zurück zu erstatten. Irgendwann. Wenn sie es haben."

Ich geriet noch einmal in Wallung: „Wollen sie mir nicht sagen, wo ich den Kies hernehmen soll?" Mein Blick fiel auf die Zahl auf dem Papier: 50.072,86 DM. „Soviel verdiene ich in der Haft nicht einmal, wenn ich hundert Jahre sitze."

Er lächelte wissend: „Sie erklären ja damit nur, dass sie den Flicks diesen Betrag schulden. Von Rückzahlung ist ja keine Rede." Dann beugte er sich nahe zu mir und drehte seine Lautstärke zurück: „Ich werde das Papier dann an die Zeitungen weiterleiten. Die drucken das ab. Und das kommt sicher gut, Herr Möser."

„Grüß Gott. Bis zum nächsten Mal." Er schlich davon.

Zurück in der Zelle beugte ich mich über das Blatt und begann halblaut zu lesen: „Herr Gerhard Möser, geboren 2. 1. 1954, Kaufmann, per Anschrift landesgerichtliches Gefangenenhaus Klagenfurt, anerkennt Herrn Dr. Karl Friedrich Flick, geboren 3. 2. 1927, Industrieller, Pienzenauerstraße 111, D-8000 München, aus dem Titel des Schadenersatzes auf Grund des Entführungsfalles vom 19. 12. 1991 den Betrag von DM 50.072,86 (in Worten: Dmark fünfzigtausendzweiundsiebzig/86) samt 8 % Zinsen schuldig zu sein."

Ich griff mir an den Kopf und las weiter: „Gerhard Möser erklärt, dass diese Schuld mit diesem Betrag aushaftet und er diesen Betrag aufrecht in dieser Höhe samt Zinsen schuldet. Klagenfurt, den 17. Mai 1992."

Mein Blick fiel noch auf den Freiraum, der für meine Unterschrift vorgesehen war. Ich griff langsam nach Andreas' einsamen Bleistift und setzte meinen Namen drunter. Dann fiel ich in eine ziemliche Verzweiflung.

*18. Juni 1992, 9.30 Uhr.*

Die Tage und Wochen, nachdem sie Andreas „deportiert" hatten, stürzten mich in eine tiefe Depression. An ein Weiterschreiben des Buches war nicht zu denken, längst hatte ich den Papierstoß in der Lade des Zellentisches verstaut. Ich lag oft schon vor dem „Licht aus" im Bett und kämpft gegen die Einsamkeit an. Wenigstens hatten sie mir keinen anderen Häftling in die Zelle gelegt.

Wieder kam ein Brief von Christiane und ich wusste, er würde meine Psyche auch nicht reparieren können. Der Schluss des Schreibens stürzte mich in ein Meer aus Tränen: „So, mein Lieber, ich werde jetzt Schluss machen und eine Zigarette rauchen gehen. Am Abend werden die Kinder noch ein paar Zeilen dazuschreiben. Mach' Dir nicht so viele Sorgen, es geht ihnen gut. Es kümmern sich alle um sie. Aber sie brauchen Dich."

Ich sah den Text vor meinen tränenden Augen langsam verschwimmen.

„Bitte, verzage nicht. Deine Christiane."

Das Post Scriptum gab mir endgültig den Rest: „Ich habe mit grüner Tinte geschrieben, denn grün ist die Farbe der Hoffnung..."

*6. Juli 1992, 13.00 Uhr.*

Es dauerte Wochen, aber letztlich hatte ich mich psychisch wieder erfangen. Wieder Dank Christiane. Sie war mich besuchen gekommen, zweimal in der Zwischenzeit meiner scheinbar endlosen Einsamkeit. Heute hatte sie ein Geschenk mit, an dem ich mich in meinem Zellendasein anhalten würde können: Ein Diktaphon.

„Damit du dein Buch weiterschreiben kannst. Oder zumindest sprechen."

Ich hielt meinen Weinkrampf hintan und küsste sie auf die Stirn. Zwar musste das Gerät zuerst von der Gefängnisleitung „zugelassen" werden, was auch noch ein paar Tage dauern würde. Aber immerhin: Ich konnte meine beschissene Geschichte endlich fortsetzen.

„Wir können uns diesen Sommer keinen Urlaub leisten", sagte sie noch beim Abgang. „Aber die Kinder sind so auch zufrieden. Hoffentlich hält das Wetter halbwegs. Für's Freibad."

Ich sagte „ja, ganz bestimmt", und würgte an dem riesigen Knödel in meinem Hals. Dann ging sie und der Knödel war immer noch da.

*15. Juli 1992, 8.00 Uhr.*

Endlich hatte man mir das Diktafon genehmigt. Was hätte ich auch schon damit anfangen sollen: Einem Justizler über den Schädel ziehen? Mir daraus eine Pistole basteln?

Wie ein Kind, das zu Weihnachten sein Lieblingsspielzeug bekommen hat, drehte ich das silberne Ding in meinen Händen. Vier Ersatzbatterien und zehn Kassetten würden für allerhand Seiten reichen, dachte ich, legte mich auf mein Bett und legte los.

„Wo waren wir stehen geblieben, Herr Möser?" sagte ich halblaut zu mir. „Ach ja. Beim Abstieg in den ersten Kreis der Hölle, mit Nancy in Monaco."

Das Diktafon rauschte leise vor sich hin und ich reiste gegen die Zeit, in den lauen Herbst 1988, nach Monaco.

Irgendwann damals muss es gewesen sein, als Nancy mir zum ersten Mal ein finanzielles Ultimatum stellte: „Ich hab' zehntausend Dollar Schulden, du musst mir helfen, Gerhard."

Zum ersten Mal, seit wir uns kannten, war ich laut geworden: „Wo verdammt nochmal, hast du soviel Geld verbrannt. Ich zahle das Hotel, deine Shoppingtouren, jedes Essen, jeden Drink. Wie verdammt nochmal kommst du auf zehntausend Dollar Schulden?" Ich hängte noch ein „Schatz" an, um sie gleich wieder zu versöhnen.

„Von früher", mauschelte sie und senkte ihren Blick schuldbewusst zu Boden. „Bei Leuten, die du gar nicht kennst. Die Typen hocken in Wisconsin und ich kann mich dort nie mehr sehen lassen, wenn ich nicht zahle."

Am nächsten Tag schon war ich wieder der alte, der liebende Gerhard Möser. Per Bankanweisung schickte ich das Geld über den großen Teich, ohne viel Federlesens. Zehntausend Dollar waren ein fettes Knödel aber keine Katastrophe für mich. Noch nicht.

Immerhin aber musste ich schon erste Sparmaßnahmen setzen: Ich delogierte Nancy aus ihrer Luxussuite und mietete für sie ein durchaus nettes Appartment am „preiswerten" Boden von Monaco.

„Alles ist eine Frage des Handels", hatte Nancy damals verschmitzt gemeint. Und ich hatte längst den Verdacht, dass ihre Dollarschulden eigentlich nur vom Kokainkonsum herrühren konnten. Mit keiner anderen Sucht kann man soviel Geld verbrennen: Nicht mit Alkohol, nicht mit Autos, bestenfalls vielleicht beim Spielen im Casino von Monaco. Aber der Typ war sie wahrlich nicht gewesen.

Am 10. Oktober 1988 ließ ich dann eine standesgemäße Geburtstagsparty für Nancy steigen. Ein intimes Fest ohne große Gäste. Immerhin: Ich musste auf der Hut sein, wen ich in mein geheimes Doppelleben miteinbezog. Ein Foto von uns beiden, küssend vor der Geburtstagstorte und später irgendwo auf den Gesellschaftsspalten der Monacobeilage des „Nice-Matin" hätte gereicht, um meine Ehe in die Luft zu sprengen. Nancy hatte mittlerweile einen Französisch-Kurs belegt und so waren alle ihre Klassenkameraden zum Fest ins „Mozart“ geladen. Zu Fleischfondue, feinstem Roten und Champagner zum Dessert.

Ich grinste still und zufrieden in mich heinein, als sich das Bild des Geburtstagsgeschenks vor meinen Augen aufbaute: Ein Ring mit einem Rubin in Herzform, umkränzt von 42 Brillanten, standesgemäß von „Van Cleef & Arpels. Spät in der Nacht dann, wir waren längst in ihrem Appartement bei der Liebe, fragte sie mich: „Spinnst du Gerhard, was hat der gekostet?“

„Bleibt mein Geheimnis“, flüsterte ich in ihr Ohr. Es waren 200.000 Schilling gewesen. Nicht wenig für einen, der ein Jahr später schon vor dem finanziellen Ruin stehen sollte.

*21. August 1992, 8.00 Uhr.*

Herr Dr. Renner, der Anwalt, ist wieder bei mir gewesen. Diesmal empfand ich sein Kommen fast schon als störend, es riss mich aus meinen endlosen Diktaten für das Buch. Zum Hofgang war ich schon wochenlang nicht mehr erschienen. Es war ohnehin drückend heiß, und in dem Geviert stand die Luft wie in einer nach oben offenen Sauna.

Renner zog zwei seiner schleichenden Runden um den Besuchstisch und knallte mir dann einen gehefteten Packen Papier auf den Tisch: „Die Anklageschrift, Herr Möser, es geht schön langsam zur Sache.“

Ich überflog das Deckblatt: „Die Staatsanwaltschaft Klagenfurt legt Gerhard Möser, geboren am 2.1.1954 in Graz, österreichischer Staatsbürger, ohne Beschäftigung, zuletzt wohnhaft in 1230 Wien, Heimgasse 47, in Haft seit 25.2.1992, 13.00 Uhr, zur Last:“

Ich sah Renner fragend an: „Soll ich das jetzt wirklich alles lesen?“

„Sie müssen, Herr Möser, sie müssen. Es sind ohnehin nur zwanzig Seiten. Nehmen sie sich das in die Zelle mit. Es ist eine Kopie.“

Ich blieb störrisch: „Warum muss ich? Ich weiß ohnehin, was ich getan habe."

„Herrgott, Herr Möser", polterte er, „das hier", er pochte auf das Papier, „hat doch der Staatsanwalt geschrieben. Wer weiß, was er ihnen alles anhängen will."

„Ich verstehe", sagte ich. „Und was machen wir, wenn er mich zum größten Schwerverbrecher aller Zeiten stempelt."

Renner schnippte mit den Fingern: „Wir können Einspruch erheben. Mal schauen."

„Und dann?"

Er wurde ungeduldig: „Wenn dem Einspruch stattgegeben wird, muss der Staatsanwalt eine neue Anklage verfassen." Er sah plötzlich nachdenklich drein: „Aber davon sollten wir eigentlich absehen. Der Typ ist ein Studienfreund von mir, ich will ihn nicht unbedingt verärgern. Ist auch nicht gut für den Prozess."

„Eben", sagte ich, nahm das Papier und wollte gehen.

„Halt." Renner fummelte noch einen Wisch aus seiner Aktentasche: „Sehen sie sich das an: Ein Schreiben von Raggers Anwalt. Haben Sie ihm einen Brief geschrieben?"

„Ja." Ich wurde kleinlaut. „Eine Art Entschuldigung für das, was ich getan habe."

„Das ist schon okay, Herr Möser. das Problem ist nur, dass der Bursche jetzt natürlich auch Geld will."

Er schob das Papier in mein Sichtfeld und deutete auf den letzten Absatz: „Die Herrn Ragger zugefügten Schmerzen und der Folgeschaden sind erheblich. Aufgrund der Aufregungen hat er sich zunächst eine Gürtelrose im Gesicht zugezogen. Sodann leidet Herr Ragger seit dem Trauma im Dezember 1991 unter unerträglichen Kopfschmerzen. Noch heute schreckt er in der Nacht häufig auf."

Ich sah Renner an: „Ich schrecke auch häufig auf, in der Nacht, in der Zelle."

Renner stoppte seinen Schleichgang und herrschte mich an: „Herr Möser, was soll das? Sie haben den Ragger entführt, nicht umgekehrt, oder?"

Ich las den letzten Satz: „Es gibt keine Schwierigkeit, die gesundheitlichen Schäden nachzuweisen."

Renner nahm das Papier wieder an sich: „Haben sie irgendwen, der für sie Geld auslegen kann."

Ich grinst ihn an: „Fragen sie das im Ernst? Ich kann nicht einmal ihre Verteidigung bezahlen."

Er packte seine Sachen: „Okay, lassen wir das. Wichtig ist jetzt erst einmal der Prozess. Dann sehen wir weiter."

Ich war allein mit meiner Anklageschrift, auf dem Weg in die Zelle. Und ich dachte: „Ich werde dem Gruppeninspektor Haager erzählen, wo es noch Geld aus der Entführung geben könnte." Es würde der endgültige Bruch mit Nancy sein.

*13.00 Uhr.*

„Ich muss eine dringende Mitteilung machen." Dieser Satz hatte seine Wirkung nicht verfehlt. Ohne viel Verzögerung wurde ich zum Gendarmeriekommando „ausgeführt", wie die Beamten so schön sagten. Dort saß Haager schon bereit, schob mir eine Tasse Kaffe hinüber und fragte: „Sie haben noch etwas mitzuteilen, Herr Möser?"

„Genau, das hab' ich."

Er deutet einem zweiten Beamten, die Aussage zu protokollieren.

Ich begann zögernd: „Das Geld, dass mir aus der Entführung geblieben ist, habe ich nicht einfach verprasst. Es ist mir abgenommen worden."

Haager sah mich mit großen Augen an: „Abgenommen? Sind sie überfallen worden?"

„Sozusagen", replizierte ich. „Nancy hat mich überfallen, wenn sie so wollen."

Fünfzehn Minuten später setzte ich meine Unterschrift unter das Protokoll. Es war meine endgültige Abrechnung mit Nancy, ich las den Text noch einmal durch:

„Der in U-Haft in Klagenfurt wegen Verdachts der erpresserischen Entführung einsitzende Gerhard Möser teilte am 21. August 1992 Gruppeninspektor Haager mit, dass er zirka 120.000 Schilling des von ihm übernommenen Lösegeldes in Chicago, USA, seiner Ehegattin Nancy Berger übergeben habe. Sie habe von der Erpressung gewusst und sei von ihm während der Geiselnahme fernmündlich informiert worden. Er wäre von ihr motiviert worden, die Sache durchzuziehen, sodass er zum Lösegeld kommen sollte."

Ich schluckte. Im nachhinein klang das Ganze doch ein wenig brutal. Aber es war die Wahrheit. Ich las weiter:

„Nancy Berger-Möser hat die 120.000 Schilling in Dollar umgewechselt und auf ein Konto der Barnett Bank, 2929, Fort Lauderdale, eingezahlt."

„Achtung Möser", dachte ich bei mir, „jetzt kommts": „Sie habe ihn unter falschen Namen vorerst versteckt und mit ihm zirka 100.000 Schilling verbraucht. Anschließend sei er von ihr an das FBI verraten worden. Der angeführte Sachverhalt wird zur weiteren Veranlassung an die US-Behörden in Fort Lauderdale übermittelt."

Vor mir baute sich ein Bild auf: Nancy in Handschellen, vom FBI zum Verhor abgefuhrt. Ich fragte Haager: „Kann man wegen so etwas verhaftet werden?"

Haager setzte einen grüblerischen Blick auf: „Hmm. Verdacht der Mittäterschaft, in ihrem Fall vielleicht sogar der Anstiftung. Wenn das stimmt, was sie hier gesagt haben." Er machte eine Pause: „Ich kennen die Rechtslage der Amis nicht wirklich genau. Kann schon sein, dass ihre gute Frau Gattin vorübergehend festgenommen wird."

Irgendwie war ich erleichtert, auf der Fahrt zurück ins Gefängnis. Endlich hab' ich alles gesagt, was zu sagen war. Nichts als die Wahrheit. Wenigstens was, in diesem Labyrinth aus Lügen und Verdächtigungen. Alles war jetzt klar.

*2. Oktober 1992, 9.00 Uhr.*

Natürlich war Nancy nichts passiert. Mein Anwalt hatte drüben eine Rechtsauskunft eingeholt: „Sie glauben doch nicht, Herr Möser, dass die Amerikaner wegen so einer Kleinigkeit zu den Handschellen greifen?"

Auch das hatte ich am Diktafon festgehalten, für mein Buch der Wahrheit. Mittlerweile hielt ich bei Kassette Nummer vier und war mitten drin in meinem sozialen Abstieg vom Nobel-Cafetier zum Halbkriminellen. Längst hatte ich dem Band anvertraut, wie alles Übel begann: „Es war dieser eine Partner von mir, ein Libanese, den ich aus Geldmangel ins Geschäft mit hineinnehmen hatte müssen. Der erste Fehler in einer ganzen Kette von Blödheiten", sprach ich auf Band und erinnerte mich an das Arschloch. Kurz geschorene Haare, immer perfekt gekleidet, aber mehr Schein als Sein. Dann der Tag der Erkenntnis: Der Libanese war verschwunden und mit ihm ein eingelöster Scheck über 1,6 Millionen Francs.

Ich sprach mit Nancy über den Vorfall, ging zur monegassischen Polizei. Der nächste Fehler. Der Beamte, ein fein gekleideter Oberster, der eher aussah wie ein Bankdirektor als ein Polizist, sagte „Vergessen sie die Anzeige. Wir brauchen keine Verbrecher hier im Fürstentum."

Ich war baff. Dann setzte er noch eins drauf: „Regeln sie die Sache doch bitte intern, Monsieur Möser."

Von diesem Tag an kämpfte ich gegen den finanziellen Untergang: Meine Lieferanten musste plötzlich auf die Bezahlung warten, ich konnte nur mit dem Geld arbeiten, das ich abends in den Kassen der Cafés hatte. Wirtschaften auf einem Drahtseil, ohne Netz."

Die Familie wusste nichts von dem Abgrund, auf den ich mich zu bewegte. Aber sie ahnte etwas: Schon im Oktober hatte ich mich aus der Verantwortung gestohlen: „Christiane, ich brauche mehr Zeit für mich. Ich nehme mir ein kleines Appartment in Monaco drin."

Sie sah aus, als würde sie auf der Stelle in Ohnmacht fallen.

„Was ist schon dabei?“ log ich mich und sie an. „Jetzt bin ich ja auch schon tagsüber weg und nur am Wochenende bei euch. Daran“, log ich weiter, „wird sich auch in Zukunft nichts ändern.“ Die Kinder jammerten, Christiane weinte und der Trottel Gerhard Möser blieb hart. Es wäre die letzte Chance gewesen, dem Abgrund zu entkommen. Ich hatte sie nicht genützt.

*13.00 Uhr.*

Ich war zum typischen Einzelhäftling geworden. Das kleine, silberne Diktafon war ab nun mein Kumpel, es rauschte und lauschte meinen Erzählungen, es war mein stummer Gesprächspartner. Zwischendurch las ich immer wieder ein paar Absätze aus der Anklageschrift.

„Ist ziemlich okay, da steht die Wahrheit drinnen“, sagte ich bei einem seiner Haftbesuche zum meinem Anwalt.

Dann war ich wieder in der Zelle und bei Nancy im Spätherbst von Monaco, die, nicht sehr zu meiner Freude, immer öfter mit Prinz Albert herumtat. Abendessen, Einladungen in den Palast, schnelle Treffs irgendwo in einer Bar der höchsten Society.

„Wahrscheinlich“, sagte ich nachträglich, „war auch er eine Marionette, die sie bewegen konnte, wie sie wollte.“

Das Band schnappte ab, schon wieder eine Kassette voll. Ich lud nach. „Was kam dann, Möser?“ sagte ich halblaut zu mir: Ach ja. Anfang Dezember 1989 flog ich mit Nancy in die USA, um ihre Eltern zu besuchen. „Die betreiben ein kleines Hotel in Fort Lauderdale. Du wirst sehen, es gefällt dir.“

Bei Christiane hatte ich trotz unserer Trennung eine „Dienstreise“ vorgegeben, ich konnte ihr die volle Wahrheit noch nicht antun. Und wieder einmal überließ ich die Cafés für ein paar Tage ihrem Schicksal. Und kaum hatten wir in Nancys Hotel „Mama" eingecheckt, hatte ihre hinlänglich bekannte Zuneigung ein Ende. Mehr noch. Eines Abends sagte sie unvermittelt: „Gerhard, ich glaub es ist besser, wir trennen uns. Ich will hier in Miami bleiben. Monaco ist nicht meine Stadt. Nicht auf die Dauer."

„Meine auch nicht", replizierte ich mit einem Anflug von Verzweiflung. Und: „Laß uns nach Wien gehen."

Ich war geschlagen, Trauer und Schmerz überfielen mich. Dann hatte ich den rettenden Einfall: „Lass uns doch zu Silvester nach Kitzbühel fahren. Après-Ski, Partys feiern, das ganze Ski-Jet-Set kennenlernen."

Sie hatte offenbar wieder Lunte gerochen: Das klang ganz nach ihrem Geschmack. Viel Geld verbrennen, Abfeiern, in den Nobelshops an der Schneemeile einkaufen. Alles um mein Geld.

„Okay Gerhard, klingt gut. Machen wir das."

Wieder musste ich meinen Betrieb dem Schicksal überlassen, wieder war tagelang niemand da, der die Abrechnung kontrollierte, aus der ohnehin schon diese fürchterlichen 1,6 Millionen Francs fehlten. Ich wusste, ich brauchte was, um mich zu betäuben: Kokain.

„Es passierte in der Silvesternacht in Kitzbühel", vertraute ich meinem rauschenden Diktafon an. Davor rasch noch Weihnachten mit Christiane und den Kindern, die letzten in einer Kostellation, die man gerade noch Familie nennen konnte.

Jetzt, in der Zelle, stand mir schon wieder das Wasser in den Augen.

Nancy hatte ihre goldene Rolex bekommen, ich meinen Sex, ihre Schwester, die auch nach Kitz gereist war, bekam auch allerhand ab: Alles vom Konto des Gerhard Möser, eines Mannes, der längst über seine Verhältnisse lebte.

Ich sprach aufs Band: „31. Dezember 1989, Kitzbühel, in einer der angesagtesten Pizzerien der Stadt."

Dann, dort, der Sündefall: Wir beschlossen, nach Mitternacht noch weiter ins „Take Five“ zu ziehen und Nancy sagte: „Willst du nicht auch was nehmen?“

„Kokain?“

„Genau, Gerhard. Probiers doch auch einmal, es wird dir gut tun.“ Sie steckte mir ihre silberne Pillendose zu und schickte mich aufs Klo. Oft genug hatte ich ihr zugesehen, wie sie ihre Lines gelegt hatte. Diesmal war ich dran. Die Aufnahmsprüfung in die Kokain-Gesellschaft. Ein wenig ungeschickt formte ich eine Straße auf dem mit noblen Mamor verfliesten Spülkasten, rollte einen Hundertschillingschein zusammen und zog das Gift hoch.

Als ich zu Nancys Tisch zurückkam, hatte die Explosion in meinem Kopf längst stattgefunden. Nase und Gaumen waren völlig taub, der Champagner floss geschmacklos drüber. Ich quatschte und quatschte, Nancy lachte quitschend vor Vergnügen, mich endlich auf ihre „giftige“ Seite gebracht zu haben. „Wir werden heut Nacht den geilsten Sex aller Zeiten haben“, flüsterte sie mir ins Ohr. Und so war es auch. Oder zumindest schien es so.

In dem Rausch, der mein Leben ab nun begleiten sollte, war nichts mehr tabu: Anfangs reichte noch eine Straße am Abend, dann waren es zwei, später gab's dann schon Kokain zum Frühstück.

„Halt, sagte ich zu meinem Diktafon“, da ist mir noch was eingefallen: „Im Anschluss an Kitzbühel fuhren wir noch in meine Heimatstadt Graz. Dieses kleine, putzige Juwel, Nancy sollte es sehen. Den „Steirerhof“, wo ich mir meine erstes Auto verdient hatte, das „Mr. Bojangles“, immer noch mit gleichem Namen, aber schon ein wenig abgewirtschaftet. Und die Herrengasse. Nancy stöckelte an den Auslagen entlang, fand prompt den teuersten Kürschner der Stadt und mich als Opfer: 140.000 Schilling kostet ein Traum von einem Nerz, fünf Minuten später gehörte er ihr.

Wieder zurück in Monaco, irgendwann Mitte Jänner 1989, kam Nancys Ultimatum: „Gerhard, lass dich scheiden, ich will dich heiraten." Vier Tage später setzte sie sich in einen Flieger nach Miami mit den Worten: „Ich komme erst wieder zurück, wenn du mir die Scheidungsurkunde per Fax rübergeschickt hast."

Die Situation war so obskur, dass ich in die Tristesse meiner Zelle hineinlachen musste: Eine Frau, die mich gängelt wie einen willenlosen Tanzbären am Jahrmarkt der Eitelkeiten, presst mich zur Scheidung von einer Frau, die mein restliches Leben hätte sein können.

„Pervers", sprach ich auf Band, „total pervers."

Aber ihr Plan ging auf. Ich war chancenlos, in einer „Hexenmühle", wie man so sagt. Mit dem Kokain im Schädel, mit meiner Geilheit zwischen den Beinen, machte ich Christiane klar, dass eine Scheidung große Vorteile brächte.

„Es gibt da einen Libanesen, der mich an den Rand des Konkurs gedrängt hat. Der Typ hat fast meine ganze Firmenkasse ausgeraubt."

„Geh' zur Polizei, sofort", schrie meine Noch-Frau.

„War ich schon, aber die verweigern die Anzeige."

Dann erklärte ich ihr meinen verlogenen Plan: „Wenn ich mit meinen Firmen krache, hängst du als meine Frau drinnen. Wenn wir geschieden sind, kann dir nichts passieren."

Tags darauf willigte sie in die Scheidung ein, eine Woche später war die Familie Möser Vergangenheit. Und ein Fax surrte nach Miami. Geschickt vom größten Trottel unter der Sonne…

*17. Oktober 1992, 10.00 Uhr.*

Ich hatte lange gebraucht, aber ich war fertig mit der Anklage. Der letzte Absatz war von einer Brutalität, die mir den Atem nahm: „Alle drei Beschuldigten werden daher aufgrund ihrer Geständnisse in Verbindung mit den

Aussagen der zur Hauptverhandlung beantragten Zeugen und den vorliegenden objektiven Beweismitteln im Sinne der Anklage zu überführen sein. Die Anklage ist somit begründet."

Ich ließ mich wie ein Sack Kartoffel auf meine Matratze kippen: „... im Sinne der Anklage zu überführen sein."

Dann malte ich mir die Szenerie beim Prozess aus: Die beiden Jugos, in schlecht sitzenden, viel zu engen Anzügen, ich in meinem maßgeschneiderten Tuch, das Christiane für die Verhandlung schon herausgesucht hatte. Ich, der Drahtzieher, die beiden Komplizen, kleine, ziemlich ahnungslose Würstchen, die halt des versprochenen Geldes wegen mitgemacht hatten. Und irgendwann Teufelsbach, als Zeuge, der wahrscheinlich bestreiten wird, der große Kopf des Verbrechens gewesen zu sein.

„Möser, das schaut nicht gut aus", sagte ich halblaut in mein Diktafon und wandte mich wieder der Vergangenheit zu. Es war schon der letzte Satz Batterien, der in dem Gerät steckte. Aber Christiane hatte versprochen, beim nächsten Besuch „neuen Saft" mitzubringen.

Ich stellte mein Gedächtnis scharf auf Monaco, im Frühjahr 1989, dem letzten in Freiheit.

Nancy wollte einen Jaguar haben. Ich hatte ihr seriöserweise damals gerade noch einen VW-Golf kaufen können. Trotzdem wurde es dann ein Mercedes 300 SL, dunkelbau, für monegassische Verhältnisse ein unauffälliger Dienstwagen. Meine Schecks platzten der Reihe nach wie Bomben, bis dann endlich Rettung zu nahen schien.

An einem Tag, als ich schon wieder einmal mit dem Exekutor gerechnet hatte, kam ein andere Mann von beeindruckendem Format ins „Mozart". Christian Schwemberger-Swarovski, einer aus der Dynastie der Glasschleifer, hoch interessiert an meiner Geschäftsfassade, hinter der schon der Verputz bröckelte.

Er sagte so was ähnliches wie: „Herr Möser, sie haben da ja ein ganz tolles Geschäft aufgezogen."

Und plötzlich war er mein Hoffnungsengel, den ganzen Abend lang erzählte ich ihm von meinen Plänen, eine riesige Restaurant-Kette aufzuziehen: „Wir werden die Idee der ‚Mozart-Cafés' zu einer weltumspannenden Marke machen, ich brauche nur noch das entsprechende Kapital dafür."

Ich war an den Richtigen geraten: Schwemberger war eine große Nummer in Monaco, Yacht am Hafen, Prachtvilla am Berg, mit einem „Kinderspielzeug", das selbst für monegassische Verhältnisse ein wenig über dem Luxusschnitt lag: Ein Helikopter-Landeplatz in einem Nebenhaus der Villa, dessen Dach sich automatisch öffnete, wenn der Hubschrauber im Anflug war.

Ich wusste, ich würde ihn von Nancy fernhalten müssen, sein Reichtum hätte sie wohl völlig um den Verstand gebracht.

Fünf Tage später war der Deal perfekt. Wir gründeten die S.C.S. Möser & Cie, eine neue Gesellschaft, der Glasbaron holte seinen Anwalt per Learjet ins Fürstentum und ließ 24 Millionen Schilling überweisen: Damit hatte er 80 Prozent der Gesellschaft, mir blieben 20 Prozent und die Hoffnung, dass ich den finanziellen Untergang noch einmal abgewendet haben könnte.

„Gerhard", sagte er, „jetzt stehen die Signale wieder auf grün." Dass ich aber längst auf einer Nebenfahrbahn meines Geschäfts abgestellt worden war, fiel mir in meinem Kokainrausch nicht einmal periphär auf.

„24 Millionen", raunte ich ins Diktafon, „zuerst kamen die 24 Millionen und danach ein zweiter Geschäftsführer. Ich war zum ersten Mal nicht mehr alleiniger Herr in meinem Business, immer ein Zeichen dafür, dass irgendetwas schiefgelaufen ist."

*13.00 Uhr.*

Geduldig hörte sich das Diktafon die Story meines letzten echten Urlaubes an: „Nach dem Swarovski-Deal habe ich Nancy geschnappt und bin mit ihr nach Hawaii. Wieder ein Schritt näher zum Konkurs, wenn auch am goldfarbenen Strand, im finalen Taumel aus Kokain, Sonne und Champagner.

„Die neuen Herren sind schrecklich“, sagte Gerda, eine Seele von einer Frau, nach meiner Rückkehr nach Monaco. Sie war quasi ein Stück vom Inventar der ‚Mozart-Cafés‘, Kellnerin, Bardame und Lokalchefin in einem. „Die ganze Belegschaft ist verunsichert, Gerhard, wir wissen nicht mehr, was richtig ist und was falsch.“

„Richtig ist, was ich sage“, konterte ich und wusste, dass ich mit meinen zwanzig Prozent längst nichts mehr zu sagen hatte.

„Abspringen, Möser“, dachte ich mir an diesem Abend und wollte Nancy schon wieder ein Geschenk machen.

„Ich mache eine Bar auf. Sie soll ‚Nancy's Bar‘ heißen. Nur Getränke und kleine Appetithappen, das ist das einzige Geschäft, das noch geht.“

Nancy verdrehte die Augen: „Ich brauche keine Bar, ich brauche meine Freiheit. Ich gehe zurück nach Amerika.“

Sie ging, nahm meine Kreditkarte mit und einen Monat später kam die Rechnung: 40.000 US-Dollar.

„Ich hab' mir eine neue Wohnung einrichten müssen, Schatz. Das kostete. Nicht böse sein.“ Sie weinte am Telefon, wie ein Volksschulkind, das sein Taschengeld verschleudert hat und neues braucht. Sie fürchtete die Wahrheit und sie flüchtete aus der Wahrheit, aber die Wahrheit würde bei einer Therapie gnadenlos an's Tageslicht treten.

„Du brauchst eine Behandlung, Nancy. Du bist krank. Du musst zwanghaft Geld ausgeben, das ist wie eine Sucht.“

Die Leitung schnappte ab. Das war zuviel für sie gewesen.

Ich schaltete das Tonband ab. Irgendwie, so hatte ich das Gefühl, endete hier der Erfolgsfilm des Gerhard Möser, mitten im Sommer 1989, an den Ufern der französischen

Riviera. Das blöde Kokain hatte mich mehr und mehr um meinen früher so klaren Verstand gebracht, die Familie war weg, die Freundin war weg, das Geschäft war weg. Oder zumindest beinahe.

Draußen, vor dem Zellenfenster, zogen schon die ersten Oktoberstürme auf und es würde bald kalt werden, in meinem Leben, in meinem Herzen.

„Wo anhalten, wo weitermachen, wie das alles schaffen", dachte ich bei mir. Meine Geschichte, schonungslos erzählt, zeigte mir: Es dauerte nur zwei lächerliche Jahre, vom König aus Monaco zum Bettler in der Strafanstalt Klagenfurt …

*

## Ins Kriminal

*30. Oktober 1992, 10.00 Uhr.*

Ich fischte trübe in jener Plastikfolie mit Zeitungsartikeln, die Andreas mir hinterlassen hatte. Schon vor einigen Tagen hatte ich das Band weggelegt, unfähig, noch ein Wort über meine Selbstzerstörung zu verlieren. Man könnte ja auch, dachte ich mir, später, an helleren Tagen, in der Unendlichkeit meiner Strafhaft, weitermachen.

Ein Artikel des „Kurier" rutschte aus dem Zellophan. Andreas hatte fein säuberlich das Datum der Erscheinung daneben geschrieben: „29. 1. 1991." Mitten aus dem Wintersturm meines Desasters. Ich las: „Finanzflop in Monaco – Millionen für ein Café."

„Kein guter Titel", sinnierte ich mit einem letzten Spurenelement von Humor und beugte mich über die Geschichte:

„Zentrale Figur der verwickelten Story war der Grazer Gastronom Gerhard Möser. Er hatte in Monaco ein Kaffeehaus ‚Mozart' eröffnet und wollte eine ganze Lokalkette aufziehen. Da trat Christian Schwemberger-Swarovski auf den Plan, der von Möser auf ein Finanzengagement hin angesprochen worden war."

„Soweit in Ordnung", grübelte ich.

Weiter im Text: „Der Industrielle beteiligte sich schließlich zu 80 Prozent an der S.C.S. Möser & Cie. mit Sitz in der Galerie Metropol in Monaco."

„Klingt auch nocht gut", witzelte ich, schon wieder ein wenig in Stimmung.

„Es dauerte nicht lange, bis Möser, der sich im sonnigen Fürstentum gerne mit schönen Mädchen und teuren

Autos zeigte, als Geschäftsführer und Mitgesellschafter gekündigt wurde. Die angeblich so erfolgversprechenden Investitionen entpuppten sich für Schwemberger-Swarovski als Zahlungen in ein Fass ohne Boden."

Rumms. Das saß. Wieder ein Stück Wahrheit, das mein verlogenes Leben aufblätterte.

Ich griff wieder zum Diktafon. Die Kontrolllampe zeigte an, dass die Batterien am Krepieren waren. Ich würde auf Christinas Nachschub warten müssen, irgendwann in den nächsten Tagen.

*13.00 Uhr.*

Draußen war es so finster, das schon am Nachmittag die Zellenbeleuchtung anging. In mir war es nicht minder finster. Ich kramte nach dem Bleistift und den letzten Bögen Papier, die mir Andreas hinterlassen hatte. Mein Drama, bis hin zur Entführung, ich würde es in Stichworten notieren und später ausformulieren.

„Also", sagte ich zu mir und spitzte den Bleistift: „Nancy war im Sommer 1990 wieder nach Europa zurückgekehrt. Aber nur um mir täglich einmal anzudeuten, sie müsse wegen meiner prekären Finanzlage wohl bald in ‚Stöckelschuhen und einem kurzen Hemdchen' am Strich für mich dazuverdienen."

„Was war noch?" Ich grübelte.

Genau: „Nachdem ich aus der Swarovski-Gesellschaft geflogen war, hatte ich nur noch das eine, von mir persönlich betriebene ‚Café Mozart' im Talon."

Und: „Nancy und ich hatten das Appartment aufgegeben und sind nach Kitzbühel gezogen. Vergleichsweise billiger, was sich aber wieder dadurch ausglich, dass ich einmal pro Woche mit dem Auto nach Monaco fahren musste, um nach dem Rechten zu sehen."

Außerdem: „Christiane war mit den Kindern in die Steiermark zurückgesiedelt, so ziemlich die bitterste Heimkehr, die ihnen hätte widerfahren können: Mann weg, Geld weg, wieder daheim in der Enge eines steirischen Tales, aus dem es scheinbar kein Entkommen gibt."

„Und ich gab noch einmal mit vollen Händen aus, was ich nicht hatte: Einen neuen Mercedes 300 für Nancy und einen Brillantring. Mit bedeutend weniger Steinen als damals an ihrem Geburtstag. Sie trugs mit Fassung, im doppelten Wortsinn: „Gerhard, wir können auch billiger leben, wenn wir nur wollen."

Es war eine Farce. Ich konnte nicht billiger leben, ich hätte eigentlich gar nicht mehr leben dürfen: Fünf Millionen Schilling Schulden aus dem Monaco-Flop, die Banken saßen mir im Nacken, mein Name war gerade noch Bonität genug, um ein paar verzweifelte Zwischenfinanzierungen aufzustellen.

Ach ja: Nancy kam mit dem Mercedes auf den alpinen Straßen Kitzbühels nicht zurecht, ich kaufte ihr einen „Jeep Cherokee".

„Möser, du Trottel!" Ich schrie in die Stille der Zelle hinein. Einmal, zweimal, dreimal.

Der Wächter schob den Deckel des Gucklochs zur Seite: „Gehts ihnen gut, Herr Möser?"

Ich sagte nichts und ließ mich in dem matten Licht der Birne, die von der Zellendecke baumelte, auf meinem Bett aus den Dornen der Erinnerung nieder. Der Bleistift war stumpf geworden, meine Gedanken auch, und nichts, nicht einmal ein Brief von Christiane, hätte mich aus der Dämmerung zurück ans Licht holen können.

*1. November 1992, 8.00 Uhr.*

Christiane war mit den neuen Batterien gekommen, sie brachten wieder Saft in mein Leben. Mehr noch ihre Ermunterungen: „Gerhard, bald ist der Prozess da. Die können dich nicht für ewig einsperren."

„Für ewig nicht", sinnierte ich und verliebte mich zum

tausendsten Mal in ihre fröhlichen Augen, „aber für verdammt lange Zeit."

„Du schaffst auch das", sagte sie zum Abschied. Und, wie am Ende jeden Besuches: „Wir warten auf Dich. Wie lange es auch dauert."

*12.30 Uhr.*

Ich hatte schon die neuen Batterien in das Diktafon geschoben. „Duracell", die mit denen der Spielzeughase angeblich ewig trommelt. Die Kontrollampe strahlte hell in das Zwielicht der Zelle. Ich wagte mich über das nächste Kapitel meines Niedergangs.

„Es war schon wieder Weihnachten, diesmal 1990. Nancy redete immer öfter von Hochzeit. Vielleicht in Kitzbühel, vielleicht in Monaco, oder in Miami. Ich rechnete nur noch in Business-Class-Flügen und Hochzeitstafeln und wusste: Das geht sich kaum mehr aus."

„Was tun?" Ich redete laut vor mich hin. Und erinnerte mich an die letzte Chance, die ich sah: „Ich mußte das ‚Café Mozart', mein letztes Refugium, schließen, umbauen, und als ‚Nancy's Bar' wieder eröffnen. Genau. Das war es. Katharsische Reinigung, back to the roots. Ein Lokal, klein aber fein, vielleicht nur eine Angestellte, Nancy als Geschäftsführerin. Schon allein wegen der Schulden, die ich angehäuft hatte.

Und wieder durchkreuzte die Frau meines Lebens den Plan meines Lebens: „Ich gehe nach London, in eine Sprachschule. Das kann ich brauchen, für die Schauspielkarriere", säuselte sie. Selbstverständlich war ich derjenige, der die Sprachschule zu zahlen hatte, inklusive jenes Appartements in London, das ihr als Unterkunft dienen sollte.

Aber immer noch stand das Luftschloss meiner Liebe zu ihr, immer noch war die Hochzeit nicht vom Tisch. Auch nicht nach jenem Tag, als sie, nach einer Woche Miami, wieder nach Monaco eingeschwebt war: „Gerhard, ich hab' abtreiben lassen. Ich war schwanger."

Ich war wie vom Blitz getroffen: „Warum, wie, was? Ein Kind. Warum wolltest du es nicht? Warum hast du mich nicht gefragt?"

Sie neigte ihren Kopf zu Boden und war seit langer, langer Zeit wieder einmal Mensch: „Ich wusste ja nicht, wie unsere Zukunft aussehen würde."

Sie hatte verdammt recht und ich hatte nichts mehr zu sagen.

Es war Anfang Juni, als mich der finale Schlag traf. Nancy war wieder in ihre Schule in London abgetaucht und seit Wochen telefonisch nicht mehr erreichbar gewesen.

„Nein, Nancy, die haben wir schon lange nicht gesehen", grübelte die Direktorin am Telefon. Ich hatte einen ungeheuren Verdacht und rief die Haushälterin meines Appartements in Kitzbühel an. Wissend, dass sie einen Schlüssel hatte, schickte ich sie nach oben, um nachzusehen. Zwei Minuten später kam die Schock-Nachricht: „Herr Möser, da ist alles weg. Die ganzen Sachen, die meisten Möbel, der Jeep Cherokee auch." Die Haushälterin hielt kurz inne: „Vor ein paar Tagen war ein Wagen von einer Spedition da, die haben alles abgeholt. Ich dachte mir, den haben sie geschickt?"

„Nein, der Teufel hat ihn geschickt." Ich legte auf und fügte tonlos hinzu: „Und der Teufel heißt Nancy."

Und wieder schaffte sie es, die Dinge noch einmal ins Lot zu bringen. Nachdem ich tagelang versucht hatte, sie in London zu erreichen, läutete das Telefon im Café: „Hi Gerhard, ich bin's Nancy."

Ich war sprachlos vor Überraschung und der debilen Hoffnung, sie vielleicht doch noch einmal für mich gewinnen zu können. Dazu jedoch brauchte ich gar nichts zu tun. Sie sagte: „Du hast dich sicher gewundert, wo unsere Sachen in Kitzbühel sind. Ich habe sie in ein Lager bringen lassen. Du weißt ja: Sicher ist sicher. Wenn sie dich einmal abkassieren wollen, finden sie die Sachen nicht."

Ich japste nach Luft: „Wo bist Du?"

„In London. Ich bin mit dem Jeep hierher gefahren. Tolles Auto."

„Gerhard Möser, die Marionette, hundertsechsundfünfzigste Einstellung", sagte ich auf's Band. Und dann: „Wie blöd kann ein Mann sein, bis er erkennt, dass er blöd ist?"

*20.00 Uhr.*

Ich war ein paar Stunden am Bett der Zelle eingenickt. Das Licht ging aus, aber ich war nicht müde, also spulte ich das Band ein wenig zurück: „...bis er erkennt, dass er blöd ist."

Genau. Da waren wir stehengeblieben. Mein Band und ich. Meine traurige Geschichte und ihre endlose Fortsetzung. Ich entschloss mich, im Finstern weiterzusprechen. Der Prozess würde bald kommen, terminisiert war der 23. November und es war mir klar, vor den Tagen dieser Aufwühlung mit dem „Buch" fertig sein zu müssen.

„Herr Möser", sagte Renner, der mich jetzt schon jeden zweiten Tag besuchte, „Das werden ein paar ganz schwere Tage für sie. Die im Landesgericht wollen schon zusätzliche Sessel aufstellen, weil der Besucherandrang so groß ist. Man überlegt, ob man Platzkarten ausgeben soll, so wie bei einem Konzert."

„Und ich bin der Superstar, wie nett." Renner war grad wieder hinter mir gestanden, in seinem Schleichrundengang. Ich fragte mich, wie er es auf seinem Verteidigerplatz wohl aushalten würde können.

„Sie sind ein Superstar. Wenn auch ein negativer. Und sie müssen diese drei Tage oder so ausnützen. Es werden die Letzten sein, wo man ihnen zuhört."

„Mein Diktafon hört mir auch zu", konterte ich mit kindischem Trotz und er sah mich bescheuert an: „Welches Diktafon?"

„Meines. In der Zelle. Ich erzähle ihm meine Lebensgeschichte und irgendwann wird die Wahrheit daraus abgeschrieben. Für die Zeit nach meiner Freilassung."

„Hmm“, er kratzte sich am Kinn. „Welche Wahrheit meinen Sie, Herr Möser.“

Ich drehte mich nach ihm um: „Die Wahrheit darüber, dass Gerhard Möser vom Paulus zum Saulus geworden ist, wenn sie so wollen. Verstehen sie das?“

Er nickt bedächtig: „Ja, ja, schon. Ich habe nur kurz gedacht, sie hätten vielleicht etwas zu erzählen, was ich noch nicht weiß. Über einen bisher unbekannten Komplizen, oder so. Einen Drahtzieher hinter den Kulissen.“

„Mein Drahtzieher war ich“, sagte ich, der Drahtzieher, und flüchtete wieder in meine Zelle.

*3. November 1992, 8.00 Uhr.*

„Hochzeit mit Nancy am 1. September 1990 in Graz“, sprach ich aufs Band. „Sie sah hinreißend aus: weißes Seidenkleid, darüber einen dünnen weißen Mantel und in der Hand einen aus Straußenfedern gesteckten Brautstrauß. Ich war auf Kokain wie selten zuvor, hatte längst in jeder Stadt meines unsteten Lebens einen Dealer. Miami, Monaco, Kitzbühel, Graz. Überall gab es die Verkäufer des kurzen Glücks, wenn man ein guter Kunde war, stellten sie frei Haus zu. Persönlich.

Dann Venedig, die Hochzeitsreise: Schon wieder weit über die Verhältnisse gelebt, mit dieser Suite im „Danieli“. Auch sonst keine billige Aktion: Jeden Abend in „Harry's Bar“, am Tag irgendwo rund um Rialto, dort wo ein Kaffee noch mehr kosten durfte als in Monaco.

Und am Ende die Hirnhautentzündung, ausgelöst durch das Dauerbombardement mittels Kokain, die Heimkehr nach Graz.

„Grippe“, sagte der Notarzt im LKH teilnahmslos. Ich hatte zeitlebens noch nie eine wirkliche Grippe gehabt und wusste, was dahinter steckte. Die Wahrheit erkannte ein befreundeter Arzt, der sofort eine Punktierung des Rückenmarks durchführte.

Die Folge: Einweisung in eine Privatklinik, abgedunkelter Raum, täglich Infusionen. Und ein bißchen gemäßigten Sex mit Nancy, die bei mir im Zimmer übernachten konnte.

Es war schon wieder Herbst in meinem rasend schnellen Leben, als wir nach Monaco zurückkehrten. Nancy schaffte es noch einmal, mich zu motivieren. Für welche Zwecke auch immer, jedenfalls aber für ihre.

„Komm', wir verkaufen das Lokal, lösen hier alles auf, gehen nach Miami. Dort kennt Dich keiner, dort kannst du neu anfangen. Wie wärs mit einem Fischrestaurant?"

„Uhh, Fisch", geiferte ich, „da hast du pro Jahr zehnmal die Lebensmittelbehörden am Hals.

„Okay, nicht Fisch. Dann Fleisch", meinte sie. „Du bist ein guter Koch."

„Ich war ein guter Koch, bevor du mich eingekocht hast", meckerte ich und wir lachten dann doch.

Es wurde nichts aus unserem Gespräch, weder Fisch noch Fleisch, bestenfalls Kartoffel. Und ein Streit, an dessen Ende sie wieder einmal wutentbrannt das Hotelzimmer verließ, um in Richtung Miami zu fliegen.

Spruchgemäß, wie die Juristen sagen würden, ging ich ins Casino und gewann: 100.000 Franc.

„Take the money and run", sagte ich zu meinem Band. Und dann: „Ich leerte mein Schließfach in Monaco, holte den ganzen Schmuck heraus, deponierte ihn im Hotel."

Am nächsten Abend traf ich einen alten Bekannten, der sich schon seit längerer Zeit für das ‚Café Mozart' interessiert hatte. Wir dealten die Ablöse, „das Geld", sagte er, „ist morgen auf deinem Konto."

„So schnell", dachte ich damals und jetzt in meiner Zelle, „kann eine Karriere zu Ende sein."

*14.00 Uhr.*

Es war kalt in meinem Haftraum. Die Heizung funktionierte nicht richtig, die graue Gefängnisdecke hatte

Wärmefaktor Null. Von draußen, wenn ich das Fenster öffnete, roch es nach nassem Laub und einer Brise Winter. Mich fröstelte bei dem Gedanken an den Prozess. Die Erinnerungen, zuvor eine Art Wärmequelle, waren jetzt auch nur mehr kalter Tand. Aber ich musste fertig werden.

Also sprach ich: „Ich packte den ganze Krempel in meinen Wagen und fuhr nach Wien. Bei meiner Schwester würde ich schon wohnen können, bis ich irgendwas gefunden hätte, womit ich Nancy eventuell unter die Augen treten könnte.

„Sie können morgen einziehen, Herr Möser“, hatte der Makler tags darauf gemeint. Wir standen vor einer opulenten Jugendstil-Villa am Stadtrand von Wien, ein absolutes Schmuckstück. Die untere Etage stand zur Vermietung an, ich zahlte an und hatte das trügerische Gefühl, wieder ein bisschen wer zu sein.

Drei Tage später, ich saß schon zwischen ungeöffneten Transportkisten herum, kam meine Mutter auf Besuch: „Gerhard, was hast du getrieben, wo sind deine ganzen Reichtümer, deine Cafés, deine Firma in Monaco?“

Was sagt man einer Mutter in einer solchen Situation? Vielleicht: „Weißt du, Mama, ich will wieder ein geordnetes Leben führen, einen Neustart probieren.“

Natürlich wusste meine Mutter um die seltsame Chronik meiner letzten Monate und Jahre Bescheid: Ehe am Ende, Geschäft kaputt, neue Heirat. Aber sie war eine kluge Frau und logischerweise gefiel ihr nichts von dem, was ich in jüngster Zeit verbockt hatte.“

„Wieso hast du so starre Augen, warum redest du soviel, Gerhard?“

Ich konnte ihr natürlich nicht sagen, dass ich mich mittlerweile ausschließlich von Kokain ernährte, ganz zu schweigen von der Gehirnhautentzündung.

Ich sagte nur: „Mutter, mach' dir keine Sorgen, es wird schon alles wieder.“ Und ich hatte gelogen, wie man nur lügen kann.

Ich hatte eben das Telefon installiert, als Nancy in meiner Villenetage anrief: „Hallo Gerhard. Ich brauche 10.000 Dollar. Sonst lassen mich meine Gläubiger hier nicht weg. Ich will zurück zu dir, aber die wollen ihre Kohle haben."

„Wer sind die?"

Funkstille am anderen Ende der Leitung. Dann: „Freunde, die mir Geld geborgt haben. Deine AmEx ist nämlich nicht mehr gedeckt. Wertloses Plastik."

Es war kurz vor Weihnachten und gemeinhin tut man da Sachen der Mildtätigkeit, die einem sonst nicht in den Kopf kämen: Ich schickte die 10.000 Dollar per Geldanweisung nach Miami. Als Sicherstellung für eine Liebe, der ich längst entkommen hätte müssen.

Am 24. Dezember stieg ein Engel auf Erden herab, konkret am Boden des Wiener Flughafens. Nancy, wieder da, ich, wieder dort. Sie in einem schwarzen Nerz, der wahrscheinlich der Grund für die Sprengung meiner Kreditkarte gewesen war.

Daheim, unter dem Christbaum, dann die süchtige Offenbarung: Nancy packte eine Monatsration Crack-Kokain aus: „Ich zeig' dir, wie man das Zeug nimmt. Es ist viel weniger schädlich für dein geplagtes Hirn als normales Kokain. Der letzte Renner in Miami."

Jetzt wusste ich, wofür sie die 10.000 Dollar verblasen hatte.

*17.00 Uhr.*

Draußen vor der Zelle fiel der erste Schnee.

„Schnee", sagte ich ins Diktafon, „Schnee war das Einzige, das mir im tiefen Winter meiner Existenz geblieben war. Nancy nützte meine Villenetage ausschließlich zum Zweck der Drogeneinnahme, verschwand tagsüber zu einem Deutschkurs der Sprachschule „Berlitz" und ich wollte gar nicht mehr nachprüfen, ob sie dort tatsächlich auch auftauchte. In der Nacht manchmal noch Sex, kürzer, weniger heftig als früher, irgendwie eine matte Kopie des glänzenden Originals aus den ersten monegassischen Nächten mit ihr.

Ich tat auf Geschäftsmann, wollte ein Feriendorf für Kinder in der Steiermark hochziehen.

„Weißt du was?“, hatte ein alter Fuchs aus frühen Grazer Tagen einmal zu mir gesagt: „Du musst immer so tun, als würdest du Geschäfte treiben. Weil, solange du im Business bist, kriegst du von irgendwo her Kredite.“

Also tat ich wie geheißen, schrieb Konzepte, bekam von irgendwo her noch ein bisschen Geld und verzögerte damit doch nur meinen Untergang um ein paar wenige Augenblicke.

Ich hielt ein wenig inne, in meiner Zelle, vor dem furiosen Finale. Und es war, als spürte ich den Schlag nocheinmal, der mich getroffen hatte, als ich eines Tages von sinnlosen Geschäftsverhandlungen nach Hause kam.

Ich schob das Mikro des Diktafons knapp an meine Lippen und protokollierte posthum den Horror: „Der 26. April 1991 war ein nebliger Frühlingstag. Vollgepumpt mit Kokain, seit Tagen nichts geschlafen, hatte ich im Wiener Nobelhotel ‚Sacher‘ einen möglichen Geschäftspartner für mein Feriendorf getroffen. Zu Hause angelangt, traf mich dann das Schicksal. Alles war plötzlich weg: der Schmuck, die Nerze, mein geliebter Bonsai, alle Bilder. Dann plötzlich fing das Fax zu surren an, wenigstens das war noch da. Es steckte mir seine Zunge in Form eines blöden Blatt Papiers entgegen. Darauf stand: ‚Es ist vorbei. Ich habe den Mercedes genommen und 500.000 Schilling. Bye, Nancy.“

War das die Apokalypse, fragte ich mich? Der immer geträumte Alptraum in meinem kokaingeschwängerten Halbschlaf. Er dürfte es gewesen sein, wie ich später von meinem Anwalt erfahren musste.

Der seriöse Herr, nebstbei auch ein Scheidungsexperte, eröffnete mir die Rechtslage: „Sie sind mit dieser Frau verheiratet, Herr Möser.“ Ich nickte. „Sie hat einen Schlüssel zur gemeinsamen Wohnung.“

„Genau, so ist es", bestätigte ich.

„Dann können sie keinen Einbruch geltend machen, wenn sie die Möbel, das Geld und den Mercedes mitnimmt. Das Ganze ist bestenfalls eine Entwendung."

Ich tobte und sprang wie ein Rumpelstilzchen in der Kanzlei des Advokaten herum: „Wunderbar. Ich muss mich also von meiner Frau bestehlen und mir das auch noch gefallen lassen."

Der Anwalt kräuselte mitleidsvoll seine Stirn: „So in etwa ist das, Herr Möser. Für die Rechtslage in diesem Land bin ich nicht verantwortlich."

„War das alles?", dachte ich und nahm das Mikro vom Mund.

„Nicht ganz." Ich warf das Gerät wieder an. „Gerhard Möser war sogar im Angesicht der finalen Katastrophe ein Mann mit letzten Reserven. Er ging zu den Nachbarn, einer englischen Familie, Diplomaten oder so. Mit denen hatte Nancy immer wieder über den Gartenzaun gesprochen, öfters saß sie sogar drüben beim Tee. Ich also rüber zu den feinen britischen Nachbarn, läute an und bekomme das Unerhörte zu hören: „Ja, Nancy war bei uns und hat gebeten, ob sie ein paar Möbel in unseren Keller stellen darf. Wir haben uns wirklich nichts dabei gedacht, Sorry, Mister Möser."

So sah das Ende also aus: Gerhard Möser, mit vom Kokain gejagtem Herzen, schleppt die Möbel aus dem Keller der Briten wieder in sein Haus, lässt den Schlüsseldienst kommen und ein neues Schloss montieren.

„Ham 'S an Einbruch g'habt?" fragte mich der Schlosser.

„Beinahe", sagte ich und wurde blöd angeschaut.

*6. November 1992, 7.00 Uhr*

Die Kälte der Zelle hatte mich früh aus dem Schlaf geholt. Ich nahm einen Brief von Nina zu mir ins Bett, der mir schon am Vortag gebracht worden war. Meine Tochter war in ein Alter gekommen, wo man, wie so schön gesagt wird, über das Vergangene reflektiert. Also las ich ihre Fragen, die mich hilflos machten: „Wie haben wir eigentlich in Monaco gelebt? Wie war das bei uns? Waren wir reich? Du hast ja so viele Autos gehabt."

Meine Tränendrüsen starteten.

„Hattest Du schon soviel Geld, als wir nach Frankreich fuhren? Wenn nicht, wie konntest Du Dir alles aufbauen? Wer hat Dir dabei geholfen?"

Es wurde ernst. Ich kramte nach meinen Papiertaschentüchern und konnte nicht von den Zeilen lassen.

„Warum hast Du Dich von Ma scheiden lassen? Warum sind Deine Cafés nicht mehr Deine?"

Der Heulkrampf brach los. Ich schaffte gerade noch die letzte Zeile: „Jetzt weiß ich wirklich nicht mehr, was ich schreiben soll. Außer, dass ich Dich lieb hab."

Es dauerte bis lange nach dem Frühstück, um wieder in eine normale Verfassung zu geraten. Von draußen hörte ich das unentwegte Schaben der Schneeschaufeln im Gefängnishof. Man konnte sich freiwillig dafür melden und bekam nebbiche fünfzig Groschen pro Stunde.

Ich hatte es bislang immer vorgezogen, in der Zelle zu bleiben. Und meine, mittlerweile schon ziemlich kautzigen Selbstgespräche zu führen: „Du wirst schon noch ins Verdienen kommen, Möser, das war schon immer so."

Ich wandte mich wieder meinem Diktafon zu. Wie sollte ich dieses Kapitel nun nennen: „Das Ende?" Oder: „Abstieg in die Hölle?" Ich entschied mich dafür, an den Tatsachen zu bleiben, warf das Band an und sagte: „Die Entführung."

*

## Die Entführung

*10. November 1992, 5.00 Uhr.*

„Ich war am Ende meiner langen Reise angelangt“, sagte ich in der Morgendämmerung zu meinem Diktafon und wusste nicht genau, ob das nicht ein wenig zu kitschig klang. Wieder war ich, so wie in den jüngsten Tagen, früh wach gewesen, einfach nur geweckt durch die innere Uhr.

Mein Alarmsignal war: „Das Buch fertig kriegen, Möser. Das Buch fertig kriegen. Rechtzeitig vor dem Prozess.“

Schon standen die Journalisten Schlange, um die besten Plätze im großen Schwurgerichtssaal zu Klagenfurt, der, wie alle Schwurgerichtssäle der alten Welt eine katastrophale Akustik hatte, zu ergattern. Zumindest wenn ich Renner glauben durfte, der mich nun fast täglich besuchte.

Er sagte: „Sie müssen laut und deutlich sprechen, Herr Möser. Wenn der Richter sie nicht versteht, wird er ärgerlich. Und die Presseleute auch.“

Ich sagte: „Ich werde so laut sprechen wie ich kann und wie ich will. Das ist mein letztes verbliebenes Recht als Schwerkrimineller.“

Renner, so schien es mir, war zuletzt zusehends nervöser geworden. Er schlich nun nicht mehr um den Besuchstisch herum, sondern saß mir gegenüber: „Ich hab' das Gefühl, der Staatsanwalt will ein Exempel an ihnen statuieren. So irgendwie nach dem Motto: Entführung lohnt sich nicht. Erpressung schon gar nicht.“

„Zwölf Jahre“, sagte Renner, kann schon sein, dass sie zwölf, dreizehn Jahre kriegen. Zehn Jahre ist die Mindeststrafe für eine erpresserische Entführung. Zwanzig Jahre die Höchststrafe.“

Ich sah ihn geistesabwesend an: „Zwanzig Jahre?“

„Zwanzig Jahre“, wiederholte Renner und glotzte schicksalsschwanger: „Ein Viertel von einem ganzen Leben.“ Dann zog er die Mundwinkel nach oben: „Aber wir werden drunterbleiben, Herr Möser. Das kann ich ihnen ziemlich sicher versprechen.“

Das war gestern gewesen und mit der unendlichen Güte dieser Aussage lag ich nun in meinem Bett.

Das Diktafon begann zu Rauschen und ich zu Sprechen: „Meine Banken hatten alle Kredite fällig gestellt, damals im Sommer 1991. Ich kündigte den Mietvertrag, stellte meine Möbel in ein Lager und war ab diesem Augenblick nur mehr ‚on the road‘. Wahrscheinlich war die Anzeige schon da, der Haftbefehl würde nicht lange auf sich warten lassen. Ich zog von Hotel zu Hotel, wie ein verbrecherischer Nomade. Und hinterließ neue Schulden.“

Wie las sich das in der Anklageschrift doch gleich: „In der Folge begab sich Möser nach Baden bei Wien, und nahm dort im Superior-Hotel Quartier. Aus diesem Aufenthalt entstanden Schulden in der Höhe von 100.000 Schilling.“

Natürlich war es ein bisschen anders, aber nur in meiner schöngefärbten Version: Ich kannte den Chef des Hotels aus besseren Zeiten in Graz und so konnte ich auf Kredit wohnen, von dem ich wusste, dass ich ihn zurückzahlen würde können. Außerdem machte immer noch Eindruck, wenn ich mit meinem 300 SL vorfuhr, drei riesige Louis-Vuitton-Schalenkoffer rauswuchten ließ und im Maßanzug vor der Rezeption auftauchte.

„Gerhard, du Windhund, wo sind wir denn schon wieder unterwegs“, hatte der Chef zu mir gesagt.

„Im Elend“, hätte ich sagen müsssen, aber ich sagte: „Bin dabei, ein neues Geschäft aufzubauen. Ein ganz dickes Ding im Gastgewerbe, da ist derzeit das meiste Geld zu verdienen.“

Er lachte irgendwie so, als wüsste er, dass ich auf der Flucht vor den Schulden meiner Vergangeheit war.

Ich vertrödelte einen Monat in Baden, mehr auf der Suche nach Kokain als auf der nach einem neuen Job. Beim Auschecken ging alles gut. Dem Chef genügte der Hinweis: „Schickt's die Rechnung an meine Adresse in Monaco. Weißt eh, wegen der Steuer."

„Ich musste weg", sagte ich jetzt wieder in meinem Gefangenenzimmer ins Mikro, „am Besten weg aus Österreich. Teufelsbach war mir in den Kopf gekommen, der Autohändler aus München. Nicht die beste Adresse für meine Zukunft, aber eine bessere als jede andere in Österreich."

Ich schaltete das Gerät ab. Plötzlich war mir bewusst, dass ich den konkreten Zeitablauf mit dem Kokain aus meinem Gedächtnis verblasen hatte. Was stand in der Anklageschrift? Ich blätterte auf Seite fünf und las: „Teufelsbach bot Möser an, in seiner Wohnung in München zu bleiben, was er auch bis Mitte September 1991 tat. In München beschaffte er sich dadurch Bargeld, dass er verschiedene Gegenstände aus seinem persönlichen Besitz verkaufte oder im Dorotheum belehnte."

Genau, das war es gewesen: Ich hatte den Kofferraum meines Mercedes voll mit Nancys Klunker, gefährlich ohnehin. Ein Autoeinbruch und der ganze Krempel, mein letztes Kapital, wäre dahin gewesen. Mein persönliches mobiles Schließfach, sozusagen.

„München war auch kein schlechter Boden für Crack-Kokain: Es wuchs damals sozusagen in jeder Diskothek aus dem Boden, die Beschaffung war ein Kinderspiel.

Bei den Teufelsbachs hatte ich auch kein schlechtes Leben: Moderne Villa in Bogenhausen, Typ neureich, unterkellert für eine Garage gleichen Ausmaßes, in der allerhand Sportgeräte standen. Vor allem jener BMW-Tourenwagen, den sich Teufelsbach auf eigene Kosten entwickeln und designen hat lassen. In seiner kindlichen Naivität glaubte er damals, damit jedes Rennen gewinnen zu können. Das dem ohnehin nicht so war, erzählte er mir dann bei einem Abendessen im „Café-Wien".

Er war ein kleiner unauffälliger Mann mit einem Spitzbauch, der sein Geld in den Zeiten vor dem Fall des Eisernen Vorhangs damit verdiente, indem er containerweise gebrauchte Honda-Motoren aus Japan einkaufte, aufpolierte und dann nach Ungarn exportierte.

Jetzt saß er da, im „Café Wien", mit seinem seltsamen Spitzbauch und grübelte über seine miese monetäre Situation: „Gerhard, mir geht der Arsch auf Grundeis. Ich steh' finanziell mit dem Rücken zur Wand."

„Gleiches Schicksal", dachte ich und irgendwie waren wir Brüder im Geiste.

„Ich brauche dringend frisches Geld", setzte er fort, „für ein neues Geschäft in Ungarn."

Diesmal wollte er Immobilien kaufen, die seiner Meinung nach in wenigen Jahren ihren Wert verdoppelt haben würden: „Wenn unsere Leute einmal ungehindert in Ungarn investieren können, wird dort ein wahrer Immo-Boom losbrechen." Er schnalzte mit der Zunge.

Ich sagte: „Gute Idee, aber woher das Geld nehmen?"

Da beugte er sich über seinen Bauch zu mir herüber und sah mich verschwörerisch an: „Es gibt da einen schwerreichen Industriellen in Deutschland. Der hat einen Schwager, der bei euch in Österreich lebt. In Kärnten."

Ich grübelte: Schwerreicher Industrieller, Schwager in Kärnten. Was wollte er?

Dann bestellte Teufelsbach zwei Gläser Champagner und sagt nur: „Flick, Friedrich Karl Flick". Er schob mir einen Zeitungsausschnitt über den Tisch. Unter dem Foto eines kreuzbrav aussehenden Mannes um die Dreißig stand der Titel: „Der Schwager ist ein Monteur."

Ich las nur den fett gedruckten Text. Er sollte als Information genügen: „Eigentlich unglaublich: Der Schwager des großen Friedrich Karl Flick, Bruder von Ingrid Flick, lebt als kleiner Monteur im österreichischen Bad St. Leonhard und verdient sein Geld mit dem Schraubenschlüssel."

„Zehn Millionen. Deutschmark, versteht sich. Nicht eure doofen Schillinge." Er grinste.

„Entführen?" Mir trat der Schweiß auf die Stirn. „Du willst ihn entführen und den alten Flick erpressen?"

„Bingo, Gerhard. Kluges Kind." Er nahm einen kräftigen Schluck vom Champagner. „Wir nehmen uns ordentlich was runter von der Kohle und den Rest buttern wir in Ungarn in Immobilien."

„Oder wir sitzen zehn Jahre in Haft", entgegnete ich.

„Lahmarsch", donnerte Teufelsbach. „Den kidnappen wir mit links. Der wohnt irgendwo in der Einschicht und fährt jeden Tag mit seinem bescheuerten Montagwagen in der Gegend herum. Lies den Artikel, Gerhard, da steht alles haarklein drinnen."

Ich kippte das Glas Champagner hinunter, Teufelsbach bestellte Nachschub: „Und wer soll das Ding schaukeln?"

„Mal sehen", grinste er. „Fahr' mal runter und schau dir an, wie das dort aussieht. Überleg' Dir, ob du Helfer brauchst. Lass dir Zeit, denk drüber nach."

In Wirklichkeit hatte ich nicht viel zu überlegen. In Monaco war alles verloren, in Österreich hatten sie mich auch schon am Kragen. Andrerseits: Eine Entführung, einfach so, nur um zu Geld zu kommen? Eine irre Vorstellung. So irre, dass ich mich schon in den nächsten Tagen damit anfreunden musste.

Und Teufelsbach sprühte weiterhin vor Energie: „Ich dirigiere per Telefon die Lösegeldübergabe, du fährst den Idioten in einem Wagen kreuz und quer durch Österreich. Bis wir ihn freilassen. Dem wird kein Härchen gekrümmt."

Wir saßen am offenen Kamin seiner Villa, in dem ein opulentes Feuer züngelte und tranken Scotch. Gemeinsam mit dem Kokain, das ich mir mittlerweile auch schon tagsüber einzog, eine betäubende Mischung.

„Und die gesamte Kriminalpolizei hinter mir her." Ich sah ihn bedeutungsschwanger an: „Die sind auch nicht auf der Nudelsuppe dahergeschwommen."

„Pah". Er lachte auf: „Österreichische Polizei. Die können doch nicht einmal einem Panzerknacker das Brecheisen abnehmen."

Ich schüttelte den Kopf: „Da kommt nicht die Polizei. Da kommt die Cobra. Spezialeinheit. Innenministerium. Das sind fixe Burschen."

Teufelsbach ließ den Eiswürfel in seinem Whiskeyglas scheppern: „Die werden nichts unternehmen, solange wir das Geld nicht haben. Erst dann wirds gefährlich."

Ich stellte das Band ab. So war das alles mit der Scheiße, in der ich mich damals befunden hatte. „Nein", sagte ich damals zu mir, „nein, Gerhard Möser, du wirst kein Schwerverbrecher. Vielleicht ein kleiner Abzocker mit windigen Geschäften. Aber sicher kein Schwerverbrecher. das war nicht mein Stil. Noch nicht."

*14.00 Uhr.*

Irgendwie kam mir jetzt in meiner Zelle die Situation von damals völlig unglaublich vor. Wie war ich soweit gekommen. War es ausschließlich Nancy, die mich in den finanziellen und psychischen Ruin getrieben hatte? Diese Puppenspielerin, die zum Zeitpunkt meiner armseligen Münchner Tage wahrscheinlich schon wieder in Miami im Geld badete?

Ich warf das Diktafon wieder an. Also dann: „Teufelsbach hatte Gäste in seiner Villa und ich musste ausziehen. Jeden Abend fuhr ich auf einen abgelegenen Parkplatz am Stadtrand von München und kauerte mich im Fonds des Mercedes für einen kurzen, oberflächlichen Kokain-Schlaf zusammen. Ein paar Tage später beschloss ich, zu versuchen, mit dem Auto in den Tod zu fahren.

Was hatte der Psychiater befundiert, im Sommer, als Nancy zum letzten Mal das Haus verlassen hatte? „Beim Patienten konnte im Rahmen einer internen Begutachtung ein schweres reaktives Depressionsbild mit funktioneller cardialer Mitbeteiligung sowie ausgeprägter psychovegetativer Symptomatik festgestellt werden."

Reif für den Selbstmord, hieß das wohl und ich gestattete mir die Probe aufs Exempel: Außerhalb von München, auf der Bundesstraße Richtung Chiemsee, schien mir die Lage günstig. „Einfach mit 200 über die Böschung", dachte ich mir, „das müsste doch genügen."

Zwei Mal trieb ich den Wagen auf 200 Stundenkilometer hoch, zwei Mal verließ mich der Mut. Oder die Verzweiflung, wie man will. Die Bilder von Christiane und den Kindern schossen mir durch den Kopf. Nancy und die vage Hoffnung, sie könnte vielleicht doch wieder zurückkehren.

Beim dritten Mal funktionierte es: Der Mercedes hob auf der Böschung ab wie ein Düsenjet, flog fünfzig Meter durch die Luft, landete und überschlug sich zweimal. Dann war es still um mich herum. „War das schon die Unterwelt", in die mich Gott zur Strafe geschickt hatte?

Ein paar Minuten später erwachte ich aus der Bewusstlosigkeit und hatte außer ein paar blauen Flecken nichts zu beklagen. „Möser", sagte ich damals zu mir, „du bist nicht einmal imstande, dich umzubringen."

Ich verkaufte das Wrack um 1500 Mark. „Schrottwert", sagte der Händler. Eine Woche später stand es auf seinem Platz wieder zum Verkauf an: Für 10.000 Mark. „Neuwertig, Alufelgen, Klimaanlage, Garagengepflegt", stand auf dem Preisschild.

Ich hingegegen kaufte mir für die 1500 Mark eine ordentliche Ration Crack-Kokain und mit dem Rest mietete ich ein billiges Hotelzimmer.

Ein paar Tage später der zweite Versuch, aus meinem völlig verkorksten Leben auszuscheiden: In meiner „Reiseapotheke" war noch eine Schachtel mit Schlaftabletten gebunkert. Früher, für die Fälle, wo ich trotz Kokain in einen kurzen Schlaf fallen wollte. Nun für den Zweck, mich damit um die Ecke zu bringen. Ich rauchte eine Tagesration Crack-Kokain auf einmal und schluckte dann zwanzig Tabletten. Als ich in meine Matratze kippte, dachte ich noch: „Ich hätte Christiane einen Abschiedsbrief schreiben sollen.“

Die Betreiber des Hotels hatten mich, glücklicherweise ohne Anzeige zu erstatten, in ein Spital bringen lassen. Dort beugte sich ein Arzt über mich: „Sie können von Glück reden, dass sie noch leben, Herr Möser.“

„Von Pech kann ich reden“, dachte ich bei mir.

15. November 1992, 8.00 Uhr.

Ich musste schnell machen, um die Geschichte meiner Entführung noch vor dem Prozess zu dokumentieren.

„Am 24. November geht's los“, hatte Renner gestern bei seinem Besuch gemeint. „Neun Uhr, Herr Möser. Die Presse ist schon in hellster Aufregung. Jeden Tag rufen die Journalisten bei mir an und wollen Interviews.“

„Die sollen schreiben, was ich beim Prozess sage“, konterte ich. Und dann: „Und mein Buch lesen, später, wenn alles vorbei ist.“

„Ihr Buch?“ Er hörte offenbar zum ersten Mal von der Idee, die „Entführung aus Liebe“ zu Papier zu bringen.

„Genau, mein Buch“, sagte ich und setzte nach: „Die Verhandlung ist für fünf Tage anberaumt. Glauben sie im Ernst, dass ich da wirklich alles erzählen kann, was passiert ist, in meinem beschissenen Leben?“

„Nein, aber das, was die Geschworenen hören müssen, um zu einem Urteil zu kommen.“

„Eben“, warf ich ein. „Das ist eindeutig zu wenig.“

In der Zelle war das Licht mittlerweile den ganzen Tag an. Sie lag im ersten Stock, nordseitig, dunkel wie ein Besenkammerl. Christiane sagte bei ihren Besuchen immer: „Geh doch in den Hof, Gerhard. Da bekommst du wenigstens ein bisschen Frischluft ab.“

Ich zog die Dämmernis meiner Zelle vor. Sie passte perfekt zum letzten Kapitel meiner Geschichte, das nun mein Band zu hören bekam:

„Alexander Teufelsbach half mir aus der Patsche. Ich konnte Autos überstellen für ihn: München-Hamburg, München-Köln, München-Stuttgart. Mercedes, BMWs, Porsches. An und für sich ein Studentenjob, für mich eine komfortable Notlösung. Lange Fahrten im Auto, Kost und Logis gratis, Übernachtungen in Hotels, die ich mir sonst nicht mehr leisten hätte können."

Irgendwann fing Teufelsbach dann wieder an, über die „Entführung" zu reden: „Fahr zu Dir nach Hause. Schau dir an, wie das Ding zu schaukeln ist. Dafür kann dich kein Mensch bestrafen. Das ist noch kein Verbrechen."

Es war mittlerweile Anfang Dezember, grimmig kalt in Deutschland, in Österreich wohl noch mehr. Ich stieg in München in den Zug, zum ersten Mal seit meiner Zeit als Lehrling und fuhr zurück nach Graz. Zuvor hatte ich noch Christiane angerufen. Ich musste bei ihr Wohnen, ich brauchte ihren Wagen, den Ford mit monegassischem Kennzeichen. Ich musste mobil sein.

Sie sagte: „Gerhard, was ist los mit dir? Warum meldest du dich nicht mehr?"

Ich musste bei der Wahrheit bleiben. Verschwieg allerdings, dass es sich um eine kriminelle Wahrheit handelte: „Ich hab' kein Geld mehr und muss auf einen neuen Job warten. Kann ich bis dahin bei euch wohnen?"

Sie hatte wieder ihre sanfte Stimme: „Du kannst immer bei uns wohnen. Wir sind deine Familie."

Dann fragte ich noch: „War die Polizei bei dir?"

Sie zerstreute meine Befürchtungen: „Nein, es kommen nur ständig eingeschriebene Briefe vom Gericht in Graz. Die wollen Dich wegen irgendeiner ausständigen Zahlung befragen."

„Haftbefehl?" fragte ich zaghaft.

„Spinnst du, Gerhard? Warum sollen die dich verhaften wollen?"

„Wegen", zögerte ich „wegen gar nichts. War nur so ein Scherz am Rande."

Ich war also wieder bei meiner Familie. Schneeballschlachten mit Nina und Sven, das unendliche Glück der Kinder genießen, darüber, dass ihr Vater wieder daheim war. Dass er zum Verbrecher wurde, konnten sie nicht ahnen.

Irgendwann Mitte Dezember nahm ich Christianes Wagen und fuhr nach Bad St. Leonhard. „Idiotisch", dachte ich mir auf der Strecke „mit einem monegassischen Kennzeichen in diesem Kaff herumkurven. Einfach idiotisch."

Es war ein idyllischer Ort, eingebettet in eine postkartenähnliche Hügellandschaft, viel zu schön für ein Verbrechen. An einer Tankstelle holte ich mir Informationen. „Das Haus vom Herrn Ragger suchen sie?" Der Tankwart kräuselte die Stirn und deutete die Bundesstraße entlang: „Durch den Ort durch, ganz nach hinten, Kalchberg Nummer 40 ist die Adresse."

Ich fahre also weiter, bis auf eine Anhöhe. Tatsächlich: Unten in einer Senke liegt Raggers Haus, als einziges weit und breit. Eine bescheidene Hütte, Garten drumherum, Doppelgarage. „Gut einsehbar", murmelte ich auf meinem Beobachterposten. Und: Die Straße, welche zum Haus führte, war gerade breit genug für ein Fahrzeug. „Keine schlechten Bedingungen für ein Kidnapping."

Wieder zu Hause bei der Familie läutete das Telefon. Teufelsbach war dran. Glücklicherweise war Christiane zum Einkaufen gegangen, die Kinder noch in der Schule. Ich war allein mit meinem Verbrechensplan.

Teufelsbach hatte eine gehetzte Stimme: „Und? Wie ist die Lage dort unten?"

„Nicht schlecht. Aber ich brauche Komplizen. Ich kann den Typen nicht fesseln, ein Auto steuern und wegen dem Lösegeld telefonieren."

„Das mit dem Lösegeld erledige ich", trompetete Teufelsbach. „Hol' dir zwei Yugos von irgendwo her. Die machen doch alles für eine paar tausend Schilling."

„Zwei Jugos“, wiederholte ich, nachdem ich aufgelegt hatte. „Woher nehmen?“

Schon am nächsten Tag fuhr ich zum Grazer Hauptbahnhof. Seit der Balkan-Krise kamen diese Typen zu Hunderten dort an, lungerten herum, brauchten dringend Arbeit. Sie sahen alle gleich aus: Graue, schmutzige Windjacken, zerbeulte Hosen, Schnauzbärte.

Ich ging auf eine Gruppe zu. Fünf Männer, jeder von ihnen hielt eine Flasche „Gösser-Bier“ in der Hand, alle stanken wie hundert Iltise. Ich wandte mich jenem Mann zu, der verhältnismäßig am gepflegtesten schien: „Willst einen Job. Gut Geld verdienen für wenig Arbeit?“

Er machte Anstalten, sofort mitzukommen, sagte aber dann noch: „Brauchst du Kollega auch?“

„Okay, Kollega“, sagte ich und mein gekeilter Jugo deutete einem weiteren Mann, mitzukommen.

„Ich muss einen Mann über die Grenze bringen. Nach Slowenien. In einem Kastenwagen.“ Wir saßen zu dritt im Bahnhofscafé, ich hatte zwei Flaschen „Gösser“ bestellt und die beiden sahen mich ungläubig an.

„Verstecken?“ fragte der eine, der Dragan hieß.

„Nix verstecken“, antwortete ich: „Mitnehmen, der wird sich vielleicht sogar wehren.“

„Gute Mann oder böse Mann“, orakelte Dragan, der wenigstens halbwegs Deutsch sprach. Während sein „Kollega“, er hieß Marko Tomič, kein Wort herausbrachte.

Ich musste sie zumindest ein bisschen auf die Wahrheit vorbereiten: „Gute Mann, ja. Aber nur gut für uns. Wir kriegen Geld für den Transport. Viel Geld.“

Ich machte eine kurze Kunstpause. Und dann: „300.000 Deutschmark, für jeden von euch.“

In dem Moment schien ihnen klar, dass da ein dickes Ding am Laufen war. Sie sahen sich an wie zwei Kühe auf der Weide. Dragan sagte: „Muss mit Kollega reden.“

Fünf Minuten waren die beiden um die Ecke verschwunden und ich dachte schon, sie wären abgehaut.

„Okay Boss, ich mache das". Milosevic war alleine wieder zurückgekommen.

„Und Kollega?" fragte ich.

„Macht auch mit. Muss nur auf Klo. Zuviele Bier." Er grinste. „Wann geht los?"

„Morgen", sagte ich und versprach Dragan, beide um acht Uhr vom Bahnhof abzuholen.

„Das Verbrechen hatte begonnen, ich stand schon halb in der kriminellen Falle."

*13.00 Uhr.*

Christiane ist gekommen, um mir die bereits besprochenen Bänder abzunehmen.

„Ich werde das für Dich abtippen. Wenigstens weiß ich dann, was wirklich passiert ist."

Bei der Gelegenheit legte ich ihr nahe, die Kinder um Gottes Willen nicht in den Gerichtssaal mitzunehmen: „Ich will ihnen das ersparen. Sie würden einen Vater sehen, den sie nie wieder aus ihrem Gedächtnis löschen können."

Christiane beruhigte: „Ich hab' ohnehin nicht vorgehabt, sie mitzunehmen. Außerdem hat Nina einen fürchterlichen Schnupfen. Du weißt ja: Sie geht oft mit nassen Haaren aus dem Haus."

Ich liebte das Gespräch über alltägliche Belanglosigkeiten, es brachte mich über meine eigene Belanglosigkeit hinweg.

„Wir sehen uns im Gerichtssaal", sagte sie noch und jetzt war sie es, die mir einen Kuss auf die Stirn drückte. „Vorher werde ich keine Zeit mehr haben, um vorbeizukommen."

Wieder in der Zelle legte ich das letzte Band in das Diktafon und begab mich zurück zum 18. Dezember 1991:

„Ich war pünktlich am Hauptbahnhof, meine beiden präsumptiven Komplizen ebenfalls. Der eine, der nicht Deutsch konnte, Marko Tomič, hatte schon wieder eine Flasche „Gösser" in der Hand. Ich war auch nicht ohne

Drogen, hatte schon in aller früh eine riesige Portion Crack-Kokain geraucht.

Am Nachmittag davor war ich noch einmal mit Teufelsbach zusammengetroffen. Wir holten, wie geplant, den Entführungswagen, einen weißen Fiat-Kastenwagen, vom Autoverleih. Auf der Fahrt dorthin erläuterte mir Alexander noch einmal seinen irren Plan.

„Du kriegst meinen Wagen, den Range Rover, als zweites Auto. Du wirst es brauchen. Da ist ein Autotelefon drinnen. Mit dem kannst du mich auf der Westautobahn bis runter zum Wolfgangsee, anrufen."

Die Sache war klar: Er wollte sich aus der ganzen Aktion heraushalten, ich hatte die Drecksarbeit. Er wollte das Lösegeld übernehmen und damit in die Schweiz flüchten.

„Dort werden wir die Kohle waschen und dann nach Ungarn damit fahren. Du wirst sehen: Es wird wunderbar funktionieren. Dem Ragger wird kein Haar gekrümmt und wir werden reich."

In Salzburg-Kasern wollte er die zehn Millionen Mark übernehmen. Sagte er. Und dann: „Wenn wir das saubere Geld haben, sind wir gemachte Leute."

„Code F 40" sollte die ganze Aktion heißen. Als Kennung für unsere verschlüsselten Gespräche. Ich wusste, warum: Der Ferrari F 40 war unser beider Traumauto. Damals der schnellste straßentaugliche Serienwagen.

„Klingt gut", sagte ich, naiv wie ein Halbwüchsiger.

„Ist gut", sagte er und war verschwunden.

Es sollte ganz anders kommen. Aber das wusste keiner von uns zu diesem Zeitpunkt.

Danach hatte ich noch einmal Nancy angerufen, mit pochendem Herzen, das mir fast aus der Brust sprang. Ich hatte nur noch die Nummer ihrer Eltern und prompt hob sie dort ab.

„Schatz." Wieso sagte ich eigentlich Schatz zu ihr? „Schatz ich habe einen neuen Job, bei dem ich viel Geld verdienen kann. Millionen."

Sie hatte ihr Codewort gehört und war scheinbar hervorragend gelaunt: „Okay, du machts den Job, kommst zu mir und wir probieren es noch einmal miteinander."

Jetzt hüpfte mein Herz wirklich. Vor Freude. Und ich gab mir einen Ruck, um ihr die Wahrheit zu erzählen: „Baby, es ist eigentlich ein schmutziger Job. Eine Entführung. Aber ein bombensicheres Geschäft."

Stille am anderen Ende der Leitung. Nur kurz. Und dann: „Mach es. Aber sei vorsichtig. Wenn alles vorbei ist, ruf' mich im Meridian in Chicago an. Ich warte dann dort auf dich."

„Erstaunlich", dachte ich danach, „wie leicht man aus einem scheinbar leichten Mädchen eine Kriminelle machen kann. Eine Mitwisserin."

*22. November 8.00 Uhr.*

Ich war tagelang nicht zum Schreiben gekommen. Das Diktafon hatte seinen Geist aufgegeben, wenigstens ohne, dass sich das Band verheddert hatte. Ich musste auf Andreas' Papiere und seinen Bleistift zurückgreifen. Und ich brauchte Tage, um mich neu zu motivieren.

„Es ist ganz anders wenn man schreibt, als wenn man spricht", sagte ich zu Christiane, die doch noch einmal gekommen war. Eigentlich nur, um mir meinen Anzug für den Prozess vorbeizubringen: Nadelstreif, blau, eng geschnitten, Maßarbeit. Dazu ein weißes Hemd und eine braune gedeckte Krawatte.

„Wird dir gut stehen", hatte sie noch gesagt.

Übermorgen sollte schon der Prozess beginnen. Also beugte ich mich über den Stoß leerer Papiere, nahm den Bleistift zur Hand und begab mich ins Finale:

„Wir fuhren also zunächst einmal an den Stadtrand von Graz, wo ich Alexanders Range Rover abgestellt hatte. Im Wagen roch es schon nach Minuten nach Bier und kaltem Schweiß. Meine Komplizen fragten nicht viel, wenigstens das war eine Erleichterung der widrigen Umstände.

Kurz vor meinem Wechsel in den Range Rover wurde Dragan dann doch gesprächig: „Wir machen alles heute?"

„Nein, natürlich nicht. Wir fahren dorthin, schlafen eine Nacht in der Nähe und holen ihn uns morgen früh."

„Nema Problema", sagte Dragan zu seinem Landsmann und grinste. Es sollte sein letzter Lacher gewesen sein.

Endlich war ich dann allein in dem komfortablen Wagen. Ledersitze, Klimaanlage, kein Biergestank. Meine Komplizen fuhren in dem Kastenwagen hinter mir her. Dann der Stopp bei einer Tankstelle: Ich kaufte Proviant für uns und unsere Geisel. Müsliriegel, Orangensaft, Trockenfrüchte und Zigaretten für die Jugos. Sie rauchten unentwegt. Und dann noch: Ein Abschleppseil aus Kunststoff, mit dem wir Ragger fesseln wollten. Hinten im Laderaum des Kastenwagens mit dem Kennzeichen GU-9 CSF.

In Bad St. Leonhard fuhren wir an jene Stelle, wo wir Ragger am nächsten Morgen abpassen würden. „Der Feldherrenhügel", wie ich die Anhöhe schon bei der ersten „Besichtigung" genannt hatte. Kein Mensch weit und breit. Ich kommandierte die Jugoslawen ab, das Auto zu präparieren. Plastikfolien von innen über die Fenster des Laderaumes kleben, das Abschleppseil aufrollen und griffbereit hinlegen. Alles lief nach Plan.

Im Gasthaus „Geiger" nahmen wir dann unser letztes Abendmahl. „Plasphemisch", fügte ich jetzt in meiner Zelle dem Text in Klammer hinzu. Die Wirtsleute musterten uns wie Außerirdische. Und gaben mir dann trotzdem einen Wecker. Ich wollte verhindern, den wichtigsten Termin meines Lebens zu versäumen. So würde ich aus meinem Halbschlaf hochschrecken und die beiden schnarchenden Jugos wecken können. Wir gingen früh schlafen, so um zehn Uhr. Es sollte mein letzter Schlaf für 48 Stunden gewesen sein.

Der Tag der Entführung begann für mich um fünf Uhr früh. Die Wirtsleute hatten ein kleines „Extra-Frühstuck" für uns vorbereitet: Kaffee, Tee, Semmeln und Marmelade. Ich hatte meine Komplizen geweckt. Die Jugos würgten ein paar Bissen hinunter, ich hatte längst wieder mein erstes Crack-Kokain geraucht und folgedessen Null Hunger.

„Sind wir am Abend fertig?“ brummelte Dragan.

„Wenn alles glatt läuft, schon“, antwortete ich und meine Stimme zitterte.

„Und wenn nix glatt?“

„Dann dauerts halt länger, vielleicht bis morgen Mittag.“ Ich versuchte, meine Unsicherheit zu verbergen.

Wir waren fertig. Meine Rolex, ich hatte sie immer noch, zeigte 6.05 Uhr. In genau einer halben Stunde, das wussten wir, würde Ragger des Weges kommen.

Auf den paar hundert Metern zu unserem „Tatort“ saßen wir zu dritt im Auto. Schon wieder stank es fürchterlich. Marko kaute unablässig an einer erloschenen Zigarette. Wir hielten auf der Anhöhe, der Schnee war jungfräulich, keine einzige Reifenspur.

Ich schickte meine Helfer raus, um die Kennzeichen mit Schnee vollzupappen. Blieb drinnen und zählte die Sekundenschläge der ablaufenden Zeit. Zwanzig Minuten vergingen, so zäh und langsam wie nie in meinem schnellen Leben bisher.

Es war scheißkalt, mindestens zwanzig Grad minus, und ich fror am ganze Körper. Mit klammen Fingern legte ich mir eine Straße Kokain am Armaturenbrett des Wagens. Schon seit Tagen war ich mit Koks vollgepumpt. Jetzt konnte ich kein Crack mehr Rauchen, wäre zu kompliziert gewesen. Ich hatte gerade ein Nasenloch voll mit dem Gift, als Raggers Firmenwagen, ein weißer Opel, auftauchte.

Wie ausgemacht, lief Dragan dem Wagen entgegen und deutete wild gestikulierend eine Panne an. Hinten, beim offenen Laderaum, stand derweil Marko. Alles sollte schon vorbereitet sein: Das Seil zum Fesseln, irgendein Fetzen, den wir gefunden hatten und der als Augenbinde dienen sollte.

Dragan ging auf Raggers Wagen zu, der in ein paar Metern Abstand angehalten hatte: „Wir haben eine Panne", schrie er mit seinem Jugo-Akzent, sein heißer, schlechter Atem schoss stoßweise in die klirrend kalte Luft. Ich saß immer noch im Transporter und sah das Schauspiel erste Reihe fußfrei. Flicks Schwager machte genau den von uns erwarteten Fehler. Er kurbelte das Fenster runter, stieg dann aus, machte nur einen Schritt ins Verderben, ehe ihn Dragan wortlos am Kragen gepackt hatte. Zusätzlich fuchtelte er mit jenem Gasrevolver herum, den ich ihm kurz vorher zugesteckt hatte: „Mitkommen."

Ich stieg aus, um Raggers „Verwahrung" zu überprüfen. „Komisch", dachte ich mir damals, „er wehrt sich nicht einmal." Es stand die Angst in seinen Augen, das sah ich, mehr war nicht zu bemerken. Dragan fesselte ihn zuerst an einer Hand, zog dann das Seil durch den Spalt zwischen einem Holm im Laderaum und der Fahrzeugwand, verknüpfte dann die andere Hand mit der ersten.

Ragger setzte sich hin, so als liefe alles nach einem einstudierten Drehbuch ab, ließ sich auch noch die Augen verbinden.

„Warum schrie er nicht um Hilfe, warum strampfte er nicht mit den Beinen?" schoss es mir durch den Kopf.

„Egal", dachte ich. „Job erledigt, wir haben ihn."

Dann stapfte ich nach vor zu Raggers Wagen, dessen Motor immer noch lief. Dragan schloss derweil den Laderaum von innen, Marko wuchtete sich auf den Fahrersitz unseres fahrenden Gefängnisses. Im Konvoi fuhren wir zurück nach Bad St. Leonhard, zum Hauptplatz und ich sah unseren Kastenwagen im Rückspiegel. Das Ding schlingerte auf der glatten Fahrbahn bedenklich hin und her.

„Gibt es in Serbien eigentlich Schnee", grübelte ich. Was tun, wenn dieser Idiot den Wagen in den Graben stellt?

Es lief alles glatt, im doppelten Wortsinn. Ich tauschte am Hauptplatz den ragger'schen Montagewagen gegen meinen Range Rover und setzte mich an die Spitze unseres Erpressungskonvois. „Jetzt einmal weg von hier“, dachte ich.

Und: „Wie lange kann es dauern, bis jemandem im Ort der verlassene Wagen Raggers auffallen würde?“

Die Tankstelle am Ortsende war noch nicht einmal offen, als wir auf der Obdacher Bundesstraße Richtung Bischofshofen fuhren. Ein Tross der Hoffnungslosigkeit, wie sich später herrausstellen sollte.“

*11.00 Uhr.*

Ich hatte steife Finger vom Schreiben bekommen. Wie alle ungeübten Menschen hielt ich den Bleistift krampfartig in der Hand, ein seltenes Werkzeug war er ohnhin. Dann fiel mir Andreas ein und seine knackenden Gelenksknochen. Würde ich sein orthopädisches Kunststück nachvollziehen können?

Von draußen prasselte ein Graupelschauer gegen das Zellenfenster. Ich war noch nicht ganz fertig, mit meiner Geschichte, aber fast ganz fertig. Die Gelenke knackten nicht. „Pech“, sagte ich zu mir, „du musst trotzdem weiter.“

Ich blätterte in der Anklage: „Wo genau habe ich dieses erste blöde Erpressungsgespräch mit Raggers Freundin geführt?“

Genau. Ich beugte mich wieder über das Papier und schrieb:

„In St. Georgen ob Judenburg dann die erste passende Telefonzelle. Alleinstehend. Ich blinkte rechts, der Kastenwagen mit unserer „wertvollen“ Fracht kam dicht an mich heran. Das Kokain war wie ein Panzer gegen den Angriff der kalten Luft, als ich nach hinten zu Marko ging.

„Ich muss hier telefonieren.“

„Gut Chef.“ Ich glaube, das war das einzige, was er auf Deutsch sagen konnte.

Der Chef stand schon in der Zelle und fummelte den kleinen Zettel hervor, auf den mir Teufelsbach Raggers Privatnummer gekritzelt hatte. Kurz überlegte ich auch noch, ob ich mir einen kleinen Kokain-Ofen bauen sollte.

Ich verwarf die Idee, als sich am anderen Ende eine weibliche Stimme meldete: „Ragger".

„War das seine Mutter?" Ich sinnierte. „Ragger war nicht verheiratet, seine Freundin hieß wohl irgendwie anders. Also die Mutter.

Ich schraubte meine Stimme ein wenig tiefer: „Ich habe ihren Sohn mitgenommen."

Kurze Stille.

„Wieso mitgenommen, der ist doch arbeiten gefahren?"

„Blöde Nuss", dachte ich und sagte: „Na, ich hab' ihn mitgenommen. Wer ist da?"

Wieder Pause.

Dann: „Ragger, ich bin die Freundin vom Günther."

Okay Möser, sprechen sie jetzt: „Ich hab' ihn mitgenommen, ich will von der Ingrid Flick die Telefonnummer haben, weil sie muss uns helfen."

„Wieso helfen? Was ist denn mit dem Günther? Kann ich ihn sprechen?" Sie hatte immer noch nicht begriffen.

„Nein, ich habe ihn nicht bei mir." Kurz kam mir der debile Gedanke, Ragger am Abschleppseil hierher zu führen und den Hörer an ihn zu übergeben.

„Na, das glaub' i nit', dass ihr ihn mitgenommen habts." Jetzt kam das Kärntner Idiom bei ihr durch. Ein Zeichen für Nervosität.

Ich umklammerte den eiskalten Hörer fester: „Draußen am Hauptplatz steht sein Auto."

„Wo am Hauptplatz?" Mein Gott, war sie blöd.

„In Leonhard." Ich wurde ungeduldig: „Jetzt will ich die Telefonnummer."

Sie schien verstanden zu haben, endlich: „Ich hab' sie nit' da, ich muss sie holen gehen."

„Ja, aber in fünf Minuten rufe ich wieder an." Ich legte grußlos auf. Hunderte Gedanken rasten durch meinen Kopf: „Wieso muss die Alte die Telefonnummer erst holen gehen? Warum hatte sie die Nummer ihrer Schwägerin nicht griffbereit? Warum wusste sie sie eigentlich nicht auswendig? Oder hatte sie zumindest in einem kleinen abgegriffenen Notizbuch am Telefontischchen vermerkt?"

Ich ging zurück zum Range Rover und deutete Marko, weiter hinter mir herzufahren. Langsam, denn ich hatte vor, mir am Lenkrad einen Crack-Joint zu bauen, den ich jetzt dringend nötig hatte. Meine Rolex zeigte bereits 7.48 Uhr und wir hatten zwar Ragger aber noch nicht einmal die bescheuerte Telefonnummer der Flicks.

Folgte uns jemand? Ich sah in den Rückspiegel. Aber da war nur unser weißer Kastenwagen und dahinter nichts. Wahrscheinlich hatte die Raggerin ohnehin gleich die Polizei angerufen. Ich hielt noch einmal Ausschau nach weißen Opels im weißen Schnee. „Blöd", dass gerade jetzt soviel Schnee liegt", grübelte ich und zündete die Drogenzigarette an. Es machte „Klack" in meinem geplagten Hirn und ich war wieder ein wenig entspannter.

Ein paar Kaffs weiter, ich hatte gerade ausgeraucht, die nächste passende Telefonzelle. Wieder lotste ich den Kastenwagen an den Straßenrand, ließ den Range Rover mit laufendem Motor stehen. Diesmal war sie schneller dran:

„Ragger?"

„Ja, haben sie die Telefonnummer?" Ich hatte den Kugelschreiber bereits hergerichtet und kritzelte auf Teufelsbachs komisch vernudelten Zettel ihre Ansage: „06089/982222".

Dann legte ich Schärfe in meine Stimme: „Ja nur ruhig bleiben und ja keine Polizei. Weil jetzt geht es ihm gut, wenn Polizei, geht schlechter. Und warten bis Flick anruft."

Warum hatte ich Trottel eigentlich gerade versucht, einen Jugo-Akzent zu imitieren? Hatten mich die zwei Stinkmorcheln da draußen mit ihrer Sprache bereits angesteckt?

Egal. Jetzt gleich Flicks Nummer wählen, beschloss ich. Und dann: Saß dort schon die Münchner Kripo mit einer

Fangschaltung? War die Alarmfahndung nicht schon längst eingeleitet?

„Ja bitte?" Die Stimme klang ahnungslos. Ich stellte mir einen livrierten Hausdiener mit Halbglatze und grauen Haaren vor.

„Ja", sagte ich und ließ den Jugo-Akzent diesmal bleiben: „Wir haben den Herrn Günther Ragger entführt. Wir möchten Kontakt mit Frau Flick."

Prompt kam die Antwort: „Das ist nicht möglich. Ich werde versuchen, einen Kontakt herzustellen. Können wir in Verbindung bleiben?"

Scheiße. Er versucht zu verzögern. Wahrscheinlich war die Polizei längst mit in der Leitung. Ich musste schnell auflegen: „Ich rufe sie in einer halben Stunde noch einmal an, – aber nur sie."

Ich polterte schimpfend aus der Telefonzelle. „Scheiße, scheiße."

Marko sah mich blöd an: „Was los, Chef?"

Anstatt irgendetwas zu sagen, ließ ich mich in den Ledersitz des Range Rover plumpsen. Eineinhalb Stunden waren vergangen und nichts, aber schon gar nichts war passiert. Ich drosch auf das Lenkrad des Autos und spürte keinen Schmerz. Wegen des Kokains.

„Das wird die lächerlichste Entführung, die die Kriminalgeschichte je erlebt hat", sagte ich zu mir und hinterließ eine Schneefontäne beim Wegfahren.

Stunden später. Meine Rolex zeigte bereits 10.30 Uhr. Wir waren schon knapp vor der Grenze zu Salzburg, Teufelsbachs bescheuertes Autotelefon war natürlich immer noch ohne Empfang. Einmal war ich ausgestiegen, um an einer Tankstelle Pinkeln zu gehen. Wo meine Komplizen hinpinkelten, wollte ich gar nicht wissen.

Nach dieser Entleerung lotste ich unseren Tross in einen kleinen Feldweg gleich hinter der Tankstelle. Ich wollte nach Ragger sehen.

Marko pocht an die Hecktür des Transporters. Es dauerte für meinen Geschmack ein wenig zu lange, bis sich der Riegel von innen bewegte. Dragan stieß die Flügel auf, aus dem Transporter strömte ein widerliches Mischaroma aus Urin, Schweiß und Bier: „Ich erfrier da, wenn das noch lange dauert." Dragan schepperte am ganzen Körper.

Im Halbdunkel konnte ich endlich Ragger ausmachen. Er saß mit dem Rücken zur Ladewand, führte mit seinen gefesselten Händen einen Müsliriegel zum Mund. Die Augenbinde war weg. Plötzlich tat er mir leid. Was konnte der Idiot auch dafür, dass er der Schwager von Friedrich Karl Flick ist und so leicht zu schnappen gewesen war?

Ich deutete den beiden an, zu verschwinden: „Setzt euch ins Espresso von der Tankstelle und bestellt euch ein Bier." Ich drückte ihnen einen Fünfzigschilling-Schein in die Hand.

Dann federte ich rauf auf die Ladefläche und setzte mich Ragger gegenüber, im Türkensitz, auf diesem scheißkalten Wagenboden. Lächerlich, irgendwie. Vielleicht wollte ich ihm damit zeigen, dass auch ich leiden müsste, für seine Entführung.

„Wie gehts?"

Er sah mich entgeistert an: „Halbwegs." Und dann: „Habt ihr schon telefoniert? Zahlt der alte Flick?"

Ich wollte nichts mehr, als ihn beruhigen: „Klar. Aber ihre Schwester war noch nicht erreichbar."

Er kaute gleichförmig an seinem Riegel. Irgendwie hatte sein Verhalten was von einer phlegmatischen Ausgeglichenheit.

Ich sprang von der Ladefläche und winkte meine Jugoslawen zurück. Sie hatten beide natürlich eine Flasche Bier in der Hand: „Pivo", grinste Marko und bot mir zu meinem Ekel zu Trinken an.

„Danke, ich habe eine andere Droge", sagte ich und kommandierte ihn in den Kastenwagen zurück. Dann sprintete ich noch einmal zur Telefonzelle.

Teufelsbach war erstaunlich ruhig: „Keine Sorge, Gerhard, die werden das Geld schon auftreiben. Die sind ja schließlich auch keine Profis." Er schien trotzdem ein wenig zu grübeln: „Hast du Polizei bemerkt. Irgendwelche verdächtigen Fahrzeuge?"

„Nein. Aber ich bin mir sicher, die sind alle längst informiert. Der Butler ist mir viel zu ruhig am Telefon."

„Butler sind immer ruhig. Das liegt in ihrem Wesen. Mach weiter, wir schaukeln das Ding schon." Dann legte er auf und ich war mit meiner Qual wieder allein.

Um 11.00 Uhr waren wir unmittelbar vor der Stadt Salzburg. Die Bundesstraße war ganz ordentlich geräumt gewesen, fast trocken. Ich fuhr, was der altersschwache Range Rover hergab und meine Jugos im Raggerwagen halten konnten. Mittlerweile hatte ich gelernt, mit einer Hand am Lenkrad eine Crack-Pfeife nach dem anderen zu bauen. Allein der Koks-Dampf im Auto hätte jeden Normalsterblichen umgehauen. Dazwischen das nächste Telefonat mit Flicks Butler. Endlich funktionierte das Autotelefon, rüber nach München:

Der Butler, laut Teufelsbach ein Mann namens Martin, war sofort dran: „Ja, bitte?"

„Haben sie das Geld?" Ich ging aufs Ganze: „Zehn Millionen, in kleinen Scheinen."

Er schien mich nicht verstehen zu wollen: „Jawohl, ich habe Kontakt bekommen mit Frau Flick."

„Wir brauchen nicht Frau Flick", dröhnte ich scharf. Wollte er mich für blöd verkaufen?

Endlich kam er zur Sache: „Jetzt müssen sie mir mal sagen, wie sie sich die Übergabe vorstellen. Soll das in Deutschland passieren, oder in welchem Land auch immer?"

Mir fiel Teufelsbach ein, der den Salzburger Hauptbahnhof als Übergabeort vorgeschlagen hatte. Ich sagte: „Das braucht nicht Deutschland zu sein. Das könnte uns auch auf dem Weg nach Salzburg gebracht werden. Aber darüber werden wir später reden."

„Wann rufen sie wieder an, wann melden sie sich?" Martin schien plötzlich ungeduldig.

Ich sah auf meine Rolex, meinen letzten Luxus: „Wir melden uns wieder um 13.00 Uhr."

*13.00 Uhr.*

Das Mittagessen war eine willkommene Abwechslung, ausnahmsweise. Meine Finger waren wundgeschrieben vom unentwegten Gekritzel. Und egal, ob Grenadiermarsch, Rindfleisch im Saft, kein Rindfleisch im Saft oder sonst was. Ich brauchte eine Stunde Auszeit, um den textlichen Marathon meines Niederganges weiter in Form bringen zu können.

„Die Zeit drängt", sagte ich zwischen zwei Bissen laut vor mich hin. Schon in weniger als 48 Stunden würde ich vor Gericht stehen. Im Mittelpunkt eines gewaltigen Aufmarsches, der zu meiner gerechten Bestrafung inszeniert werden würde: Dutzende Fotografen und Kameraleute, die Frechsten ganz vorne, mit dem Objektiv an meiner Nase, die Kühnsten auf Leitern, um mich von oben „abschießen" zu können. Das wird mein Schicksal sein, dachte ich jetzt. Und dann noch: Hinter mir das Stoßen und Rempeln um die besten Plätze im Schwurgerichtssaal, mein Anwalt, der beruhigend Sachen in mein Ohr sagt, wie: „Bleiben sie ruhig, Herr Möser. Der ganze Zauber ist gleich vorbei, wenn die Fotografen den Raum verlassen müssen."

Mir gegenüber dann die Geschworenen, Menschen aus dem Schnittbild unserer Gesellschaft, aufgefädelt auf einer Bank, von der aus schuldig gesprochen werden wird.

Und natürlich meine beiden Komplizen, die wohl sagen werden: „Möser war der Drahtzieher, Möser war der Chef, Möser hat alles gemacht. Wir waren nur zwei kleine Sandler vom Grazer Hauptbahnhof, die da unschuldig in eine ganz große Geschichte hineingeraten sind.

Ich schluckte den letzten Bissen vom Mittagessen hinunter, rückte den Stapel Papier zurecht, und begann wieder zu schreiben:

„Wir waren in Bischofshofen angelangt. Mein mittlerweile ziemlich wirrer Blick fiel auf die Ladekontrolle am Armaturenbrett. Sie stand auf Null. „Scheiß Kübel, scheiß Teufelsbach“, entfuhr es mir zwischen zwei Zügen vom Crack. Ich würde die Kiste in Salzburg wohl stehen lassen und mich zu meinen vergammelten Komplizen in den Bus setzen müssen.

Ich fuhr rechts ran um zu telefonieren. „Ja nicht den Motor abstellen, Möser,“ durchfuhr es mich. Ich griffelte zum Autotelefon und wählte die Nummer der Flicks. Wahrscheinlich hatten sie sein Telefon längst angezapft. dessen war ich mir sicher:

„Ja bitte?“

Warum meldete sich der Idiot immer mit „Ja bitte.“ Er könnte sich doch denken, dass ich es war?

„Wie sieht das jetzt aus mit dem Geld? Kleine Scheine in zwei Sporttaschen.“ Ich bemühte mich, konzentriert und klar zu sprechen. „Jemand soll damit zum Salzburger Hauptbahnhof kommen. Heute um 18.00 Uhr. Wenn er dort ist, bekommt er von mir weitere Anweisungen.“

Stille am anderen Ende der Leitung. Wahrscheinlich warf Butler Martin den Kripo-Beamten um ihm herum gerade einen fragenden Blick zu.

Und dann: „Gut. Als Überbringer des Lösegeldes wird unser Herr Fritz kommen.“

„Okay“, sagte ich und legte auf. Das schien ja endlich doch ins Laufen zu kommen.

Was ich damals in der hektischen Jagd nach dem Geld noch nicht wissen konnte, stand mittlerweile in der Anklage. Ich blätterte an die betreffende Stelle:

„Von Seiten des Hauses Flick wurde den Entführern als Lösegeldüberbringer Herr Fritz (Gruppeninspektor Friedrich Wiedermann) avisiert. Zum Zwecke der Präparation eines Teiles des Lösegeldes mit einem Peilsender wurde von der gesamten Lösegeldsumme ein Geldpaket mit 500-DM-Noten im Gesamtbetrage von 500.000 DM entnommen. Nach dem dieses Geldpaket mit einem Peilsender versehen worden war, wurde es für einen eventuellen Einsatz bereitgehalten."

„So war der Hase also gelaufen", sinnierte ich in meiner Zelle. Wir saßen damals ohnehin längst schon in der Falle, wie die Maus vor der Schlange. Der sogenannte Herr Fritz war natürlich ein Kriminalbeamter gewesen, mit dem Peilsender könnten sie jede Bewegung von unserem lächerlichen Tross bis ins kleinste Detail verfolgen.

Aber das war jetzt. Ich beugte mich wieder über das Papier, reiste im Gedanken zurück zu jenem verdammten 19. Dezember 1991:

„Da war also das Problem mit der Elektrik. Ich wusste: Wenn ich den Motor abstelle, springt mir die Kiste nicht mehr an. Ich müsste den Range Rover anfahren, oder besser – die Jugos müssten ihn anschieben. Was aber tun, wenn die gerade nicht verfügbar waren? Vielleicht völlig besoffen, verschwunden, abgehauen?

Langsam dämmerte Verzweiflung in mir hoch. Sollte ich noch aussteigen? Es wäre immer noch eine Chance da. Während der altersschwache Motor meines kranken Range Rover vor sich hin blubberte, malte ich mir ein Fluchtszenario aus. Also, ganz einfach: Beim nächsten Stopp würde ich das Tankstellen-Espresso durch den Hinterausgang verlassen. Meine bescheuerten Komplizen würden mindestens zehn Minuten brauchen, um zu schnallen, dass ich weg bin. Dann würden sie Ragger seinem Schicksal überlassen und selbst flüchten. Irgendwo hin ins nächste „Café Beograd" oder sonstwo. Ich hingegen hätte genug Zeit, um mit dem Taxi zum Flughafen München zu fahren. Und mit meiner letzten Kreditkarte, die noch intakt war, eine Maschine nach Chicago zu buchen."

„Wie war das mit meiner Identität?“ grübelte ich. Ganz einfach: Keiner der Fahnder wusste bis jetzt, dass ich, Gerhard Möser, hinter der ganzen Aktion steckte. Die beiden Jugoslawen, sicher ganz schnell in Polizeigewahrsam, könnten mich zwar beschreiben: Klein, schlank, dunkle Hornbrillen, gepflegtes Auftreten. Aber was hieß das schon. Ich wäre in den Augen der Polizei eine ziemliche Allerweltsperson. Vergleichbare Fingerabdrücke von mir existierten nicht, im Wagen gab es außer Resten von Crack-Kokain keine Spuren. Und, noch besser: Der Range Rover würde sie auf die Spur des Alexander Teufelsbach bringen. Immerhin lief die Karre auf seinen Firmennamen.

„Bingo“, ich schnalzte mit den Fingern. Sie würden eine internationale Fahndung nach Teufelsbach ausschreiben. Und ich wäre aus dem Rennen.

In dem Moment öffnete Dragan die Beifahrertüre: „Kann ich dich sprechen, Chef.“

Ich herrschte ihn an: „Bleib' im Wagen, Idiot. Wir haben eine Geisel hinten sitzen.“

„Sitzt gut. Kann sich nicht rühren“, grinste der Jugo.

„Was willst du?“ Ich war ungeduldig, extrem gereizt.

„Ich will wissen, was läuft?“ Er rauchte sich eine seiner stinkenden Balkanzigaretten an.

„Alles läuft perfekt“, log ich.

„Was heißt perfekt?“ Er blieb am Drücker.

Ich atmete hörbar durch: „Wir werden in ein paar Stunden das Geld haben, ihr bekommt euren Anteil und die Sache ist erledigt. Okay?“

„Nicht Okay“, insistierte er. „Wieviel Geld verlangst du?“

„Zehn Millionen Mark.“

Er riss die Augen auf: „Bist du deppert? Zehn Millionen Mark? Wenn die Polizei kommt, kriegen wir lebenslang.“

Dragan zog nervig an seiner Zigarette, während ich ihn zu beruhigen versuchte: „Die Polizei erwischt uns nicht. Wir sind schneller.“

Er schüttelte den Kopf: „Polizei immer schneller."

„Was willst du?" Ich schrie ihn an.

„Aussteigen", sagte er und öffnete die Tür.

„Du bleibst hier!" Ich war noch lauter geworden und packte sein Handgelenk.

Er schnellte mit der anderen, in der er seine glühende Zigarette hielt, vor mein Gesicht: „Ich drück' sie in deinen Augen aus, depperter Österreicher."

Das reichte. Ich ließ los, Dragan glitt aus dem Fahrzeug und bewegte sich im Laufschritt zurück zum Kastenwagen. Wahrscheinlich würde er jetzt seinem Kumpel brühwarm die Geschichte von den zehn Millionen Mark erzählen. Vielleicht kämen sie auf die Idee, mich umzubringen, um den Coup alleine druchzuziehen. Vielleicht würden sie aber auch gleich beide verschwunden sein. Ich war ratlos, völlig ratlos.

*18.00 Uhr*

Ich hatte das Abendessen ausgelassen. Ich wollte Schreiben, nur Schreiben. Noch kaum mehr als 36 Stunden bis zum Prozess. Den Schlaf, den ich brauchen würde, gar nicht mit eingerechnet. Also legte ich wieder los:

„Noch in Bischofshofen hatte ich beschlossen, die beiden Jugoslawen zu meiner eigenen Sicherheit zu trennen. Ich holte Dragan zu mir in den Wagen:

„Wir fahren jetzt das Lösegeld holen. Marko bleibt mit dem Wagen hier."

Er war plötzlich wieder ganz handzahm: „Okay, Boss."

Eine halbe Stunde später zweigten wir zur Autobahnraststätte Salzburg-Kasern ab. Ich hatte zuvor mit Teufelsbach telefoniert. Er wollte dorthin kommen, um die Millionen gleich in die Schweiz mitnehmen zu können. „Wahrscheinlich", dachte ich mir, „in Wirklichkeit, um die Kohle bei sich zu haben und mich in der Scheiße sitzen zu lassen."

Auf der Fahrt konnte ich Dragan halbwegs beruhigen. Er erzählte von seiner Familie in Serbien und von seiner Verlobten, die er dort unten hatte: „Ich brauche das Geld, ich will sie heiraten."

„Na bitte", sagte ich und hatte gewonnen. Vorerst.

Teufelsbach war nicht da. Ich rief an.

Er schnaufte: „Der verdammte Schnee, ich brauche noch. Warte auf mich."

Angetrieben vom Kokain, der Hoffnung auf die Millionen und der vagen Angst, Marko könnte sich mittlerweile aus Bischofshofen verflüchtigen, beschloss ich, wieder dorthin zurückzufahren.

„Ich hole Marko", sagte ich zu Dragan, der sich in der Raststätte bei einem Bier niedergelassen hatte.

„Mit was für Auto?"

„Per Autostopp", sagte ich und das war schon wieder so eine Schnapsidee.

In der Kälte vor der Tankstelle hatte ein Ungar mit mir Erbarmen und ließ mich in seinen Skoda einsteigen. Drinnen wars fast genauso kalt wie draußen. Der Ungar sprach die ganze Fahrt über kaum ein Wort. Zum Schluss, auf der Abfahrt Bischofshofen, geriet er ins Schleudern und krachte ins Heck eines Deutschen. Kleiner Blechschaden, harmlos zwar, aber wer weiß: Vielleicht würde der Deutsche in seinem Mercedes die Polizei holen? Ich dachte: „Okay, das Schicksal ist mir ungnädig, jetzt ist alles aus."

Der Herrgott aber gab mir noch eine Chance, und ich mir einen Ruck.

„Auf Wiedersehen." Schnell stieg ich aus dem Auto aus und überließ den Ungarn seinem Schicksal.

Marko war noch da, das Auto auch. Er hatte inzwischen drei Flaschen Bier getrunken, war über dem Lenkrad eingenickt.

„Was müssen das für Menschen sein," grübelte ich, während ich ihn zur Seite schob und hinter dem Lenkrad Platz nahm: „Fahren mit einem irren Österreicher und einer gefesselten Geisel kreuz und quer durch Österreich, wissen, dass sie sich mitten in einem Verbrechen befinden und schlafen in aller Seelenruhe ein."

Vierzig Minuten später waren wir wieder in Kasern.

Allein. Dragan Milosevic war verschwunden.

Marko erwachte aus seinem Bierdusel und gebärdete sich fulminant: „Wo Dragan, wo Dragan?"

Ich versuchte zu beruhigen, war aber selbst gehörig in der Panik: War er geflüchtet, war er zur Polizei übergelaufen, hat er sich gestellt?

Dann beruhigte ich Marko: „Ist wahrscheinlich am Klo. Pipi."

Die Kellnerin, eine Frau, die des Kroatischen mächtig war, sorgte für Aufklärung: „Der Herr hat gesagt, er hat genug von Österreich. Er fährt zurück nach Zagreb. Mit dem Zug." Dann übersetzte sie ihre Nachricht für Marko. Der schien wieder einigermaßen beruhigt.

Und ich hatte gar keine Zeit, mich als Seelentröster zu betätigen. Von meinem lahmen Range Rover aus rief ich Teufelsbach an. Er hätte längst da sein sollen.

„Ruhig bleiben, Gerhard. Ich bin direkt am Flughafen, damit ich dir bei Avis einen Mietwagen besorgen kann. Verstehst Du?"

„Nicht ganz", warf ich ein, „du müsstest längst wieder zurück sein."

„Wäre ich auch, lieber Freund. Aber wie ich zur Raststätte zurück bin, waren dort schon die Bullen. Am Parkplatz sind zwei Autos von eurer bescheuerten Gendarmerie gestanden. Da hab' ich kehrt gemacht und bin weiter."

Ich sah durch das Fenster ins Innere des Restaurants. Tatsächlich lehnten zwei Gendarmen an der Theke und tratschten mit der kroatischen Kellnerin. Sie kuderte dämlich vor sich hin, in den Gläsern der Gendarmen war etwas, dass wie Cola aussah. Wahrscheinlich gemischt mit Bacardi, dachte ich und sagte dann zu Teufelsbach mit einer gewissen Eingebildetheit in der Stimme: „Ich seh' sie.

das sind zwei Witzfiguren. Die haben Null Ahnung, was hier abläuft."

„Wie soll ich das wissen", grunzte Teufelsbach am anderen Ende der Leitung beleidigt. Und dann: „Okay, ich bleib aber jetzt, wo ich bin. Ruf' die Flicks wieder an."

Ich beschloss, ungehorsam zu sein, eine Crack-Pfeife zu rauchen und dann bei Flicks anzurufen. Mittlerweile war es 19.00 Uhr geworden, die Kälte steigerte sich in den Abend hinein und ich dachte erstmals seit sehr langer Zeit an ein paar Stunden Schlaf.

Das Kokain gab mir die letzte Kraft, noch einmal durchzustarten.

„Ja, bitte?"

Schon wieder der Butler. Ich kam sofort zur Sache: „Ist ihr Bote schon am Bahnhof?"

„Noch nicht. Die Fahrt von München dauerte länger als geplant. Der Schnee ..."

Ich musste fast Schmunzeln: Natürlich war es nicht der Schnee, der die Geschichte verbremst hatte. Schon eher die hunderten Kripobeamten, die sich rechtzeitig in Stellung bringen würden müssen. Deutsche und Österreicher gleichzeitig. Wahrscheinlich ein irres Durcheinander.

„Wir müssen zu einem Ende kommen", sagte ich dann.

„Ja, aber wie?" Der Butler wirkte irritiert.

„Sagen sie ihrem Boten, er soll um 21.57 in den Schnellzug Richtung Wien steigen. In den letzten Wagon."

Ich hatte einen Fahrplan der österreichischen Bundesbahnen bei mir. „Bist ja nicht blöd, Möser. Hast mit allem gerechnet."

Herr Martin sagte noch „klar" und legte auf.

An der Theke hatte sich Marko inzwischen über das nächste Bier hergemacht. Vor ihm lag ein Zettel, den er mir jetzt rüberschob. Darauf stand: „Ich will 800.000 Mark."

Kluges Kind, dieser Marko. Kaum war ein Teilhaber des Lösegeldes weg, wollte er schon seinen Anteil erhöhen.

Ich nickte und sagte zu. In dieser Situation war wirklich kein Streit mehr zu gebrauchen.

Dann hieß ich ihm, sein Bier auszutrinken: „Wir fahren Kreis“, sagte ich und er schien verstanden zu haben.

Nachdem ich ihm mit einer Dose Orangesaft und einem Grillhendl in den Laderaum zu Ragger geschickt hatte, fuhr ich los. Immer wieder rund ums Autobahn-Kleeblatt von Kasern. Eintönig aber beruhigend. Niemand schien uns zu folgen. Die beiden Gendarmen an der Bar der Raststelle waren wirklich Naturdeppen gewesen. Sie hätten die Chance ihres beruflichen Lebens gehabt: Ausweiskontrolle, Perlustrierung und aus wäre unser Coup gewesen.

So fuhren wir jetzt mit unserer frierenden Geisel im Laderaum rund um Kasern, bis kurz nach 22.00 Uhr. Genau jetzt müsste der Bote im Zug sitzen, in zehn Minuten würde der Express auf der Höhe der Raststätte sein. Raus mit den Taschen aus dem Fenster und ab die Post.

Ich parkte den Kübel wieder neben meinem Range Rover, wechselte hinüber und wählte die Handynummer des Boten, die der Flick-Butler mir gegeben hatte. Wahrscheinlich ein Gerät der Deutschen Kripo. Auch egal, alles egal, dachte ich.

Funkstille.

Ich spürte den Schweiß kommen, trotz der Minusgrade.

„Tuut, tuut.“

Nichts. Niemand hob ab, dann brach die Leitung zusammen.

„Sie wollen uns nur Peilen“, diese Ärsche. Ich war außer mir vor Wut.

Mit der explodierenden Energie des Kokain in meinen Adern sprintete ich zu Marko.

„Wir müssen weg hier. Schnell.“ Ich hörte Ragger hinten poltern, als wir anfuhren. Wahrscheinlich war er aufgestanden, in seinem Gefängnis.

„Was jetzt?“ sagte ich zu mir und Marko sah mich

bescheuert an. Richtung Wien, genau, das war es. Wir müssten dem Zug folgen.

Die Westautobahn war ganz ordentlich geräumt, der Wagen vertrug ohne weiteres 140 Kilometer Spitze. Ich fuhr an jeder zweiten Abfahrt runter und gleich wieder auf. Einfach nur, um zu sehen, ob uns jemand folgte. Immer blieb es finster im Rückspiegel. Wir waren alleine. Noch.

*22.00 Uhr.*

Schon wieder „Licht aus". Ich fummelte die Taschenlampe hervor. Bis ein oder zwei Uhr Nachts würden die Batterien schon durchhalten. Den Rest könnte ich morgen erledigen. „Morgen ist auch noch ein Tag", dachte ich. Der Letzte. Und setzte meine Notizen fort:

„Wir fuhren also die Westautbahn entlang, immer Richtung Wien, aber sicher nicht ganz. Ich wollte Wien nicht, als Übergabeort der Millionen. Wien war zu hektisch, zu eng, zu verstaut. Ich würde mit dem Kastenwagen und dem ganzen Schnee meine Probleme haben.

„Vorher", sagte ich halblaut in die verstunkene Fahrerkabine hinein, „wir müssen vorher an das Geld kommen." Marko war wieder einmal eingeschlafen. Er schnarchte wie zehn kanadische Sägewerke. Der Wagen nagelte brav dahin.

Nach knapp einer dreiviertel Stunde fuhr ich ab. Vöcklabruck. Ich musste telefonieren. Der Zug würde schnell sein, vielleicht schneller als ich mit dem Wagen.

„Tuut, tuut."

„Heb' ab, heb' ab", krächzte ich tonlos in die eisige Kälte der Telefonzelle am Hauptplatz.

„Tuut, tuut."

Ende. Wieder war die Leitung abgebrochen. An und für sich sollte das Funknetz auf der Weststrecke einwandfrei funktionieren. Irgendwas war faul an der ganzen Sache.

Ich musste also nocheinmal anrufen, diesmal die Flicks direkt. Auf die war wenigstens Verlass.

„Ja bitte?" Schon wieder der Butler. War der immer im Dienst? Tag und Nacht?

Ich ventilierte in den Hörer hinein: „Wir haben keinen Kontakt zu ihrem verdammten Boten. Ich krieg ihn nicht. Wo ist er?"

„Im Zug nach Wien." Herr Martin blieb betont ruhig. „Vielleicht erreichen wir ihn. Was sollen wir ihm ausrichten?"

„Er soll in Attnag-Puchheim aussteigen." Ich wusste, dass es laut Fahrplan dort eine Station gab. Und ich kannte diese kleine Pizzeria von früher. War einmal dort Essen. In besseren Zeiten.

Ich fuhr fort: „Dort gibt es eine Pizzeria mit dem Namen Pepino-Uno. Dort soll er mit den Taschen warten. Es wird jemand kommen und sie holen."

Dann entschloss ich mich, nocheinmal den Ernst der Lage zu demonstrieren: „Herrn Ragger geht es gut. Lassen sie die Polizei aus dem Spiel."

Natürlich war die Polizei längst im Spiel, aber noch ein wenig im Nachteil. Sicher glaubten die jetzt, ich würde schon in Attnag-Puchheim warten. Aber ich war in Vöcklabruck, praktisch nebenan aber unsichtbar. Ich freute mich insgeheim wie ein Rumpelstilzchen. Jetzt würde ich eine halbe Stunde warten und dann einen ahnungslosen Taxler die paar Kilometer rüber ins ‚Pepino-Uno' schicken.

Zurück beim Wagen weckte ich Marko. Er sollte nach Ragger sehen. Der musste da hinten ja schon völlig durchgefroren sein. Der Jugo schlurfte um den Wagen herum, dann hörte ich das metallene Geräusch der sich öffnenden Tür. Undefinierbares Gemurmel drang durch die Trennwand in die Fahrerkabine, wo ich mir gerade einen Ofen baute. Dann war Marko wieder zurück:

„Dobro, Chef. Er essen Schokolade."

Ich lehnte mich beruhigt zurück. Die extreme Müdigkeit hatte mich entspannt gemacht, das Kokain konnte mich nur mehr bedingt auf Touren bringen. Ich dachte an Nancy. Würde sie wirklich in Chicago, am Flughafen auf mich warten, wenn ich mit dem Geld kommen würde? Vielleicht morgen schon?

Ich ging noch einmal zur Telefonzelle, diesmal um Teufelsbach anzurufen. Er war sofort dran.

„Alexander, ich sage dir nicht, wo ich bin. Vielleicht wird längst dein Telefon abgehört. Aber ich bin knapp dran. Das Geld wartet schon."

„Gute Bursche", sagte er nur und legte wieder auf.

Dann gab ich Marko Anweisung, nur ja im Auto zu bleiben und stapfte in dem Schnee, der abseits der Fahrbahn dreißig Zentimeter hoch lag, zum Taxistand um die Ecke. Ich steuerte auf den ersten in der Warteschlange zu, einen weißen Mercedes. der Lenker kurbelte unwillig das Fahrerfenster nach unten.

„Was wollen sie?"

Ich schlug einen seriösen Ton an: „Ich brauche eine Botenfahrt. Von hier nach Attnang-Puchheim, in die Pizzeria Pepino-Uno. Kennen sie die?"

Der Taxler blieb mürrisch. Wahrscheinlich wäre er bei dieser Schneelage am liebsten überhaupt zu Hause geblieben.

„Was soll ich dort machen?"

„Im Lokal sitzt ein Herr namens Fritz. Er ist leicht zu erkennen, weil er hat zwei Sporttaschen bei sich."

Wie jetzt weiter reden, ohne mich zu verraten? Ich grübelte eine Sekunde.

„Sie sagen ihm einfach, sie kommen wegen der Taschen. Er wird sie ihnen geben. Dann bringen sie Taschen hierher zurück."

Der Taxler schien im Kopf zu rechnen. Dann sagte er: „Wird zirka achtzig Schilling kosten. Kann ich das im Voraus haben?"

Ich fummelte einen Hunderter aus meiner Jackentasche: „Ist schon Okay. Der Rest ist Trinkgeld."

Ich konnte wahrlich großzügig sein. „Wenn alles glatt läuft", dachte ich, „bin ich in einer Stunde um siebzig Millionen Schilling reicher".

Der Taxler fuhr umständlich und langsam an, der Schnee unter den Reifen knirschte. Ich ging zurück zu unseren Kastenwagen und wartete. Auf mein zweites Leben als Millionär. Ich wusste nicht mehr genau, wie spät es war. Meine Rolex hatte irgendwie ihren Geist aufgegeben, wahrscheinlich war ihr zu kalt gewesen.

*23. November 1992, 1.00 Uhr.*

Jetzt, in meiner Zelle, funktionierte die Uhr. Schon nach Mitternacht. Ich beutelte meine Finger aus.

„Eine Stunde hängst du noch an, Möser", sagte ich zu mir. Zumindest bis zum Finale unserer Entführung, nach Wien, wollte ich noch kommen in dieser vorletzten stillen Nacht im Angesicht des Prozesses. „Ja", dachte ich nocheinmal, „das wäre ein guter Punkt, um aufzuhören."

Der Bleistift war mittlerweile schon zu einem kleinen Stummel zusammengespitzt, aber er würde reichen, er musste reichen. Soviel stand fest. Dann stand der nächste Satz am Papier:

„Der Taxler kam nicht mehr zurück. Und in mir kam die Panik auf. Der Countdown hatte begonnen. Wahrscheinlich hatte der Herr Fritz, der tatsächlich ja Oberstleutnant Düregger war, den Taxler informiert, worum es geht. Natürlich hatte er das. Und der hat sich dann in seine Taxlerhosen geschissen und die Rückfahrt mit den Taschen abgelehnt.

„Möser, du Idiot!" Ich hatte so laut geschrien, dass Marko aus seinem Schlaf hochgefahren war.

Dann durchfuhr mich die zweite, noch viel schlimmere Variante wie ein Blitz: Was, wenn der Taxler die Taschen genommen und im Auto geöffnet hatte. Und schlicht und einfach mit dem Geld abgebogen war. Direkt zum Flughafen München. Oder Salzburg. Oder, was weiß ich, wohin. Jedenfalls weg mit dem Geld."

Ich versuchte mich zu beruhigen und startete gleichzeitig den Wagen an. Nein, der Typ war er nicht gewesen.

„Was los, Chef?" Marko bohrte ungeniert in der Nase.

„Andere Baustelle", sagte ich und schob aus der Parklücke heraus.

Und da waren sie auch schon: Zwei dunkelblaue Opel, mit eingeschaltetem Parklicht und jeweils zwei Mann Besatzung.

Ich überlegte und hielt den Wagen an. Was tun? Aussteigen, mit erhobenen Händen und sagen: „Ich bins, der Entführer von Günther Ragger? Da hinten im Auto sitzt mein Komplize, ein fetter Jugoslawe, oder Bosnier, oder Kroate oder sonstwas?"

„Nein", sagte ich und fuhr energisch an. Eine Ausfahrtsstraße vom Hauptplatz weg, hin zur Autobahn war noch frei. Ich war so nahe an meinem Feind, dass ich die blinkenden roten Lichter an ihren Funkgeräten sah.

Vor mir war nichts, im Rückspiegel war die Lage eindeutig. Die beiden Opel fuhren in einem Abstand von hundert Metern hinter uns her. Gleich schnell wie ich, aber bedrohlich.

Marko zeigte nach vorne, zur Kreuzung, die auf die Autobahn führte. Offenbar hatte er endlich auch den Ernst der Lage begriffen: „Achtung, Chef!"

Wieder zwei Opel, diesmal quer über die Auffahrt zur Autobahn.

„Scheiße!" Ich riss den Wagen herum, wieder polterte hinten unsere Geisel. Rechts hinein, in eine kleine, völlig ungeräumte Seitenstraße. Licht aus, Vollgas. Der Wagen schlingerte wie ein Schiff im Sturm. Ich konnte gut fahren, das wusste ich. Jahrelang im Tourenwagen, immer mit dem Arsch auf der Straße.

„Da!“ Marko deutete auf eine offene Garage neben einem Einfamilienhaus.

„Hinein!“ Ich riss an der Handbremse, das Heck brach wunschgemäß aus, die Kiste drehte perfekt auf die Garage zu. Wir waren drinnen. Kaum mehr Platz links und rechts, aber es passte. Ich quetschte mich neben dem Wagen zurück zum Garagentor. Runter damit. Dann Luft holen, ein, aus, immer wieder.

„Ruhig bleiben, Möser“, sagte ich zu mir. Draußen waren die Motoren der Kripo-Fahrzeuge zu hören. Sie hielten direkt vor dem Tor.

„Jetzt ist es aus“, flüsterte ich zu mir selbst.

Ich hörte einen Beamten, dann das Rauschen und Knacken eines Funkgerätes: „Der muß da wo sein.“

Ich hatte das Gefühl, mein Schädel könnte platzen.

Und dann: „Okay, wir fahren weiter. Kann nicht weit sein. Okay.“

Ich atmete durch und lehnte meinen glühenden Kopf gegen das eiskalte Garagentor.

„Die sind weg“, sagte ich zu Marko, wieder im Auto.

Wir warteten eine Stunde. Ragger war hinten wohl eingeschlafen. Marko detto. Ich zitterte dem nahen Ende entgegen.

Dann ein Ruck. Jemand riss das Garagentor nach oben.

Das Ende. Ich quetschte mich wieder an der Garagenwand entlang nach hinten. Meine Beine drohten einzuknicken.

Ein älterter Mann, zirka sechzig, stand vor dem Tor und sah mich an wie einen Außerirdischen.

„Was machen sie hier?“

Ich schluckte: „Ähm …“

Dann sah ich, dass der Gehstieg die ganze Straßenlänge über aufgegraben war. Die Rettung. Vielleicht.

„Wir sind von der Baufirma. Haben gedacht, wir stellen den Wagen da rein, damit wir den Verkehr nicht blockieren. Nur solange wir essen, Dann fahren wir gleich weg.“

Der Blick des Mannes lichtete sich deutlich: „Na ja, Okay. Kein Problem. Meine Frau kommt mit dem Auto eh erst ein bisschen später."

Ich stieß eine ganze Lungenfüllung Atem in die klirrende Luft: „Danke. Vielen Dank. Wir sind gleich weg."

Wir fuhren wie auf Eiern aus der Garage heraus, dann über die Wohnstraße weiter vom Ort weg, hin zu einem Feldrand.

„Wir müssen schlafen", sagte ich zu Marko. „Ich kann nicht mehr."

„Was machen mit Mann? Hinten?" Marko brauchte natürlich keinen Schlaf mehr. Er hatte ohnehin stundenlang geschnarcht.

„Er soll sich in den Schlafsack legen. Laß ihn aber die Fesseln an." Ich war mir nicht sicher, ob er mich verstanden hatte. Jedenfalls trottete er nach hinten, öffnete die Tür und wieder war Gemurmel aus dem Laderaum zu hören.

„Tut Schlafen." Marko war zurückgekommen.

„Okay", sagte ich und sah zurück zu jener Kreuzung, an der vor einer Stunde noch die Kripo-Opels gestanden hatten. Es musste zirka ein Uhr sein. Ich rollte mich auf der Dreier-Sitzbank zusammen und ließ mich willenlos in den ersten längeren Schlaf seit Tagen fallen. Marko döste neben mir im Sitzen. Ich hörte noch ein Rülpsen und seine seltsamen schmatzenden Geräusche. Dann war ich weg.

Das Tageslicht, der Hunger und der Kokainentzug weckten mich. Dem Stand der fahlen Wintersonne nach musste es ungefähr 8.30 Uhr sein. Ich stellte meine müden Augen scharf: Nichts. Die Autos waren weg. Natürlich, dachte ich, würde es längst eine Alarmfahndung auf unseren Wagen geben. Jetzt hatten sie ja Type und Kennzeichen. Aber die Autobahn, auf der wir jetzt Richtung Wien fuhren, war leer.

Wir hatten uns an einer Tankstelle mit heißem Kaffee und Wurstsemmeln versorgt. Aber mein Hunger war schon wieder verdrängt, nach dem ersten Morgengerät Crack-Kokain. Marko fraß wie ein Scheunendrescher drei Semmeln hintereinander und furzte nach dem Kaffee die Wagenkabine voll. Ich öffnete das Fenster. Von draußen schnitt der eiskalte Fahrtwind herein. Ich war wieder wach. Ich würde es schaffen, dachte ich mir.

*6.00 Uhr.*

Ich hatte kurz geschlafen, die letzte Nacht vor dem Prozess. Für sieben Uhr war bereits mein Verteidiger angesagt. „Letztes Briefing" wohl, wie er zu sagen pflegte. Sollte ich mich jetzt schon in Schale werfen? Nur so zum Spaß?

„Nein", dachte ich. In diesem Ding würde ich ohnehin die nächsten fünf Tage stecken müssen.

„Es sieht alles gut aus, Herr Möser." Renner war offenbar bester Laune.

Ich weniger: „Die werden mich hinrichten."

„Herr Möser!" Er hatte einen Oberlehrerblick aufgesetzt und begann wieder mit seinem Schleichrunden um den Tisch. „Wir leben in einem Rechtsstaat. Hinrichtungen gibts nicht mehr."

„Lebenslang ist auch eine Hinrichtung", entgegnete ich.

„Auf erpresserische Entführung stehen zehn bis zwanzig Jahre, Herr Möser. Nicht Lebenslang. Wenn sie dreizehn Jahre kriegen und sich gut führen, in der Haft, können sie nach sieben Jahren wieder frei sein. Oder so."

„Oder so", sagte ich mit leiser Verzweiflung im Ton.

„Jedenfalls", dröhnte Renner jetzt, „können wir nicht auf Unzurechnungsfähigkeit gehen. Das steht jetzt schwarz auf weiß fest." Er zog ein Aktenstück aus seiner Tasche.

„Gutachten des Herrn Primarius Scrinzi. Sie können sich's in der Zelle durchlesen."

Ich stierte auf das Papier.

„Eindeutiger Befund," folgerte Renner. „Sie wussten

ganz genau, was sie taten. Trotz Kokain, trotz Tabletten."

„Eh egal", moserte ich. „Ich wollte mich beim Prozess ohnehin nicht als Trottel hinstellen, der völlig daneben war. Ist nicht meine Art, Herr Anwalt."

Dann sagte er noch: „Viel Glück für morgen. Und: Binden sie sich ihre Krawatte ordentlich. Auf das schauen die Geschwornen ganz gern."

In der Zelle rang ich mir noch ein paar Bissen von dem Frühstück ab und flog beiläufig über den knappen Text des psychiatrischen Gutachtens:

„Möser spricht davon, dass er von seiner zweiten Ehefrau völlig abhängig gewesen sei. Er will sich vor allem deshalb in die Entführungsaffäre eingelassen haben, um sich die Mittel zu seiner wirtschaftlichen Sanierung und zur Zurückgewinnung der Frau zu verschaffen."

„Kluger Bursche", murmelte ich dazwischen,

„Diese hat ihn in der Zwischenzeit verlassen und sich wieder in die Vereinigten Staaten von Amerika abgesetzt."

„Auch richtig", ätzte ich.

„Er hat ein umfangreiches Geständnis abgelegt und dabei auch ausführlich dargestellt, wie sich seine eigene Rolle in dem kriminellen Unternehmen entwickelt hat."

„Okay, komm zur Sache, Bursche", ätzte ich und las weiter:

„Er will in dieser Zeit größere Dosen eines Antidepressivums (Praxiten) eingenommen haben. Das Medikament an sich und auch die angegebenen Dosen haben jedoch keine klinisch relevante Auswirkung auf seine Dispositions- und Diskretionsfähigkeit zur Tatzeit bzw. in der Vorbereitungszeit bewirkt."

„Auch klar", dacht ich. Wozu war der große Psychodoktor eigentlich gut? Vielleicht kams ja noch;

„Es muss sonach zusammenfassend festgestellt werden, dass keine Umstände erkennbar sind, welche die Diskretions- und Dispositionsfähigkeit des Möser zur Tatzeit aufgehoben oder auch nur eingeschränkt hätten."

Dann noch der rechtlich relevante Nachsatz:

„Schuldausschließungsgründe im Sinne des § 11 StGB. können daher aus psychiatrischer Sicht nicht angenommen werden.“

„Eben. Ich bin voll verantwortlich für das, was ich getan habe. Milosevic und Tomič vielleicht nicht so sehr, aber das war nicht meine Geschichte. Meine Geschichte war jetzt die des Gerhard Möser, der am Morgen des 24. November des Jahres 1992, kurz vor Weihnachten, auf die kriminelle Bescherung wartet. „Gut formuliert, Möser“, sagte ich, und begann gleich zu Schreiben:

„Wir waren bis nach Wien durchgefahren. Kaum Verkehr, der Schnee hatte die Leute offenbar abgehalten, ihre Wägen zu benützen. An der Autobahnraststätte Auhof, der letzten vor der großen Stadt, hielt ich den Wagen, um zu telefonieren. Bei den Flicks war wahrscheinlich schon längst eine ganze Kompanie der Münchner Kripo versammelt:

„Ja bitte?“ Wieder Butler Martin.

Jetzt beschloss ich, die Forderungen zu stellen: „Nachdem die Übergabe gestern nicht funktioniert hat, müssen wir jetzt schnell machen. Sie wollen doch, dass Herr Ragger schnell freikomt, oder?“

Blöde Frage, dachte ich mir noch.

„Natürlich, Herr, ähh ..., natürlich.“

Fast hätte ich „Möser“ gesagt, in meinem Kokaindusel.

Wieder der Butler: „Aber wir wollen ein Lebenszeichen von Herrn Ragger, bevor wir das Geld übergeben.“

„Kein Problem“, sagte ich und hatte natürlich ein Problem. Sollte ich Ragger etwa gefesselt zu einer Telefonzelle „ausführen“? Nein. Ich müsste mir von irgendwoher ein Mobiltelefon besorgen. Irgendwie. Ich grübelte, Martin unterbrach meine Gedankenpause:

„Wir schlagen vor, dass Herr Ragger hier bei uns anruft. Wir sind alle da. Die ganze Familie.“

„Und dann?“ Ich war schon wieder zu kleinlaut.

„Dann bekommen sie ihr Geld. Sagen wir um 17.00 Uhr am Wiener Westbahnhof. Schneller schaffen wir es nicht."

„Okay." Ich legte auf.

Wieder bei Marko im Wagen. Im Schritttempo die sogenannte Wiener Westeinfahrt entlang. Bei Schönbrunn kam mir der rettende Gedanke: Das Autohaus Wurmbrand in Ottakring, in der Wattgasse. Der Chef dort war einer meiner besten Freunde aus der Rennfahrerzeit: Fritz Wurmbrand. Er würde mir ein Funktelefon leihen können.

Zehn Minuten später waren wir dort. Wurmbrand war auch da und machte ein erstauntes Gesicht: „Gerhard, wie schaust du denn aus?"

Er würde dichthalten, dachte ich, und so erzählte ich ihm einen Teil der Wahrheit: ‚Hör zu Fritz. Ich steckte ziemlich in der Scheiße. Ich bin in eine Sache verwickelt, aus der ich nicht mehr leicht herauskomme"?

„Autounfall?" Er war ahnungslos.

„Ein bisschen schlimmer", antwortete ich.

„Was brauchts Du. Geld?"

„Nein. Ich musste Grinsen. Das bekomm' ich vielleicht noch."

„Was dann, sag …"

„Kannst du mir für ein paar Stunden so eine mobile Gurke borgen? Du bekommst sie heute abend wieder zurück."

Das Rätsel über seiner Visage löste sich urplötzlich auf. Er lachte: „Kein Problem, ich hasse die Dinger ohnehin."

Dann verschwand er im Büro und kam mit einem schuhkartongroßen Kasten wieder zurück: „Ist schon ein paar Jahre alt. Prototyp. Aber es funktioniert."

Fünf Minuten später, wir waren gerade zweimal um die Ecke gefahren, von der belebten Wattgasse weg, hielt ich wieder an. Der Kasten funktionierte tatsächlich.

„Mach' hinten die Tür auf. Gib' unserem Mann das", sagte ich zu Marko und betätigte mich derweil als Späher.

Die Luft war rein: Keine Kripo-Opels, überhaupt keine verdächtigen Fahrzeuge.

Durch die Trennwand zum Laderaum hörte ich Raggers Wortfetzen: „Ja, es geht so … ganz gut."

Und dann noch: „Macht, was die sagen. Bitte."

Er tat mir leid. Seit sechszehn Stunden hinten in dem Wagen, durchgefroren, ziemlich hungrig, verängstigt. Wir sollten der Sache schnell ein Ende bereiten.

Marko brachte die Kiste nach vorne zurück und wir fuhren weiter. Mir war die Gegend rund um den Westbahnhof nicht wirklich geläufig. Jugogegend. Also fragte ich Marko: „Wo parken, bei Westbahnhof."

Er stammelte irgendwas, das wie Pohlgasse klang. An einer roten Ampel fischte ich einen Stadtplan aus dem Handschuhfach: Pohlgasse, Wien-Meidling, Seite 38, Rastercode M6. Nicht unbedingt in unmittelbarer Nähe des Bahnhofes.

Ich sah Marko an. Wollte er mich in eine Falle locken? Dann sagte ich: „Nix Westbahnhof. Weit weg. Pohlgasse."

„Ja, aber gut", stotterte er. „Kenne Lokal, bosnische Freund. Für Telefonieren."

Klang auch nicht gerade Vertrauen erweckend. Aber was blieb mir übrig. Also Pohlgasse, sagte ich zu mir. U-Bahnstation Meidling, rechts rauf.

Er wollte mich offenbar nicht legen. Die Pohlgasse war ganz Okay, obwohl die Mitbürger vom Balkan dort wahrscheinlich in der Überzahl waren. Marko schien sich schlagartig wohl zu fühlen. Er deutete auf ein kleines Café, Typ Jugohütte. „Slavija" stand über der Tür in blauen Neonlettern. Gleich gegenüber, auch nicht blöd gedacht von Marko, drei Telefonzellen.

„Gute Infrastruktur", murmelte ich. Jetzt müssten wir nur noch warten.

Das Warten dauerte mir zu lang. Es war erst 13.30 Uhr, als wir uns vor dem „Slavija" einparkten. Wir müssen uns bewegen, herumfahren. Allein schon deshalb, um den Wagen halbwegs bei Temperatur zu halten.

„Westbahnhof? Gucken?" Marko sah mich an. Er gefiel mir immer besser. Keine schlechte Idee.

Er lotste mich an unseren späteren „Übernahmeort", den riesigen Parkplatz an der Felberstraße. „Gute Lage", fand ich und sagte zu ihm: „Du später alleine fahren."

Natürlich war das ein Risiko. Ich konnte nicht kontrollieren, was er mit dem verdammten Geld machen würde. Aber immerhin auch eine Chance: Würden sie ihn schnappen, hätte ich immer noch die Chance, abzuhauen. Kein genialer Plan, gab ich mir gegenüber zu, aber immerhin ein Plan.

„Immer schauen, wo Polizei", sagte ich ihm noch in jenem radebrechenden Deutsch, das ich mir mittlerweile angewöhnt hatte. Dann fuhren wir in die Pohlgasse zurück.

Das Handy war ein Segen. Ich wollte es dennoch nicht allzuoft nutzen. Immerhin bestand die Gefahr, dass die Bullen längst bei Wurmbrand vorstellig geworden waren. Vielleicht hatten sie uns längst verfolgt, auch schon in die Wattgasse. Und selbst wenn sie uns verloren hätten, könnten sie uns über das Mobiltelefon vielleicht längst peilen, hatten uns schon elektronisch im Visier.

Also stieg ich aus dem Wagen und ging rüber zu den Telefonzellen. Teufelsbach, die Kröte, wo war er jetzt eigentlich? Ich wählte seine Nummer:

„Hallo?"

„Ja, hier Gerhard. Wir sind knapp vor dem Ziel."

Er schnaufte: „Bin grad am Sprung zum Flughafen. Flieg nach Budapest."

Ich erstarrte vor Angst: ‚Sind sie schon hinter dir her?"

„Noch nicht", keuchte Teufelsbach, „aber sicher ist sicher. Ruf' mich später im Hotel an. Ich bin im Metropol."

Ich notierte die Nummer, dann legte er auf.

„Metropol", dachte ich. Monaco. Das „Café Mozart" Aber es war keine Zeit für eine sentimentale Zeitreise in meine glorreiche Vergangenheit. „Im Flugzeug dann, mit dem Geld, wird es sich besser sinnieren lassen“, dachte ich und ging zum Wagen zurück.

*12.00 Uhr.*

Letztes Mittagessen vor dem Prozess. Henkersmahlzeit. Wieder einmal war es Grenadiermarsch. Komischerweise gar nicht so übel. Vielleicht auch, weil ich guter Laune war: bald fertig mit meinem Buch, dem Plädoyer für mich und meine unschuldige Schuld.

Kaum hatte ich den Teller leer, ging es weiter:

„Es war schon Nachmittag, zirka 15.00 Uhr, als ich Ragger noch einmal mit daheim Telefonieren ließ. Marko hatte Fruchtsäfte und zwei warme Schnitzelsemmeln geholt. Und für sich drei Flaschen Ottakringer Bier.

Mit dem Proviant und dem Funktelefon stieg er wieder in den Laderaum, ich blieb vor der Flügeltür stehen. „Sicher ist sicher, Möser“, stellte ich fest, „wenn Ragger jetzt flüchtet, beiß’ ich mich in den Arsch“.

Von drinnen wieder ähnliche Wortfetzen: „Geht mir ganz gut … ja, aber schnell.“

Dutzende ahnungslose Passanten schleuderten auf dem Schnee und Glatteis an unserem Erpresserauto vorbei. Es wurde langsam finster. Niemand sah aus, als könnte er ein Kripo-Beamter sein.

Dann ein letztes Telefonat mit Butler Martin. Er sagte: „17.00 Uhr geht klar. Es kommt wieder Herr Fritz.“

Ich lächelte. Wieder der Kriminalbeamte.

„Wie erkennt mein Mann den Herrn Fritz?“

Der Butler zögerte: „Wie, sie kommen nicht selber?“

Was hatte er gedacht, der Idiot. Vielleicht, dass ich mich auf dem Präsentierteller für die Polizei vorführen würde lassen? Ich legte einen strengen Ton an. „Natürlich nicht. Ich schicke einen meiner Männer.“

Sie sollten ruhig glauben, dass wir mehrere Typen waren. Das kam sicher nicht schlecht bei der Polizei.

„Wie sieht dieser Mann aus?“ insistierte der Butler.

„Egal“, konterte ich. „Er heißt Marko und wird euren Herrn Fritz finden.“

„Gut“. Martin schien beruhigt. Herr Fritz wird in einem grauen Mercedes 190 mit Salzburger Kennzeichen sitzen. Der Kofferraum wird offen stehen. Dort sind die beiden Taschen mit dem Geld drinnen.“

Und 250 Kriminalbeamte rundherum, dachte ich.

Als ich zurück ins Auto kam, hatte Marko eine „Kronen-Zeitung“ in der Hand. Er deutete entnervt auf das Titelblatt. „160 Polizisten jagen die Flick-Erpresser“.

Wahrscheinlich hatte er ohnehin nur das Wort „Polizei“ verstanden. Aber das sollte reichen.

Marko fuchtelte wie wild mit der „Krone“ herum. In seiner Aufregung brachte er überhaupt kein Wort mehr heraus: „Polizei. Mann hinten ...“ er nahm einen üppigen Schluck von dem Bier. „Polizei kommen, und dann ...“

Er legte seine Handgelenke übereinander und stammelte: „Gefängnis, Gefängnis.“

Mir blieb nichts anders übrig, als ihn zu beruhigen. Aber wie? Ich überlegte. Und dann deutete ich in einem weiten Bogen auf das Panorama, welches wir durch die Windschutzscheibe von der Pohlgasse hatten: „Wo Polizei? Nix Polizei!“

Er kriegte sich ein wenig ein.

Ich setzte nach: „Millionen, Deutschmark, Dinar. Viel Dollari.“

Er ließ sich in seinem Beifahrersitz zurückfallen. Das Argument mit dem Geld dürfte gewirkt haben.

„So Marko“, sagte ich, „jetzt aufpassen.“

Es dauerte zirka zehn Minuten, bis ich ihm erklärt hatte, wie er die verdammten Millionen abholen sollte. Ich wiederholte gut ein Dutzend Mal die Worte „Westbahnhof, Mercedes, grau und offener Kofferraum“. Und natürlich: „Taschen, zwei Taschen.“

Dann überließ ich ihm seinem Schicksal. Er stapfte ins „Café Slavija“ um sich dort ein Taxi zu rufen. Der Wagen kam, er fuhr weg und ich wusste: Wenn er nicht in einer Stunde zurück ist, kann ich den Coup vergessen.

*14.00 Uhr.*

„Möser, du bist perfekt im Plan“, sagte ich zu mir in meiner Zelle. „Perfekt im Plan. Zwei, drei Stunden noch für die letzten sechs Stunden der Entführung. Dann Ende drunterschreiben und Schlafen gehen. Früh Schlafen gehen.“ Ich war schon wieder in der Pohlgasse und schrieb:

„Eine dreiviertel Stunde war vergangen. Keine Spur von Marko. Noch konnte ich mich beruhigen. Vielleicht stand er ja in irgendeiner Jugobar und versoff die ersten hundert Mark mit einer Flasche Whiskey? Oder er hatte einen Abstecher ins Puff gemacht. In der Felberstraße gab es genug davon.

Als zirka eine Stunde vergangen war, wurde ich anhaltend nervös. Meine tote Rolex konnte mir nicht helfen, aber ich hatte ein gutes Zeitgefühl. Trotz aller Drogen. Und begann zu Rechnen: Fünfzehn Minuten fur die Fahrt zum Westbahnhof. Vielleicht noch einmal zehn Minuten, bis der Depp den Wagen gefunden haben würde. Noch einmal fünf Minuten, bis er wieder ein Taxi hätte. Und weitere fünfzehn Minuten für die Rückfahrt. Machte in Summe 45 Minuten: Marko musste also zumindest fünfzehn Minuten über der Zeit sein.

Es dauerte noch einmal rund zwanzig Minuten, bis ein Taxi, Marke Opel, vor meinem Kastenwagen in den Schnee am Straßenrand furchte: Heraus stieg Marko. Ohne Taschen.

„Scheiße!“ Ich merkte förmlich, wie Ragger hinten im Laderaum zusammenzuckte. Er musste gemerkt haben, dass irgendwas schiefgelaufen war.

Marko stieg in die Kabine, zuckte ratlos die Schultern und sagte: „Nix Mercedes da!“.

„Trottel, Idiot, Arschloch!“ Ich packte ihn an seiner Jacke: „Wo warst du? Im Restaurant Beograd, oder wo?“

„Nix Beograd“, stotterte er. „Westbahnhof. Aber Mercedes nix da.“

„Okay.“ Ich ließ ihn zurück auf seinen Sitz fallen.

Raus aus dem Wagen, ins Telefon, Flicks anrufen. Schnell. Hatte Marko etwa das Geld ohnehin längst und tat auf ahnungslos? Nein. Dann wäre er nicht hierher zurück gekommen.

Tausende Wahnideen schossen durch mein Hirn, während ich die Nummer der Flicks wählte.

„Ja bitte?“ Immer dasselbe. Martin war dran.

„Mein Mann hat keinen Mercedes gefunden“, hechelte ich in den Hörer.

„Tut mir leid. Wir sind aber dort“, insistierte der Butler. „Schon seit zwei Stunden …“

„Was ist da los?“ schrie ich rüber nach München.

„Das frag’ ich sie“, konterte Butler Martin.

„Okay, Okay“. Ich war außer mir vor Wut. „Wir probieren es noch einmal. Wie lange bleibt dieser Herr Fritz dort?“

„Bis sie kommen“, sagte Martin emotionslos.

Ich legte auf. Sprachlos.

Wieder im Wagen redete ich auf Marko ein wie auf einen kranken Esel: „Du noch einmal Westbahnhof. Genau schauen. Ganz genau. Grauer Mercedes.“

Zufällig stand ein Benz gleicher Type ein paar Autos vor uns am Straßenrand. Ich deutete energisch auf den Wagen: „So wie dort steht. Mercedes. Benz. Verstehst Du?“

Marko nickte.

Also noch einmal dasselbe Spiel. Er rüber ins „Slavija“, zwei Minuten später in ein Taxi und weg.

„Irr, völlig irr, diese Aktion“, dachte ich bei mir. Es war mittlerweile 20.30 Uhr geworden.

Ich vertrieb mir die quälende Wartezeit mit der Herstellung eines besonders großen Ofens aus Crack-Kokain. Wahrscheinlich war Ragger durch die Lüftungsschlitze zum Laderaum ohnehin auch schon auf der Droge.

Ich beschloss, mit dem Wagen zwei drei Runden zu drehen. Quasi als Beschäftigungstherapie.

Einfach so.

Ich tat es.

Niemand folgte mir.

Immer noch nicht.

Eine Stunde später. „Schon wieder Überzeit", dachte ich. Wenigstens hatte ich meine Rolex in Gang gebracht und kurz von der Telefonzelle die Zeitauskunft angerufen. Wahrscheinlich war dem feinen Uhrwerk wirklich nur kalt gewesen. Die Computerstimme sagte: „Es wird mit dem Summerton … Einundzwanziguhrvierzigundfünfzigsekunden … Pieep."

„Irgendetwas ist schon wieder schiefgelaufen", schnaubte ich in mich hinein.

Plötzlich, wieder im Auto, die dumpfen Schläge von oben: „Plopp, plopp." Dann wieder: „Plopp".

Ich wagte einen Blick aus dem Seitenfenster nach oben: „Eier, sie schmeißen mit Eiern nach mir!" Ein Fenster genau über dem Wagen war offen, aus dem ein alter Mann seinen glatzköpfigen Schädel streckte:

„Sie Oaschloch, drehen S' den Motor endlich ab."

Die aufkommende Panikattacke war ebenso schnell, wie sie aufgekommen war, wieder verschwunden.

„Der Motor", dachte ich. Ich hatte den Motor laufen. Seit zirka einer Stunde. Das war es.

Ich stellte die Maschine ab und deutete dem Eierwerfer eine Entschuldigung. Was aber tun, wenn er inzwischen schon die Polizei gerufen hatte. Wegen „öffentlicher Ruhestörung" oder irgendeinem ähnlich schwachsinnigen Delikt?

Also: „Motor wieder an, du drehst eines Runde, Möser. Und parkst dich fünf Autolängen weiter oben wieder ein."

Hinten rumorte Ragger.

In meinem Magen rumorte es, weil ich Hunger hatte. Das Kokain konnte nicht mehr dagegen ankommen.

Zehn Minuten später.

Endlich kam Marko. Wieder in dem Opel-Taxi, das er offensichtlich auf Dauer gemietet hatte. Wahrscheinlich mit einem Jugo-Fahrer.

Marko stieg aus und hielt auf meinen Wagen zu.

Verdammt noch mal, wo hatte er die Taschen?

Ich japste nach Luft.

Er stieg ein, griff mit einem breiten Grinsen in die Innentasche seiner abgewetzten Lederjacke und zog ein Bündel D-Mark-Scheine hervor.

„Idiot!"

Ich explodierte.

„Wo sind die Taschen, die Taschen, die Taschen?"

„Nix Taschen da."

„Was soll das heißen?" Ich entriss ihm das Bündel mit den Deutschmarkscheinen. „Was heißt das, was ist das?"

Er hatte einen belämmerten Gesichtsausdruck und sagte nur: „Geld."

Meine Stimme überschlug sich: „Was heißt Geld? Wo sind die zehn Millionen Mark? Das hier sind ja nur ein paar zerquetschte Tausender?"

Ich drosch das Notenbündel auf das Armaturenbrett.

„Nix sagen können."

Marko sah irgendwie hilflos aus.

„Okay, okay." Ich sprang aus dem Wagen. Der dämliche Taxler stand immer noch neben uns und blockierte mit seinem alten Opel riskanterweise die Straße.

Vielleicht konnte der Typ besser Deutsch, vielleicht konnte er Markos Gestammel für mich übersetzen.

So war es: „Dein Freund sagt, die eine Tasche ist in einem Schließfach am Westbahnhof. Die andere hat er mit ins Hotel Ambassador genommen und in einem Zimmer versteckt. Wegen der Polizei."

Wenigstens was. Wenigstens war das Geld noch da.

„Aber was jetzt, Möser?“ In meinem Hirn kollidierten hunderte Gedanken in einer Millisekunde.

Holen.

Holen.

Das Geld holen.

Sofort.

Ich schubste Marko wieder in das Taxi zurück, gab dem Fahrer aus meinem Bündel 1500 Mark. Er musste den Mund halten, er musste bestochen werden: „Fahren sie mit Marko sofort wieder zum Westbahnhof“, herrschte ich ihn an. „Holen sie die Tasche aus dem Schließfach, dann fahren sie ins Ambassador und holen die andere Tasche. Dann kommen sie hierher zurück.“

Ich rang nach Luft.

„Schnell, sehr schnell“, rief ich und drosch die Autotür mit einem lauten Knall zu. Die beiden Idioten setzten sich in Bewegung.“

*16.00 Uhr.*

Es sollte mein letzter Kontakt zu Marko gewesen sein. Das nachste Mal sah ich ihn erst wieder im Gefängnishof des Landesgerichts, in dem ich jetzt die Story meiner debilen Entführung niederschrieb.

„Immer weiter, bis zum bitteren Ende“, murmelte ich und schüttelte meine geplagte Schreibhand aus. Vier leere Blätter Papier lagen noch vor mir. Das sollte genügen, dachte ich und war wieder in der Pohlgasse in Wien-Meidling, fast schon am Ende der Erpressung, die nun zur Tragikkömödie geriet:

„Das Warten hatte keinen Sinn mehr. Möser, du bist ein Trottel, du bist der lächerlichste Erpresser der Welt, ein krimineller Kasperl, über den jeder gemeine Taschendieb lachen wird.“

Ich sprach mittlerweile laut mit mir, in der vom Crack-

Kokain verstunkenen Fahrerkabine des mit rohen Eiern bombardierten Wagens.

Es verging eine halbe Stunde. Marko kam nicht.

Es war eine Stunde vergangen, ohne eine Erscheinung dieses beschissenen Ideoten.

„Warum habe ich mich auf die zwei eingelassen?“ grübelte ich.

Man hatte sie geschnappt.

Oder sie waren weg.

Abgehauen mit dem Geld.

Was konnte man auf dem Balkan alles machen, mit zehn Millionen Mark? Viel. Wahrscheinlich sehr viel.

Ich hingegen konnte nicht viel machen und zählte den traurigen Rest: Siebenundzwanzigtausend Deutschmark. Mehr war es nicht. Lächerlich. Zum Kotzen.

Ich warf den Motor an. Ich fuhr erstaunlich konzentriert an, so, dass Ragger hinten wohl nicht zu Fall kommen würde. Wenn er überhaupt noch stünde.

Meine Rolex zeigte zehn Minuten nach Mitternacht. Ich hatte ihn seit fast 42 Stunden hinten im Laderaum.

Lebte er noch?

War er tot?

Wenn ja, dann war es Mord.

Mich schauderte. Ich fuhr schneller. Ich müsste ihn weit weg vom Westbahnhof absetzten. Vielleicht hatte ich dadurch mehr Zeit für die Flucht.

Nichts wie weg, Möser.

Nichts wie weg.

Der Wagen pflügte durch den harschigen Schnee,

„Café Domayer“, genau. Von dort hätte ich es nicht mehr weit bis zur Südautobahn. Und dann runter nach Graz. Den Wagen zurückbringen.

Den Wagen zurückbringen? Was für eine lächerliche Idee. Vor allem, wo ich eigentlich rauf nach Salzburg mußte, um den Range Rover zu holen. Um damit nach München zu fahren.

Egal. Jetzt musste ich erst einmal meine Geisel loswerden. Günther Ragger, der kleine Monteur aus Bad St. Leonhard. Bald würde er bei der Polizei sein. Und Duschen können.

Und Essen.

Und reden.

Über mich.

Und mein Verbrechen.

Gegenüber vom Café Domayer standen ein paar Taxis in Bereitschaft. Feine Taxis. Sauber gewaschen trotz des Schneechaos'. Hietzing halt, dachte ich. Bessere Leute, bessere Taxis. Ich fuhr ein Stück in die Auhofstraße, hielt den Wagen, ging nach hinten und öffnete die Ladetür:

„Herr Ragger, es ist vorbei."

Er sah mich an wie eine Kuh, die vor der Schlachtung gerettet wird.

Während ich ihm die Fesseln öffnete, sagte er: „Ich bin hungrig."

Ich hielt ihn an der Hand, als er ungelenk aus dem Laderaum auf die Straße stieg.

Er war ein armer Hund.

Er war meine Geisel gewesen.

42 Stunden.

„Eigentlich könnte er mich jetzt niederschlagen und dann gleich der Polizei übergeben", dachte ich.

Aber er tat gar nichts und trottete neben mir her wie ein Hund an der Leine. Wir gingen zum vordersten Taxi in der Reihe. Der Fahrer hatte den Motor bereits laufen.

„Bringen sie diesen Herrn zum Austrotel."

Ich schubste Ragger in den Fonds.

Er sagte nichts mehr.

Er war am Ende.

Dann rannte ich zum Kastenwagen zurück. Endlich allein. Zwar ohne viel Geld aber endlich allein. Nirgendwo war ein blauer Opel zu sehen.

Zehn Minuten später war ich auf der Südautobahn.

Gut geräumt. 130 Kilometer, problemlos. Kurz vor zwei Uhr nachts würde ich in Graz sein. Jetzt, erstmals, schaltete ich das Radio ein. Und geriet direkt in die Nachrichten:

„Wie erst jetzt bekannt wurde, war der Schwager des Deutschen Großindustriellen Friedrich Karl Flick in Österreich knapp zwei Tage lang in der Hand von Entführern. Das Opfer wurde gestern früh auf der Fahrt zur Arbeit in Kärnten gekidnappt. Die vorerst noch unbekannten Täter forderten ein Lösegeld von zehn Millionen Mark. Die Summe wurde heute an einem noch geheim gehaltenen Ort übergeben, Ragger inzwischen feigelassen."

Ich stierte in die Finsternis der Nacht: Und, wo war das Geld. Wer sagt mir, wo das Geld ist?

„Einer der Täter konnte heute Abend am Wiener Westbahnhof mit einem Großteil der Lösegeldsumme festgenommen werden."

Ich prustete los: „Ha. Triumph. Wenigstens haben sie ihn erwischt."

Es ging weiter, weniger erfreulich: „Ein weiterer Täter, dem Vernehmen nach der Kopf der Entführer, ist weiterhin flüchtig. Er könnte mit einem weißen Kastenwagen mit Grazer Kennzeichen unterwegs sein. Möglicherweise führte er aber auch einen weißen Range Rover mit deutschem Kennzeichen. Eine Alarmfahndung läuft."

Ich verkrampfte mich am Lenkrad, mein Blick flackerte zuerst nach vorne, in die schwarze Nacht, die von den Lichtkegeln der Scheinwerfer zerschnitten wurde: Nichts, keine Straßensperren.

Und dann nach Hinten, über den Rückspiegel: Auch nichts, niemand folgte mir.

Ich war schon auf der Höhe von Wiener Neustadt.

Ich wurde gesucht.

Aber sie glaubten wohl, ich würde am kürzesten Weg über Salzburg abhauen.

„Den Gefallen machst du ihnen nicht, Möser", sagte ich, den Umständen entsprechend gar nicht so schlecht gelaunt.

Ich kam bis Graz und ich kam bis Graz-Seiersberg.

Zum Autoverleih „Paul". Das Tor zum Parkplatz stand offen.

Eine Falle?

Wieder nichts. Weit und breit kein Mensch.

„Den Wagen putzen", dachte ich. Alle Spuren verwischen. Hinten im Laderaum waren Fetzen, neben dem Eingang zur Autovermietung stand ein Kübel mit halb gefrorenem Wasser. Ich tauchte meine von Kokain, Aufregung und Müdigkeit glühend heißen Hände hinein. Die Kälte tat gut.

Ich rubbelte und wischte.

Außen, bei den Türschnallen, wo meine Fingerabdrücke sein müssten. Innen am Lenkrad, am Schaltknüppel, am Zündschlüssel.

„Nein, Möser", raunte ich mir selbst zu, „sie sollen nichts finden, was auf deine Spur führt."

Zwei Stunden später war ich fertig und klemmte noch einen Zettel hinter die Scheibenwischer: „Zahle später. Vielen Dank. Möser."

Idiotisch eigentlich. Aber in dieser Situation auch schon egal. Und außerdem: Wer würde schon damit rechnen, dass ein Entführer sein Fluchtfahrzeug mit einer persönlichen Nachricht versieht?

Dann rief ich ein Taxi.

Es war wieder ein Mercedes. Der Fahrer, ein junger Bursch, wahrscheinlich Student, sah mich entgeistert an: „Nach Salzburg wollen Sie? Wissen sie, was das kostet?"

Ich zog fünf Hundert-Mark-Scheine hervor: „Reicht das?"

„Sicher", sagte er und ich ließ mich am Rücksitz nieder.

Dann fiel ich in einen außerordentlich tiefen Schlaf. Irgendwie hatte ich ihn mir verdient. Obwohl ich ein Verbrecher war.

*18.00 Uhr.*

Noch ein Essen in der Zelle, diesmal das letzte Abendmahl. „Würstel im Saft", natürlich wieder einmal ohne Würstel. Der Justizler machte eine entbehrliche Bemerkung: „Zur Stärkung. Für morgen, Herr Möser."

Ich hätte ihm am liebsten ins Gesicht gespuckt.

Statt dessen blätterte ich im Protokoll der Einvernahme des Taxilenkers. Ich musste wissen, was er getan hatte, während ich auf meiner Fahrt schlief. Also las ich:

„Während dieser Fahrt nach Salzburg hatte ich mit dem Mann nicht viel gesprochen, da er mir erklärte, dass er die ganze Nacht nicht geschlafen habe. Er hatte die Lehne seines Sitzes zurückgestellt und fast die ganze Zeit der Autofahrt geschlafen. Irgendwo auf dieser Fahrt hat dieser Mann versucht, mit einem tragbaren Gerät zu telefonieren. Es erfolgte dann ein Anruf von einer Frau, dieses Gespräch hat funktioniert."

Ach ja, genau, dachte ich, jetzt schon wieder über die zwei letzten Papierseiten gebeugt. Nancy, ich hatte mit Nancy gesprochen. Schon war der Bleistift wieder in meiner Hand:

„Nancy hatte mich angerufen. Ihre Stimme klang weit weg und doch wieder nah.

„Hallo Schatz, warst du erfolgreich?"

Was hätte ich sagen sollen? Vielleicht: „Nein, ich bin der blödeste Entführer der Kriminalgeschichte. Mich hat ein besoffener Jugoslawe gelegt. Ich habe gerade einmal 27.000 Mark in der Tasche. Und könnte zehn Millionen haben."

Ich sagte statt dessen leise, unterhalb des Hörpegels des Taxilenkers: „Nancy, ich habe Geld. Ich nehm' den nächsten Flieger nach Chicago."

Wenigstens war das keine Lüge.

Es war schon wieder morgen, als wir in Salzburg Kasern an der Autobahntankstelle angelangt waren. Und irgendwie eine Spur wärmer. Ich stieg aus und deutete dem Taxler, zu warten.

„Moment noch, ich muss schauen, ob mein Wagen anspringt." Ob er die Fahndung nach dem Range Rover schon mitbekommen hatte?

Egal. Die Kiste sprang an, Licht würde ich keines brauchen bis München.

Ich ging zurück zu meinem letzten Privatchauffeur auf heimischem Boden: „Macht?"

Er war gnadenlos: „Fünfhundert Mark, wie ausgemacht. Es war ein weiter Weg."

Ich zog fünf Scheine aus dem Bündel. Er bemerkte nichts. Hinten brummelte der Motor des Range Rover.

„Also jetzt, Möser, die letzte Etappe. Auf zur Grenze. Und irgendwie durch." Ich war plötzlich viel weniger nervös als ich hätte sein sollen.

Grenzübergang Walserberg, Zoll.

Aus zweihundert Metern Entfernung war schon alles klar. Querstehende Gendarmerieautos, Beamte mit ihren Maschinenpistolen im Anschlag.

„Was jetzt?" Ich schwitzte zum hundertsten Mal während dieser letzten 48 Stunden. Ich glaubte, ich schwitzte Blut.

Wie da vorbeikommen?

Gas geben und durch?

Umdrehen und einen anderen Übergang nehmen?

„Du bist zu nahe am Feuer, du kannst nur mehr durch."

Meine Gedankenstränge verknüpften sich zu einem Gordischen Knoten.

Ich nahm den Gang raus und rollte scheinbar harmlos vor dem Grenzbalken aus. Ein Beamter mit MP steuerte auf mich zu.

Ich sedierte mich selbst: Weiße Range Rover gibt es viele. Sie haben kein Kennzeichen. Noch nicht.

„Grüß Gott, Passkontrolle."

Ich kämpfte gegen das Zittern meiner Hand und streckte ihm den Pass entgegen: „Bitte sehr."

Er blätterte. „Ah, Monaco. Sie fahren nach Monaco, Herr Möser?"

Ich rätselte: Wollte er mich noch geschwind verarschen? So ganz kurz vor dem Kommando: „Aussteigen. Hände auf den Rücken!"

„Ist schön dort unten in Monaco. Haben S' aber noch einen weiten Weg."

Mir stockte der Atem. Ich war sprachlos.

„Wünsche noch gute Fahrt."

Ich gab Gas.

Nicht zu viel, nicht zu wenig.

Nur nicht auffallen.

Es war geschafft.

*

## Letzte Reise

*23.30 Uhr.*

Eine Seite noch, dann würde ich es geschafft haben. Ich war schon in München-Riem, im Text, im Buch, in meinem Geständnis für den morgigen Tag. Viel konnte jetzt nicht mehr passieren. Die Taschenlampe würde noch aushalten. Einmal noch den Bleistift in die Hand nehmen, einmal noch notieren. Ich tat es:

„Endlich. Schon mitten auf der Fahrt nach München. Ich wählte Teufelsbachs Nummer:

„Tuut, tuut."

Nichts.

Funkstille.

Vielleicht hatten sie ihn schon geschnappt.

Ich wählte die Nummer der Buchung:

„Flughafen München, Buchungsstelle, Sie wünschen?"

Ich war erstaunlich ruhig: „Sagen sie mir bitte, wann die nächsten Maschine nach Chicago geht."

„Moment", Im Hintergrund hörte ich das Geklapper einer Computertastatur.

Und dann: „Zwölf Uhr zwanzig. American Airlines."

Ich sah auf die Uhr. Es war 11.10 Uhr. Scheißknapp.

„Kann ich buchen?"

Wieder das Geklapper der Tastatur: „Ja, sind noch genug Plätze frei. Eco oder Business?"

Ich wollte mit einen letzten Luxus leisten: „Business bitte."

„Ihren Namen bitte."

Ich hielt den Atem an. Wahrscheinlich hatten sie mich schon im Fahndungscomputer. Vielleicht aber auch nicht.

Mir blieb keine andere Chance. Ich sagte: „Möser, Gerhard Möser."

Wieder vergingen quälende Sekunden. Dann die Rückmeldungen: „Herr Möser, sie sind gebucht. Ticket ist am American-Schalter abzuholen."

Ich hatte noch genau fünfundzwanzig Minuten, als ich den Wagen vor der Abflughalle hielt. Ich ließ ihn in der Abschleppzone stehen.

„Egal", dachte ich, wenigstens sind die Bullen gleich dran.

Fünf Minuten später hatte ich mein Ticket: Für dreitausend Mark und ein paar Zerquetschte. Auch keine Ursache mehr.

Am Schalter der „American Airlines" ließ ich mir ein Kuvert geben. Ich schrieb die Adresse von Christiane und den Kindern auf den Umschlag. Dann steckte ich siebentausend Mark aus Flicks Kasse in den Umschlag. Sie sollten was haben von mir, ein letztes Mal.

Die Flughafenpost war gleich um die Ecke. Eine Marke drauf. Motiv: Wolfgang Amadeus Mozart. „Was für ein lächerlicher Zufall", dachte ich.

Ich hetzte zum Check-In. Schnelle Sache. Ich war ohne Gepäck. Das dämliche Mobiltelefon hatte ich im Range Rover gelassen.

Durch den Finger.

Hinein in die Maschine.

Reihe 4, Platz D.

Viel Platz für meine müden Füße.

Die Stewardessse brachte mir noch eine „Bild-Zeitung".

Oben stand in großen Lettern: „Kripo jagt Flick-Erpresser. Wer ist das Phantom, das Millionen wollte?"

Ich war es, Gerhard Möser.

Der Mann, der noch vor dem Start der Fluchtmaschine in einen stundenlangen Schlaf fiel. Und erst wieder aufwachen sollte, als der Flieger längst über amerikanischem Festland düste. Mit einer letzten Hoffnung.

*24. November 1992, 5.00 Uhr.*

Morgenerwachen zum jüngsten Tag. Es waren noch ein paar Zeilen offen. Kein Problem. Man würde mich, hatte ich erfahren, erst gegen 8.30 Uhr abholen. Die Prozesseröffnung war für 9.00 Uhr angesetzt.

Ich nahm ein letztes Mal Papier und Bleistift zur Hand. Bis zum Frühstück hatte ich noch neunzig Minuten Zeit:

„Die Toilette der Business-Class war luxuriös dimensioniert. Fast ein halbes Bad. Ich fand Seife, Einwegrasierer, Pitralon, Haargel.

Ich putzte mich eine halbe Stunde lang. Wie ein Katze. Kleinteilig, Stück für Stück: Rasieren, Gesicht waschen, Haare kämmen. Oberkörper waschen.

Erst jetzt merkte ich, dass ich genau so gestunken hatte wie meine jugoslawischen Komplizen.

Aus der Toilette trat ein neuer Mensch.

Die Stewardesse beorderte mich zurück zu meinem Sitzplatz: „Wir werden in fünfzehn Minuten in Chicago landen."

Ich lächelte sie an.

Sie sah irgendwie ein bisschen aus wie Nancy.

„Nancy", grübelte ich. Wie sollte ich ihr eigentlich verklickern, dass ich von einer Millionenerpressung mit gerade mal 14.000 Mark zurückgekommen war?

Genau: Ich würde sagen, ich hätte das restliche Geld irgendwo gebunkert. Zur Sicherheit.

Die Maschine setzte hart am Flugfeld von „Chicago O'Hare" auf. Draußen zogen endlose Reihen von abgestellten Maschinen vorbei.

Noch einmal vierzig Minuten warten, vor der Immigration. Und die Angst: hatten sie schon meine Fahndung im Computer? Wussten sie überhaupt schon meinen Namen?

Der Beamte sah mich durchdringend an. „Mister Moser?"

„Yes“. Ich wusste, ich musste kleinlaut klingen.

Er tippte meine Daten in seinen Computer.

Ich hielt die Luft an.

„Herrgott, lass’ mich durch.“

Er nahm den Einreisestempel in die Hand und zog ein breites Grinsen auf: „Merry Christmas, Mister Moser.“

Ich war gerettet.

Jetzt nur noch zum Exchange. Zweihundert Mark in Dollar tauschen. Auch dort wieder: „Merry Christmas.“

Dann im Taxi zum Hotel „Meridien“, wo Nancy auf mich warten würde. Der Fahrer brummelte zu mir nach hinten: „Weihnachtsurlaub in den Staaten?“

„Ja, ja“. Ich war nur mäßig sprechgelaunt.

Er blieb dran: „Gerade aus good old Europe gekommen, nicht wahr?“

„Aus München.“

„Scheißkalt dort, oder?“ Er hupte nervig seinen Vordermann an.

„Genau, scheißkalt“, sagte ich. Und dann: „So kalt, dass man nur auswandern kann.“

Eine halbe Stunde später: Nancy saß in der Lobby des „Meridien“, hingeworfen in ein plüschiges Sofa, wie eine Madonna.

Ich steuerte im Laufschritt auf sie zu.

Sie kam mir entgegen und küsste mich. Auf die Stirn, auf die Wangen, auf meine von der Kälte der Entführung aufgesprungenen Lippen.

Dann sagte sie: „Gerhard, Schatz, ich liebe dich.“

„Solange, bis meine 14.000 Mark verbraucht sind“, dachte ich in meinem stillen, kleinen Glück.

Dann würde sie mich wegwerfen. Wie ein Mädchen, das seiner Puppe überdrüssig ist.

Am Valentinstag, dem 14. Februar 1992, war es soweit.

*

## Das Urteil

*24. November 1992, 8.30 Uhr.*

Ich hatte nichts verlernt. Die Krawatte saß perfekt. Der Knoten, nicht zu klein, nicht zu groß, war tadellos gebunden.

Ich saß schon seit rund einer halben Stunde in meiner Zelle, voll adjustiert für den Prozess. Ich hatte keinen Spiegel, hier in meinem Haftraum, aber was die grün lackierte Zellentür zurückwarf, machte einen ganz guten Eindruck.

Dann drehte sich mein Spiegelbild zur Seite:

„Guten Morgen, Herr Möser."

Der Justizwachebeamte war offenbar auch dem Anlass entsprechend gut gekleidet. Die Uniform faltenfrei, das Hemd frisch gebügelt.

„Auf in die Schlacht", sagte ich und rückte noch einmal die Krawatte zurecht.

„Gut sehen sie aus, Herr Möser," sagte der Beamte, „gar nicht wie ein Entführer …"

*26. November 1992, 9.00 Uhr.*

„Im Namen der Republik:

Marko Tomič, Dragan Milosevic und Gerhard Möser werden auf Grund des Wahrspruchs der Geschwornen des Verbrechens der erpresserischen Entführung nach § 102 Abs. 1 StGB schuldig erkannt, weil sie in der Zeit vom 19. bis 21. Dezember 1991 in Feistritzgraben, Bad St. Leonhard, Salzburg, Wien und anderen Orten Österreichs im bewussten und gewollten Zusammenwirken als unmittelbare Täter Günther Ragger teils ohne Einwilligung mit Gewalt, teils nachdem sie seine Einwilligung durch gefährliche Drohung erlangt hatten, dadurch entführten, dass sie ihn in den Kastenwagen Fiat Fiorino verbrachten und fesselten um dadurch Dritte, nämlich Ingrid Flick und Dr. Friedrich Karl Flick zur Ausfolgung von 10 Millionen DM Bargeld zu nötigen, und zwar:

Gerhard Möser, indem er mit dem gesondert verfolgten Alexander Teufelsbach die Tat plante und diesem Plan gemäß Marko Tomič und Dragan Milosevic anheuerte, zeitweise den Entführten bewachte, zeitweise das Entführungsfahrzeug lenkte, die Kontakte betreffend die Zahlung und Übergabe des Lösegeldes bewerkstelligte sowie den weiteren Ablauf der Entführung bis zur Übergabe des Lösegeldes und der Freilassung des Günther Ragger koordinierte."

Die Geschwornen bejahten die getrennt für jeden Angeklagten gestellte Hauptfrage nach erpresserischer Entführung gemäß § 102 Abs. 1 StGB jeweils stimmeneinhellig.

*

## Epilog

Gerhard Möser, (50), wurde zu einer Haftstrafe von zwölf Jahren verurteilt, von der ihm lediglich fünf Wochen bedingt auf drei Jahre erlassen wurden. Er lebt seit seiner Entlassung am 17. Jänner 2004 in Wien-Favoriten, wo er wieder ein „Café Mozart" eröffnet hat. Für seine Arbeit in zwölf Jahren Haft erhielt er 3672,43 Euro ausbezahlt. An entgangenen Zinsen für die vom Konto des Friedrich Karl Flick im Zuge der Erpressung abgehobenen zehn Millionen Mark erstattete Möser 726,72 Euro zurück.

Günther Ragger, (38), lebt nach wie vor in Bad St. Leonhard und geht seiner Arbeit als Monteur nach. Er ist von seiner damaligen Lebensgefährtin getrennt und ledig. Er erhielt von Gerhard Möser eine Entschädigungszahlung von 7267,28 Euro.

Marko Tomič, (40), wurde zu zehn Jahren Haft verurteilt, kehrte nach seiner Haftentlassung wieder in seine Heimat Bosnien zurück und ist derzeit unbekannten Aufenthalts.

Dragan Milosevic, (56), erhielt ebenfalls zehn Jahre Haft und lebt seit seiner Haftentlassung in der bosnischen Stadt Kotor Varos von einer kleinen Frühpensionistenrente.

Alexander Teufelsbach (50), wurde in einem gesonderten Verfahren in München zu vier Jahren und acht Monaten Haft verurteilt. Seit seiner Haftentlassung ist er wieder in der Kfz-Reparaturbranche tätig.

Nancy Berger (43), wurde nach Mösers Festnahme zwölf Stunden vom FBI verhört und hernach wieder auf freien Fuß gesetzt. 1999 heiratete sie in den USA und ist mittlerweile Mutter eines dreijährigen Sohnes. Sie lebt derzeit in Florida und ist nach österreichischem Recht jedoch nach wie vor mit Gerhard Möser verheiratet.

Jener Wiener Taxifahrer, der für seinen letzten Botendienst von Gerhard Möser 1500 Mark erhalten hatte, konnte von der Polizei nie ausgeforscht werden und ist der einzige Beteiligte, der von der Erpressung „profitiert" hat.

Christiane Möser, (48), lebt in der Obersteiermark und arbeitet in einer Konditorei.

Nina Möser, (22) lebt bei ihrer Mutter Christiane und studiert an der Grazer Universität Psychologie und Marketing.

Sven Möser, (23) liegt seit einem schweren Badeunfall im Sommer 2002 im Wachkoma im steirischen Landeskrankenhaus Eisenerz. Er wird von Gerhard Möser und allen anderen Angehörigen aufopfernd gepflegt, seine Genesung macht erstaunliche Fortschritte.

*20. Mai 2004, 13.00 Uhr.*

Ich sitze auf der Terrasse meines Cafés am Wienerberg. Es ist ein lauer Frühsommertag, das Lokal ist voll und an den Tischen vergnügt sich die Jugend aus der Siedlung, in der das neue „Café Mozart" liegt. Die Burschen flirten um die Wette, die Mädchen spielen mit.

In den finsteren, kalten Dezembertagen des Jahres 1991 waren sie alle vielleicht gerade einmal im Kindergartenalter. Die meisten von ihnen aber wissen, wer ich bin: Gerhard Möser, der Ex-Häftling, der Flick-Erpresser, ein

Verbrecher also. Aber niemand von ihnen hat auch nur die geringsten Berührungsängste gegenüber einem Mann, der vor kaum mehr als vier Monaten aus der Justizvollzugsanstalt Favoriten entlassen worden ist.

„Hallo, Gerhard."

„Wie gehts, Gerhard?"

„Alles in Ordnung, Gerhard?"

Zugegeben: Es ist mir schon einmal besser gegangen, in meinem Leben. Ich hatte vier Caféhäuser und einen feinen Supermarkt in Monaco, in Europas Hauptstadt des Luxus, ich hatte Familie, Geld, Autos und nie eine wirklich schwere Krankheit.

Aber jene zwölf Jahre Haft, die ich in fast allen Gefängnissen Österreichs absitzen musste, sind nichts im Vergleich zu jener Strafe, die mir das Schicksal auferlegt hat:

Am 16. Juli 2002 sprangt mein Sohn Sven während eines Badeurlaubes auf Mallorca von einer Kaimauer ins Meer und schlug dabei mit dem Kopf gegen einen Stein. Er blieb bewusstlos im Wasser liegen, sein Leben hing am sprichwörtlichen seidenen Faden.

Seit diesem Unfall liegt Sven im Wachkoma. Er sieht, er spürt, er fühlt, aber er kann weder gehen noch sprechen.

Er wird rund um die Uhr von mir und seiner ganzen Familie im Landeskrankenhaus Eisenerz betreut und macht Fortschritte, die selbst die Ärzte nicht für möglich gehalten hätten. Längst hängt er nicht mehr an der Beatmungsmaschine und kann, freilich im Rollstuhl sitzend, im Garten des Spitals herumgefahren werden.

Zu sehen, wie der eigene Sohn aus der jugendlichen Vitalität gerissen wird, hineingeworfen in ein Leben ohne ersichtliches Bewusstsein, ist die größte Strafe, die einem Vater widerfahren kann.

Sie wiegt schwerer als hundert Jahre Einzelhaft.

Vor mir liegt das Buch, in dem sie jetzt am Ende, auf Seite 216, angelangt sind. Frisch geliefert aus der Druckerei, ist es die persönliche Aufarbeitung eines Verbrechens, das mit nichts entschuldbar ist. Das aber erklärbar ist, erklärbar aus einer Verkettung von Ereignissen, die nicht jeden, aber jedenfalls mich ins Kriminal gebracht haben.

Hinter mir, im ersten Stock über dem „Café Mozart“ ist der „Concord-Verlag angesiedelt, den ich extra zur Publizierung dieses Buches gegründet habe.

Und jeder Euro, der aus dem Verkauf des Erstlings erwirtschaftet wird, geht in ein Projekt, das so wichtig ist, wie das Leben selbst: Die Errichtung einer privaten Wachkoma-Station, in der mein Sohn Sven und andere Menschen, die sein Schicksal teilen, nach modernsten Richtlinien betreut und gepflegt werden können.

Um mich herum am Tisch sind liebe Leute versammelt, die für das Gelingen dieses Druckwerks gesorgt haben: Ein Journalist, ein Beamter, meine Lebensgefährtin, ein Kunstmaler, ein Student der Betriebswirtschaft.

Wir alle sitzen auf der Sonnenseite des Lebens.

Aber meine Geschichte zeigt auch, wie schnell der Schatten da sein kann …

*Ende*